완벽하지 않아서
더 아름다운 것들

완벽하지 않아서 더 아름다운 것들

김현지 지음

엉킨 실타래를
풀어가는 중입니다

이담북스

자신의 현재 모습에 대해 만족하시나요?

저는 스스로를 매우 부족하다고 느껴서 저 자신이 늘 부끄러웠습니다. 사람들과 간단한 수다 한마디를 할 때도 긴장했고 혹시나 잘못 말할까 봐 전전긍긍했습니다. 혼자서는 잘만 떠오르는 아이디어가 타인과 함께할 때는 하나도 생각나지 않았습니다. 오죽하면 함께 문제를 해결하기 위해 글을 읽어야 하는 상황에서도 글자가 무늬로만 보일 뿐 내용이 전혀 파악되지 않을 정도였답니다.

어쩔 수 없이 입도 뻥긋 못 하고 혼자 제자리로 돌아오는 일도 허다했습니다. 제자리로 돌아와서 마음이 편안해지면 그제야 글자들이 말하고 있는 내용이 들어옵니다. 이 정도로 사람과 함께하는 일이 어려웠습니다. 늘 긴장하고 있었기 때문에, 누군가에게 저를 표현하는 일이 어려웠습니다. 이런 긴장이 저를 힘들게 했습니다.

나는 왜 이렇게 긴장하면서 사는지 알고 싶었습니다. 반면, 혼자 있을 때나 함께 있을 때 별 차이가 없는 친구들을 보면 부러웠습니다. 어떻게 저렇게 자유로울 수 있는지 여유롭게 일상을 편안하게 누리면서 살고 싶다는 욕구가 제 평생을 차지하는 화두였습니다.

어느 날 정목 스님의 유나방송을 들으며 명상을 하고 있는데 '내 안에 신성한 빛, 거룩한 불성에 참배를 드립니다'라는 문장이 크게 들려왔습니다. 이렇게 늘 긴장하면서 살얼음판을 걷듯 불안한 하루하루를 사는 내 안에도 '신성한 빛, 거룩한 불성'이라는 것이 있을까? 궁금했습니다. 내 안에 있다는 빛을 찾으면 일상이 편안해질 것 같았습니다.

타인의 시선에 전전긍긍하지 않고 나답게 자유롭게 살 수 있을 것만 같았습니다. 늘 마음속으로 염원하던 기회가 생겼습니다. 아이가 초등학교를 가게 되어 휴직하게 되었을 때 내 안에 존재한다는 그 신성한 빛, 거룩한 불성을 찾아야겠다고 생각했습니다. 그래서 저의 '나를 찾는 여행'이 시작되었습니다.

자기 계발을 시작한 2020년 9월부터 대략 3년에 걸친 내 안에 신성한 빛, 거룩한 불성을 찾는 여정 끝에 드디어 저는 일상이 편안해졌습니다. 지금은 타인과 함께 있어도 글이 읽어지고 내용이 들어옵니다. 제 생각을 말할 때 예전처럼 '틀리면 어떡하지?'가 아니라 '그냥 내 생각인 거지. 내 생각을 말하는 것이 죄가 아니잖아?' 하는 생각으로 일단 말하는 것이 됩니다.

하지만 여전히 많은 사람들 앞에서 제 생각을 말하고 나면, 그 끝에는 저만이 알 수 있는 손떨림이 느껴집니다. 새가슴 같은 작은 심장이 쿵쾅거리는 소리도 들려옵니다. 마치 넓은 판을 크게 휘고 나면 그 판의 끝에서 남아 있는 진동으로 판이 흔들리듯, 안 내던 제 목소리를 내고 나면 제 안에 남아 있는 부끄러움이 제 심장과 손을 통해 표현을 합니다.

그래서 여전히 부끄럽구나, 완벽하게 고쳐진 것은 아니구나. 그렇지만 나에게 아직 남아 있는 부끄러움이, 이제는 사랑스럽습니다. 예전처럼 떼어버리고 완벽하게 되고 싶다는 생각이 들지 않습니다.

이 여정을 통해 깨달은 것은, 나 자신에 대한 저의 인식이 문제였다는 점입니다. 나란 사람 자체에 치명적인 결점이 있어서 미운 오리였던 것이 아니라 스스로가 나 자신을 미운 오리로 정의를 내리고 미운 오리 코스프레를 하고 있었다는 놀라운 사실을 발견하게 되었습니다.

부모님에게 들었던 말, 사회에서 요구하는 기준, 세상이 인정하는 도덕 등의 외부 기준을 잣대로 끊임없이 야단치고 비판하는 존재가 부모도, 친구도 그 누구도 아닌 저 자신이었다는 사실에 충격을 받았습니다. 이것을 깨달은 순간 백조가 아닌 불완전한 미운 오리인 저 자신을 있는 그대로 인정하고 사랑하기로 마음먹었습니다.

미운 오리인 나를 있는 그대로 인정하는 순간 눈물이 맺힙니다. 그리고 꼭 백조가 되지 않아도 괜찮았구나. 제가 이 이야기를 전할 수 있는 것은 제 스스로가 자신을 미운 오리로 규정지어 놓고 힘들어했던 삶을 웃으면서 전달할 가치를 발견했기 때문입니다. 내가 꿈꾸던 백조의 모습이 미운 오리의 모습 안에도 있었다는 사실을 깨달았기 때문에 미운 오리 역시 백조가 가진 가치만큼을 당당하게 가지고 있었다는 사실을 말하고 싶기 때문입니다.

제1장에서는 불안을 안고 살았던 저의 과거의 모습들을 그려보았습니다. 그리고 제2장에서는 제 속에 어떤 내면아이가 있었는지를 살펴봄으로써 무의식적으로 제 스스로를 어떤 시선으로 바라보고 있었는지 파악합니다. 그리고 다시 저를 재해석하는 과정에서 저를 긍정적으로 재발견하는 기회를 갖게 됩니다.

제3장에서는 있는 그대로의 자신의 모습을 인정하고 받아들이는 과정을 거치게 되고 '나다움'이란 만들어가는 것이라는 새로운 개념을 정립합니다. 이를 바탕으로 제4장에서는 '글쓰기'를 통해 저를 새롭게 만들어가는 과정을 담았습니다.

제5장에서는 '글쓰기' 외에 '독서'와 '코칭'을 통해 '나다움'을 만들어가는 과정에서 저와 한 몸처럼 지내 온 불안이라는 상처를 극복함으로써 새로운 삶의 무기를 얻어가는 과정을 녹였습니다. 이 책을 읽으시는 분들도 이와 같은 과정을 자신의 삶에 적용해 본다면 자신을 재발견하는 기회를 만나게 되시지 않을까 조심스레 기대해 봅니다.

우리는 하루하루 어떤 일상이 펼쳐질지 모르는 불안한 삶을 살고 있습니다. 오늘 어떤 일이 생길지는 아무도 모르는 것이니까요. 그래서 불안하고 두렵습니다. 그런데 이 예상할 수 없는 세계의 문을 여는 믿을 만한 열쇠를 가지고 있다면 어떨까요? 어떤 상황을 만나게 될지는 알 수 없지만 어떤 상황을 만나더라도 해결할 수 있는 열쇠가 나에게 주어져 있다면 든든하지 않을까요?

마지막으로 출판사에 원고를 넘기기 위해 제가 쓴 글을 한 번 더 읽었는데, 이 세상이라는 문을 여는 열쇠가 바로 '나 자신'이라는 성찰이 왔습니다. 아이를 진심으로 사랑하는 육아도 내가 하는 것이고, 경제적 자유를 누리는 부자도 결국 제가 되는 것입니다. 어떤 종교를 믿으면 좋을까 선택하는 것도 결국 나입니다. 내가 바뀌어야 훌륭한 교육자도 되고, 세상에 나만의 콘텐츠를 만들어 부자도 될 수 있고, 타인과의 좋은 관계 형성으로 그들의 성장을 도와주는 비전도 실현시킬 수 있는 것입니다.

이 모든 변화를 가능하게 하는 것은 결국 나에게 달려 있었습니다. 나를 거쳐야 선택되고 결정되는 것입니다. 결국 모든 변화의 시작은 '나'로부터 비롯되는 것이었습니다. 나란 존재가 나에게 왜 주어졌는지 의미가 갑자기 크게 와 닿았습니다.

나를 이해하는 원리가 바로 내가 세상을 움직여, 내가 원하는 것을 이루는 원리, 타인을 이해하는 기초가 된다는 생각이 드는 순간, 아르키메데스가 부피와 질량의 관계를 깨달아 기뻐 알몸으로 욕조 밖으로 뛰어나갔듯이 저 역시 너무나 기뻐 혼자서 폴짝폴짝 뛰었습니다. 내게 주어진 '나'라는 존재를 제대로 받아들일 때, 내가 원하는 대로 살 수 있습니다. 그러기에 나 자신이 더없이 소중하게 느껴집니다.

하늘이 나에게 '나'를 준 이유가 있었던 것입니다. 내가 가지고 있는 의문의 비밀번호를 풀어야 이 열쇠로 이 세상의 문을 열 수 있습니다. 이 깨달음은, 이 책을 쓰고 얻은 가장 큰 수확입니다.

'나는 누구인가? 나는 왜 존재하는가?'라는 어릴 때부터 갖고 있었던, 풀리지 않을 것처럼 보인 질문 하나가 해결되는 놀라운 통찰을 했습니다. 이 통찰을 제 책을 읽는 독자분들과 나눌 수 있어 행복합니다.

우리는 수많은 인간관계에 둘러싸여 인생이라는 시간을 보내고 있습니다. 내 주변 사람들과의 관계에 따라 때로는 기뻐하면서 때로는 힘겨워하면서요. 뇌과학자 매튜 D. 리버먼이 쓴 『사회적 뇌』 책에 보면 유명한 심리학자 매슬로가 말한 욕구의 단계에 대한 언급이 있습니다. 우리는 욕구의 피라미드를 따라 가장 기본적인 욕구를 충족하고 다음 단계의 욕구로 넘어간다고 합니다.

맨 아래에는 음식, 물, 수면 등에 대한 생리적 욕구가 있습니다. 그다음 단계로 몸을 보호하기 위한 장소와 신체 건강과 같은 안전의 욕구를 추구

합니다. 이 두 가지의 욕구는 충족되지 않으면 생존하기조차 어려운 가장 기본적인 욕구입니다.

그런데 매튜 D. 리버먼은 이런 기본적인 생존의 욕구 더 아래 단계에 '관계의 욕구', 즉 '사회적 욕구'가 있다고 합니다. 무슨 생뚱맞은 소리냐? 그것은 더 위 단계에 해당하는 자신의 존재에 대한 인정 욕구와 관련된 상위 욕구이지 않느냐? 이렇게 반발하실 수 있을 것 같습니다. 그러나 가만히 생각해 보면 새끼에게 음식, 물, 보금자리를 제공해 주고 보호해 줄 엄마라는 존재가 없다면, 즉 사회적 지원이 없다면 아기들은 생존할 수가 없습니다. 여기에서 우리는, 이 세상에 태어나면서 최초로 만나게 되는 엄마의 존재가 주는 의미가 어떤 것인지 짐작할 수 있습니다. 모든 관계의 시작이 여기에서 출발합니다.

또한 사랑과 관계라는 부분이, 있으면 좋지만 없어도 살 수 있는 편의상의 문제가 아니라 우리의 기본적인 생존과 직결된 문제라는 것입니다. 이 부분을 통해 우리는 타인과의 관계 유지가 우리의 생존과 관련한 본성에 가까운 중요한 문제라는 것을 알 수 있습니다. 우리는 관계의 동물로 사회적인 연결이 자연스럽게 이루어져야 생존이 가능하고 행복한 존재입니다. 그만큼 인간관계는 우리 삶에서 매우 중요한 부분을 차지하고 있습니다.

그런데 이런 인간관계에서 일어나는 많은 문제들을 해결하기 위해 가장 먼저 이해해야 할 사람은, 옆에 있는 타인이 아닌 바로 자기 자신입니다. 김윤나의 『말그릇』 책에 보면 다른 사람들과 연결되려면 일단 내가 나 자신과 연결되어 있어야 한다고 합니다. 먼저 자신 내면의 문제들을 이해하고 받아들이는 과정을 거쳐 있는 그대로의 나를 인정하고 사랑할 수 있을 때 그때야 비로소 타인의 문제도 있는 그대로 인정하고 받아들일 수 있게 됩니다.

저는 이 책을 쓰면서 사람들과의 관계에 있어 긴장하고 두려워하는 나의 문제가 왜 생기게 되었는지 생각해 보고 이해하는 과정을 거칩니다. 이 과정을 통해 늘 마음에 안 차서 바꾸고 싶어 했던 부족한 저를 있는 그대로 받아들이고 사랑하게 되었습니다.

있는 그대로 저를 이해하고 존중하고 받아들이고 나니 타인의 존재를 있는 그대로 받아들이고 이해하고 존중하는 마음을 가질 수 있는 여유가 생겼습니다. 예전처럼 저를 긴장시키고 부끄럽게 만들었던 상황이 생겨도 당황하지 않습니다. '그럴 수 있지'가 됩니다.

이런 경험이 쌓이면서 '관계'라는 거대한 타인과 연결된 이 세상이 두려움으로 가득 찬, 미지의 세계가 아니라 바로 나라는 존재를 얼마나 이해하고 있는지, 얼마나 있는 그대로 받아들이고 있는지, 얼마나 사랑하는지 그리고 얼마나 믿는지가 그대로 투영되는 곳이라는 깨달음을 얻었습니다.

바로 나 자신을 어떻게 인식하고 있는지가 바로 사회적 관계라는 거대한 세상의 문을 여는 열쇠라는 사실을 알게 된 것입니다. 또한 나란 존재가 얼마나 소중하고 귀한 존재인지를 인식하게 되었답니다. 우리 모두는 세상의 문을 여는 소중한 열쇠를 하나씩 받은 셈입니다.

저의 경험을 녹인 이 책을 통해 독자 여러분도 하늘이 준 '나 자신'이라는 열쇠가 가진 비밀번호를 풀어 내가 생각한 대로, 마음먹은 대로, 믿는 만큼 세상의 문을 하나씩 열어, 외부조건에 의해 어쩔 수 없이 사는 삶이 아니라 자신이 간절히 원하는 삶을 만들어가는 기쁨을 누리시길 바랍니다.

제가 해결한, 저에게 주어진 열쇠의 비밀번호를 푸는 방법이, 이 책을 읽으시는 독자 여러분들의 열쇠에 새겨진 비밀번호를 푸는 데 도움이 된다면 이 책을 쓴 저로서는 더할 나위 없는 최고의 기쁨이 될 것입니다.

1

세상엔 참 많은 책들이 있습니다. 그러나 진실로 우리 삶을 변화시키는 책을 만나기는 어렵습니다. 아무리 유명한 저자의 책일지라도 읽고 자신에게 실제로 적용하기에는 요원하기만 합니다. 그것은 종종 "좋긴 하지만 난 닿을 수 없겠다"는 경외심만을 남기거나, 스스로 남보다 지적으로 우월해졌다는 착각에 빠져 잘난 체를 할 수 있게끔 해줄 뿐입니다.

이 책의 저자는 '될 일은 된다'라며 거대한 기업을 헬리콥터를 타고 다니며 경영하지 않습니다. 그리고 저자는 '임사체험'을 경험해서 모든 질병을 치유한다거나, '크리야 요가'를 통해 신비로운 능력을 개발하라고 강요하지도 않습니다.

그렇기 때문에 오히려 이 책은 특별합니다. 우리는 바야흐로 '가장 나다운 것이 가장 세계적인 것이다'라는 말로 표현되는 시대에 살고 있습니다. 저자는 철저하게 자신을 대상으로 실험을 진행합니다. 그래서 어떻게 자신의 불안, 두려움을 받아들이고 해결했는지 시간 순서대로 기술된 챕터를 통해 그 치유를 증명해 냅니다.

그중 특히 저자와 엄마의 관계를 내면에서 재정립하는 과정을 통해 스스로를 사랑과 치유의 존재로 포용하고, 자신의 상처를 치유하는 대목은 경이롭습니다. 더 나아가 저자는 근원적인 자신에 대한 시각을 새롭게 정의하며, 적극적으로 타인까지 수용하는 방향으로 성장해 갑니다. 이런 모든 과정이 평이하지만 흡입력 있는 문장으로 쓰여 독자로 하여금 깊이 공감하게 합니다. 더욱이 그 과정은 누구나 쉽게 실천할 수 있는 방법들로 제시되기에, 저자를 따라 독자 자신도 시도해 보고자 하는 용기를 얻게 해줍니다.

그렇기에 제 자신을 포함하여 이 책을 선물하고 싶은 제 주변 수많은 사람의 얼굴이 떠올랐습니다. 이 책을 통해 자신과 마주할 용기를 얻고, '완벽하지 않아도 된다는 것을 깨닫고 더 나은 삶'을 펼쳐낼 그녀들과 그들이 말입니다. 마지막으로 제 삶을 '있는 그대로' 다시 성찰할 수 있게 해준 귀중한 선물 같은 책을 출간 전에 먼저 읽어볼 수 있는 영광을 주신 김현지 작가님께 진심으로 감사드립니다.

― 『나를 잃어버려도 괜찮아』, 『더 웨이』 저자,
바이즈

2

자기 계발 강사와 코치로 활동하며 만나는 분들께 주어진 강의와 코칭 시간 외에 도움이 필요하면 꼭 코칭 해 드리겠노라 분위기에 취해 말부터 튀어나올 때가 종종 있습니다. 그 기회를 실행에 옮겨 취하는 분들이 손에 꼽힐 정도인데 김현지 작가님이 그중 한 분입니다. 적극적인 태도와 열정이 작가님에 대한 첫인상이었기에 작가님의 성장 스토리를 읽으며 의외의 모습에 순간순간 놀라기도 했습니다. 내 안에 신성한 빛을 찾아 나선 여정, '나다움'에 대한 답을 찾기 위해 탐구하고 성찰하는 시간을 옆에서 지켜보고 응원할 수 있어 감사한 인연이라 생각합니다.

2023년 1년 동안 매달 이 책의 저자인 김현지 작가님과 코칭을 진행하며 한 달간의 삶을 되돌아보며 의미를 나누는 시간을 규칙적으로 가져왔습니다. 또 미래를 함께 계획하며 구체적인 실천사항을 다지는 시간도 가졌습니다. 한번은 "어? 코치님 이쯤 되면 저의 불안이 튀어나와야 하는데 너무 덤덤해서 허전하기까지 한데요?"라고 이야기한 적이 있습니다. 코칭 초기에, 겨울에 롱패딩을 입고 걷다가 날씨가 추워 패딩 후드를 쓰면 갑자기 시야가 좁아지면서 누가 나를 뒤에서 머리를 치는 공격을 하지는 않을까 하는 막연한 상상으로 불안을 느낀다고 이야기하셨던 작가님이기에, 이 불안감이, 허전할 때 찾는, 친구 같은 존재가 되었다는 것이 신기했습니다. 작가님에게 어떤 성찰의 시간이 있었는지 이 책에 잘 소개되어 있습니다. 불안을 결핍으로 가지고 계신 분들에게 도움이 되리라 기대해 봅니다.

책에 소개된 도서와 영감을 준 다양한 인물들이 등장해 읽는 재미가 쏠쏠했습니다. 같은 코치로, 독서모임 운영자로, 엄마이자 워킹 맘으로, 공감가는 이야기도 많아 몰입해서 읽었습니다. 한 개인의 불안전하고 왜곡된 자아상을 직면하고, 본질의 나(Self)로 받아들이기까지의 과정이 솔직하고 담백하게 그려져 있습니다. 길고 긴 삶에서 진정한 본질의 나(Self)를 찾아 떠나는 여정에 동참하여 울림과 통찰을 얻으시길 바라봅니다.

- 체인지업코칭경영연구소 코치, 서성미

3

'풍요 속 빈곤의 시대'

4차 산업혁명 시대를 마주하며 느끼는 저의 개인적인 감정입니다. 마음만 먹으면 지구 반대편 나라까지 하루 만에 갈 수 있고, 작은 스마트폰 하나만 있으면 얼마든지 다양한 비즈니스와 프로젝트를 할 수 있는 세상, 조선시대 왕들조차 먹어보지 못한 수백만 가지의 맛난 음식들을 계절에 상관없이 먹을 수 있는 세상. 수천만 원 들여 대학에 굳이 들어가지 않아도 준비만 되어 있으면 세계 명문 대학들의 수준 높은 강의를 무료로 들을 수 있는 세상.

그 어느 시대보다 풍요로운 세상 속에 사는 사람들에게서 기대할 수 있는 모습은 과거의 사람들과는 비교 안 되게 행복한 모습일 겁니다.

하지만 아이러니하게도 제가 바라보는 세상 속 사람들의 모습은 오히려 그 반대의 모습이 많았습니다. 지금까지 제가 만나 상담해 온 수많은 부모와 청년, 자녀들 중 행복한 삶을 사는 사람은 손에 꼽을 정도였으니까요.

"지금 행복하신가요?"

제가 상담할 때 하는 첫 질문입니다. 이 질문에 주저함 없이 '행복합니다.'라고 답하는 사람은 거의 없었습니다. 왜 그럴까요?

어쩌면 우리 인생은 행복하기 위한 숙제뿐이라는 생각을 해 봅니다. 엘리자베스 퀴블러 로스가 쓴 『인생 수업』 책에 이런 내용이 있습니다.

우리는 배움을 얻기 위해 이 세상에 왔다. 태어나는 순간 누구나 예외 없이 삶이라는 학교에 등록한 것이다. 우리가 배워야 할 과목들은 사랑, 관계, 상실, 두려움, 인내, 받아들임, 용서, 행복 등이다. 나아가 이 수업은 궁극적으로는 나 자신이 진정 누구인가 하는 깨달음으로 우리를 데리고 간다. 그것이 이 수업의 완성이다.

이 글처럼 풍요로운 세상 속에 태어나 많은 것을 누리고 있음에도 정작 나 자신이 진정 누구인가에 대한 배움을 제대로 배우지 못하고 생존만을 위한 일생을 살아왔기에, 여전히 내 내면은 결핍된 상태로 불안정하고 두려움이라는 늪에 빠져 진정한 자유와 행복을 누리지 못하고 그 상처와 결핍을 대물림해 주고 있는 것이 대한민국의 수많은 가정의 가장 가슴 아픈 현실이라 생각합니다.

이 책의 저자가 위대하고 놀라운 점은 자칫 사랑하는 두 자녀에게 상처와 결핍, 두려움을 대물림해 줄 수 있는 상황에서 잠시 멈추어서 완벽주의 엄마 품에서 자란 '불안한 아이'이자 '불안한 엄마'가 된 이유와 행복한 인생을 살아가기 위한 마스터키인 진정한 나다움을 찾아가는 여정을 삶에서 구체적으로 찾고 실천했다는 점입니다.

나를 성찰하는 명상과 기도의 시간, 나를 보상하고 사랑하는 나만의 시간, 아이들에게 향하던 시선을 나에게 돌리는 시간, 누구의 엄마가 아닌 '나'의 묻어두었던 소중한 꿈과 비전을 부지런히 찾고 한 걸음 한 걸음 내딛는 시간, 이 모든 것을 글로 기록하는 실천의 시간들을 보내며 짧은 시간 동안 일상의 놀라운 변화를 가져오면서 자녀에게뿐만 아니라 주변의 많은 사람들에게 진정한 나다움을 찾을 수 있는 로드맵을 제공해 주고 계신 분입니다. 그리고 이제는 누구나 그런 의지를 실천으로 옮겨 행복한 인생 수업의 완성으로 이끌어주는 이 책을 세상에 나눔 하는 그런 존귀한 존재가 되었습니다.

지금 이 책의 저자의 모습은 누구보다 역동적이고 행복해 보입니다. 그런 엄마의 모습을 보며 자라는 두 자녀는 누구보다 자기 주도하며 명품인생을 살게 될 것입니다. 왜냐하면 'Who am I' 내가 누구인지, 나는 어떻게 살고 싶은지, 나는 어떻게 나누고 싶은지를 명확히 하는 엄마의 인생을 뒤에서 바라보며 인생의 가치와 본질을 매일 배우고 있기 때문입니다.

불완전한 세상의 문을 여는 열쇠가 바로 나 자신이라는 사실, 모든 변화를 가능케 하는 것은 결국 나에게 달려 있음을 구체적으로 알고, 진정한 나다움을 찾아 상처 많은 세상에서 치유와 사랑을 선물할 수 있는 존재가 되고 싶은 이 세상 모든 어머니들께 이 책을 강력히 추천합니다.

– 체인지 인문교육 코칭센터 대표,

비전멘토링 코리아 비전멘토, 심현진

4

불안.

이상한 나라의 앨리스처럼 작아지기를 수시로 하는 사람.

성장을 위한 몸부림.

이 책을 읽는 내내 남의 일기장을 훔쳐보는 느낌이 들었다. 이렇게 솔직하게 자신을 드러낸다고? 순간순간 이래도 될까 생각이 들 정도였다. 그만큼 이 책은 진솔하게 본인의 성장 과정을 보여준다. 브레네 브라운이 말했던 '취약함을 인정하고 끌어낸 용기'가 아닐까.

코칭을 매개로 만난 저자는 '불안'을 떠올리게 하는 첫인상은 아니었다. 스마트해 보이는 말솜씨에 책을 가까이하는 사람이라는 느낌을 주었다. '불안'을 코칭 주제로 대화를 시작했을 때 오히려 내심 의외라는 생각이 스쳤던 것이 사실이다.

이 책을 읽고 보니, 무겁고 두꺼운 벽돌을 한 장씩 깨듯, 불안을 이겨내고 스스로를 성장시킨 사람이라는 것을 알겠다.

성장은 아무나 하는 것이 아니다. 무조건 안 된다고, '사람은 바뀌지 않아'라는 말로 의심부터 하는 사람이 많다. 타고난 머리가 좋아야 공부를 잘할 수 있고, 유산이 있어야 부자가 될 수 있고, 스포츠 스타나 인기 연예인은 아무나 되는 게 아니라고, 그런 사람은 떡잎부터 달랐다고, 싹부터 자르는 말을 하는 사람이 많다.

성장을 하고 싶은 마음이 있지만 쉽게 포기하는 사람도 많다. 대부분의 사람들은 자기 계발을 찔쩍거리다가 끝난다. 이것도 찔끔 저것도 찔끔. 귀가 얇아서 그런지 듣는 것도 많고 보는 것도 많고 해보는 것도 많은데, 무엇을 하건 오래가지 않는다. 책을 읽어도 한두 권, 글을 써도 한두 번, 무엇 하나 끝장을 보는 게 없다.

한편, 쉽게 포기하지 않는 사람, 성장을 실제로 해내는 사람이 있다. 변화의 가능성을 믿는 사람. 도전해 보는 사람. 실패해도 또 다른 시도를 하는 사람. 바로 그런 사람이다. 모래사장에서 진주를 찾듯, 동그란 조각도 만져 보고 반짝이는 조각도 들어 보고... 중간에 허탕치는 일도 많지만 계속 찾고 또 찾는 일을 멈추지 않는 경우이다.

이 책이 바로 그런 내용이다. 어느 책을 읽었는지, 누구 강의를 들었는지, 어떤 부분이 알아차림을 주었는지, 작가가 걸어온 길을 그대로 보여준다. 작가는 새하얀 도화지 같다. 노란 물감을 떨어뜨리면 노랗게, 빨간 물감을 떨어뜨리면 빨갛게, 그러다 두 색을 함께 섞으면 주황색으로 변하는 깨끗한 수채화 바탕 같다. 책에서 읽은 마음에 드는 글귀를 곱씹고, 어떤 책은 필사도 하고, 필요한 강의를 찾아다니고, 스스로 적용할 수 있는 부분은 실천해 보면서, 선별적으로 조금씩 체화해 나간다. 본인은 '엉킨 실타래'라고 하지만, 작가는 나름의 방식으로 튼실한 동아줄을 찾아간 듯하다. 끊임없이 책을 읽고 성찰하고 한 걸음씩 앞으로 나아간다. '나를 알아가기 위한 여정' '더 나은 사람이 되려는 여정'에서 어렵더라도 한 발자국씩 걸음을 떼고 있다.

나를 찾는 여정은 나 자신에서 시작할 수밖에 없다. 내가 누구인지, 무엇을 좋아하는지, 무엇을 잘하는지, 무엇을 소중하게 생각하는지, 나를 알아가는 과정에서 시작해야 한다. 더 나은 사람이 되려는 여정에서 내가 할 수 있는 것은 내가 바라는 나의 모습을 만들어 가는 것뿐이다. 대단한 것이 아니어도 좋다. 나를 끌고 가는 원동력은 무엇인가. 내가 하고 싶은 것은 어떤 것인가. 작은 한 걸음이라도 떼어 계속 나아갈 수 있도록 하는 힘은 무엇인가. 함께하는 삶은 어떤 것인가.

'나 없이 존재하는 세상이 아니라 내가 있는 세상 그곳에서 살고 싶다.'

용기 있게 스스로를 찾아간 작가의 여정을 진심으로 응원하며, 불안해도 자신을 찾는 여정에 들어선 모든 사람에게 이 책을 권한다.

　　　　　　　　　　　－『인생을 바꾸는 세 가지 프로페셔널 시점』저자 및
　　　　　　　　　　　　　　　　　글로벌 리더십 코치, 윤정열

:: **차 례** ::

제1장

나를 들여다보다

진짜 나를 만나다

제5장

완벽하지 않아 더 아름다운 나

나를 들여다보다

1

식은땀

방학이 끝나고 오랜만에 출근했다. 이번 학기에 중요한 평가가 있다. 나는 그 평가가 가능하도록 교육청 웹사이트인 나이스에서 기초 작업을 해야 한다. 2학기에 이 일이 내 업무라는 사실을 알게 된 시점부터 긴장했다. 집에서 쉬면서도, 개학하고 며칠 동안 일을 안 하고 있으면서도, 그 업무에 대한 생각이 머릿속에서 떠나질 않는다.

시작해야 하는데 하지 않고 있는 내가 불편하다. 오늘은 기필코 이 작업을 시작해야겠다. 실제 평가까지 3개월이라는 시간이 남아 있다. 사실 지금부터 작업을 시작해도 시간이 충분하다. 그럼에도 불구하고 마음이 이상하게 쿵쾅거린다. 뭐지? 이런 쫓기는 기분은?

뭔가 해야 할 일이 있으면 그 일을 해야 할 기간이 충분히 남아 있음에도 당장 끝내지 않으면 큰일 날 것 같은 기분이 든다. 그래서 내 고민을 얘기하면 동료 교사는 천천히 해, 3개월이나 남았잖아. 대수롭지 않게 고민도 아닌 고민을 한다는 식으로 한마디 한다.

머리로는 그 말이 맞는데 마음에 전혀 와 닿지 않는다. 안절부절못하고 마음을 잡지 못하고 있는데 누군가 매의 눈으로 팔짱 끼고 옆에서 지켜보고 있다가 한마디를 툭 던진다. 니가 그렇지, 제대로 못 할 줄 알았어. 시작하는 것도 힘들지? 갑자기 자리에서 벌떡 일어선다. 더 이상 일에 집중을 못 하겠다.

파도 위에 있는 배를 탄 것처럼 속이 울렁거린다. 좀처럼 마음이 편안해지지를 않는다. 괜히 물티슈를 꺼내서 책상을 닦고 컴퓨터 모니터와 키보드를 닦았다. 뜨거운 물을 끓이고 커피를 탔다. 한 모금 마시는데 커피가 혀를 태울 듯 뜨거워서 순간 화들짝 놀란다. 누가 본 사람이 없겠지? 멋쩍어져서 가만히 잘 있는 핸드폰을 괜히 열어 카카오톡에서 굳이 지금 답하지 않아도 될 답장을 보내고 메모를 체크하고 서랍을 정리했다.

그러다 수업 끝 종이 울린다. 뭐야? 벌써 수업이 끝난 거야? 서둘러 수업준비 바구니를 들고 교실로 들어간다. 공강 2시간을 이렇게 날려버렸다. 허무하다. 어영부영하다 보니 벌써 퇴근 시간이다. 남아서 기초 작업을 시작은 하고 갈까? 잠시 고민했지만 마음이 편치 않다.

다른 선생님들이 짐을 싸서 인사를 하며 하나둘 교무실을 떠난다. 얼떨결에 나도 짐을 싸서 가방을 들고 교무실 밖으로 나왔다. 오늘 시작했어야 할 작업은 손도 못 댄 채 집으로 와 버린 것이다. 사실 남아서 남들이 퇴근한 조용한 교무실에서 차분히 내가 해야 할 일들을 했어야 했는데, 금방 후회했다.

그런데 가만히 생각해 보면 마음이 불안한 상태에서 아무것도 손에 잡히지 않을 것이 불 보듯 뻔했다. 분명 찔끔찔끔 건드리다가 일도 제대로 못 하고 시간만 보냈다는 후회를 하며 퇴근했을 것이다. 그렇지만 퇴근도 만만치 않다. 또 다른 더 큰 업무가 나를 기다리고 있다.

아이들 밥도 챙겨줘야 하고 집안 정리도 해야 하고 숙제를 봐줘야 한다. 그러면 금세 잘 시간이 되어 버린다. 집에 가서 일한다는 것은 불가능하다. 하지만 교무실에 있을 수가 없었다. CCTV로 누군가가 나를 지켜보고 있다는 느낌, 감시받는 느낌 때문에 일에 집중이 안 된다. 이 상태가 심해지면 공황상태라고 하는 걸까? 뭔가 큰 파도가 나를 막 떠밀며 세차게 몰고 가는 듯하다. 빨리 피해야 할 것 같았다.

나는 왜 이렇게 마음이 불안할까? 집에 돌아와서 생각해 보니 늘 이런 식이다. 중요한 일이 있을 때마다 비슷한 상황이 반복된다. 어떤 일에 부담을 느끼면 그 중압감에 중심을 제대로 잡지 못한다. 내 머릿속에서 끊임없이 조잘거리는 소리를 가만히 들어본다. 빨리 빨리해. 제대로 해야지. 실수하면 안 돼. 답답해. 왜 이렇게 제대로 하는 것이 없어?

내 마음속의 목소리들을 떠올려보니 갑자기 울컥 서럽다. 제발 떠들어대지 말라고 소리라도 지르고 싶다. 나를 떠미는, 휘몰아칠 것 같은 압박이, 마치 밀려드는 파도 같다. 편안하고 싶다. 그 파도 속에 어린 시절이 보인다. 뭔가 분명한 형상을 나타내는 듯하다.

어린 시절 혼나는 내 모습인가 하다가 갑자기 하얀 파도 속에 거품이 일면서 사라진다. 하얀 거품들이 만들어내는 혼돈 속에서 다시 지금의 나로 돌아온다. 결국 그 일들을 싸들고 와서 아무도 없는 시간에 조용히 나 혼자 해야 한다. 그래야 공문의 내용이 이해된다.

내 공간에 타인이 들어오는 순간, 글자의 의미가 사라진다. 그 글자는 원래 뜻이라는 것이 없었던 것처럼 그 글자의 존재의 의미는 소리에만 있었던 것처럼 아무리 반복해서 소리 내서 읽어도 의미를 모르겠다. 누가 해석 좀 해 줬으면…… 뭐야? 난독증이야? 머리가 새하얘진다.

옆에 있는 사람이 나를 답답하게 여기겠지? 내가 못마땅하겠지? 그 순간의 글이 전혀 읽히지 않아 멍청하게 보일까 봐 걱정되고 이 상황의 어색함과 부끄러움을 견디기 싫어서 대충 그 상황을 무마하기 위한 영혼 없는 말, 적당한 말을 둘러댄다.

그러고는 또 이 말에 영혼이 없다는 것을 듣는 사람이 알면 어쩌지? 슬쩍 눈치도 본다. 마치 연기하듯이, 그래 연기다. 누가 지금 여기에 제대로 존재하라고 했던가? 나는 지금 여기를 빨리 벗어나고 싶을 뿐이다.

한번은 컴퓨터가 고장이 나서 서비스 센터에 전화를 했다. 그리고 전화상으로 직원이 안내한 대로 내가 조작해야 했다. 로딩하는 데 걸리는 시간, 직원이 말한 탭을 찾는 시간들이 얼마나 숨이 막히게 하는지 마치 10년처럼 느껴졌다. 찾으라는 프로그램을 화면에 띄우는데 시간이 지체되거나 안내한 내용을 찾지 못할 때, 아니 사실은 전화기를 붙들고 있는 시간 내내 나는 식은땀이 나고 마음이 불안해서 가슴이 터질 것만 같았다.

누군가를 나 때문에 기다리게 해야 한다는 사실이 너무 불편하고 싫어서 빨리 전화를 끊고 싶은 마음뿐이었다. 문제를 해결하고 전화를 끊을 때쯤 나는 온몸이 땀으로 젖어 있었다. 이날 느꼈다. 나로 인해 누군가가 시간을 쓰고 나를 위해 서비스를 해 주는 일이, 물건을 구입한 고객으로서 마땅히 받아야 할 서비스임에도 불구하고, 그 사람이 누군지도 모르는 상황에서도, 나는 불편해하는구나. 컴퓨터를 산 고객으로서 당당하게 받아야 하는 권리를 이행하는 것마저도 나는 힘들어하는 사람이구나. 그래서 자꾸 사람을 피해 혼자만의 공간으로 도망 다니는구나.

이런 내 성격이 너무나 불편하다. 함께 머리를 맞대고 해결해야 하는 것이 많은 교직사회에서 다른 사람과 같이 있을 때는 사고가 마비된 듯 멈추고 말이 나오지 않는 나는, 내 삶을 사는데, 아니 내 일상의 사소한 일을 처리하는 것부터 힘들다.

오늘 해야 할 업무를 제대로 처리하지 못하고 어영부영 시간만 때우고 온 이유에는 그때 전화로 컴퓨터를 고치기 위해 서비스를 받았을 때 느꼈던 식은땀이 또 흐를 것 같은 느낌 때문이었다. 도대체 왜 나는 이렇게 늘 불안해하는 것일까? 왜 혼자 있을 때조차 손에 땀이 나고 안절부절못하는 것일까? 왜 나 자신으로서 당당하지 못하고 늘 긴장하고 눈치를 볼까? 타인과 함께 삶을 나누는 것이 왜 이렇게 힘들까?

완벽하지 않아서 더 아름다운 것들

2

인간관계가 괴로워

이 그림을 보면 뭐가 떠오르실까요? 『생각 여행』의 신다미 작가가 수수께끼를 내듯 그림을 톡으로 보내왔다. 나폴레온 힐의 『나의 꿈 나의 인생』에 나오는 그림이다.

이 그림을 보는 순간 절벽이 먼저 눈에 들어왔다. 깎아지른 듯 뾰족하게 갈라진 절벽이 끝도 없이 펼쳐져 있었다. 아찔했다. 더 이상 물러설 곳이 없다는 어지러운 느낌, 이런 느낌을 언제 받아봤더라……. 아…… 옳다고 생각한 어떤 것을 계속 써먹다가 어느 순간 더 이상 이 방법으로 통하지 않을 것 같은 느낌을 받을 때, 바로 그때였다. 내가 아는 방법으로 어떤 상황의 해결이 도저히 안 될 때 방향을 잃은 나머지 어지러움을 느꼈다.

엄마는 늘 남을 배려하고 양보해야 한다고 가르쳤다. 그리고 남에게 피해를 주면 절대 안 된다고 강조했고 당신도 철저하게 그것을 지키며 살아오셨다.

나는 엄마의 착한 맏딸이다. 나에게 엄마의 말은 절대적이다. 나는 엄마가 시키는 대로 했다. 그래서 엄마는 삼 남매 중 유독 나를 사랑했다. 나는 엄마에게 배운 대로 타인에게 양보하고 배려했다. 그런 나를, 친구들은 좋아해 줬다. 그래서 대부분의 친구들은 나에게 베스트 프렌드라는 이름을 붙여주었다. 고마웠다.

타인의 사랑을 받으려면 양보하고 배려해야 한다. 그게 맞다. 그러나 어느 순간 부당하다고 느껴질 때가 있다. 상황이 반복되거나 하기 싫은 일을 강요받을 때가 있다. 강요받는다고는 했지만 상식적인 차원에서 그렇게 문제 될 것 없는 평범한 일이기는 하다.

혼자 시험공부를 해야 집중이 잘 돼서 혼자 하고 싶은데 독서실에 같이 가자는 요구사항 같은 것, 그 친구는 유독 혼자 하는 것을 심심해하고 외로워해서 같이 있어 줄 누군가를 필요로 했다. 처음에는 별생각 없이 기쁜 마음으로 독서실을 함께 갔다. 그런데 모르는 문제를 물으러 왔다가 수다가 시작되었고 그 수다가 언제 끝날지 모르고 계속되었다.

그 수다가 재미있기도 하고 이야기를 끊기가 애매해서 빠져서 듣다가 속으로는 시험공부 해야 하는데 어떡하지? 얘는 말을 언제 끝내려나…… 그러다 시간은 어찌나 빨리 가는지 벌써 새벽 2시가 되었고 새벽이 되어도 집에 돌아오지 않는 내가 걱정되어서 엄마가 동생을 보냈다. 그때야 비로소 나는 그 수다로부터 놓여날 수 있었다.

그리고 그다음 날 시험은 예상대로 망쳤다. 후회하면서 그 친구를 원망했다. 그런데 이 친구는 그다음 시험에 또 독서실에 가자고 한다. 친구의 제안에 'no' 하는 것이 왜 그렇게 힘들었을까……. 솔직하게 말하지 못하고 나는 엄마 핑계를 대면서 적당히 거절한다.

"중간고사 못 쳐서 기말고사 때는 독서실비 못 주겠대. 그래서 못 가."
공부에 집중할 만한 환경이 안 돼서 독서실에 가고 싶었지만 또 수다 떨다가 시험 망치느니 집에서 잠이라도 푹 자고 컨디션이라도 조절하는 것이 낫겠다 싶어 독서실을 포기했다. 양보와 배려는 어디까지 해야 하는 걸까? 왜 내가 원하는 바를, 친한 친구임에도 정확하게 말하지 못하는 것일까?

급기야는 남녀관계에서도 이런 문제가 생겼다. 이상하게도 삼각관계에 자주 놓였다. 내가 초등학교(당시 국민학교) 시절부터 좋아했던 남자아이가 있었다. 이름은 이수혁, 우리 집 근처에 살았다. 고등학교에 올라가자 아침마다 등굣길에서 자주 마주쳤다.

학교 가기 위해 버스를 타는 정류장을 조금 지나면 수혁이의 고등학교가 있었다. 아침마다 등교 시간에 자주 마주치다 보니 버스 정류장까지 같이 걸어갔다. 우리 엄마랑 수혁이의 엄마는 친했다. 나는 고등학생이 되어 밤에 학원버스를 혼자 타고 다니기 무섭다고 수혁이랑 같이 다니게 해 달라고 엄마에게 부탁했고 평상시 나를 이뻐해 주신 수혁이 엄마는 허락해 주셨다.

학원에서 만나서는 학원버스를 타고 밤늦게 집으로 같이 왔다. 우리 집이 마지막 코스여서 제일 끝에 우리는 내렸다. 그날 있었던 일들로 수다를 떨면서 집으로 오는 버스 시간이 너무 짧았다. 그 순간들이 행복했다.

어느 날 수혁이는 자기가 좋아하는 노래들만 담았다면서 직접 녹음한 음악 테이프를 선물했다. 나탈리 콜의 감미로운 love가 첫 곡이었고 10개의 곡 중 가장 마지막 곡명도 love였다. 곡명과 가수 이름 사이에 예쁘게 하트가 그려져 있었다. 사인펜으로 까맣게 칠해진 두 개의 하트가 빛을 내는 듯 사랑스럽게 보였다. 매일 그 테이프를 듣고 또 들었다. 하도 들어서 그 테이프가 늘어날 정도였다.

그러던 어느 날 저녁 야자를 마치고 학교 매점에서 만난 국민학교 동창인 진주와 수다를 떨다가 수혁이랑 같은 학원에 다닌다는 사실을 말했다. 그 말을 듣자마자 자기랑 연결시켜 달라고 했다. 수혁이랑 사귀고 싶다면서. 아…… 어떡하지? 나도 수혁이가 좋은데……, 내가 좋아한다고 얘기해? 말아?

며칠을 고민 고민하다가 나는 마치 내가 대단히 초월한 사람인 양 그 둘을 연결시켜 줬다. 그리고 그 둘은 사귀게 되었다. 지금 생각해 보면 수혁이도 나에게 배신감을 느꼈을 것 같은 생각이 든다. 뭐지? 이거? 그런데 이건 시작에 불과했다. 대학에 가서도 비슷한 상황에 놓이게 된다.

내가 짝사랑하던 우리 과 부회장 선배를, 절친이 좋아하게 된 것이다. 내 감정을 솔직하게 말하지 못했던 나는, 결국 내 절친 선배에게 고백할 수 있게 자리를 피해 주는 숭고한(?) 역할을 하고야 말았다. 아…… 한두 번이 아니라 여러 번 반복되다 보니 이것은 그 친구와 과 선배를 원망해서 끝날 문제가 아닌 다른 차원의 문제일 것 같다는 생각이 들었다. 왜 자꾸 반복되지? 이 패턴 벗어나고 싶었다.

뭐가 문제기에 나에게 자꾸 이런 상황이 반복되는 건지 도저히 알 수가 없었다. 나는 엄마에게 배운 대로 양보하는 행동을 했을 뿐인데 왜 이렇게

완벽하지 않아서 더 아름다운 것들

마음이 아픈 걸까? 세상에서 말하는 착한 행동을 했을 뿐인데 왜 난 불행해지고 슬픈 것일까…….

수혁이나 과 선배가 진짜 나를 좋아한다면 영화에서 본 것처럼, 그럼에도 불구하고 나를 찾아와야 하는 거 아냐? 그래 그들이 진짜 나를 좋아했던 것이 아니었어. 이렇게 나를 위로했다. 나를 내세우고 솔직한 내 마음을 말하는 것이 왜 그렇게 힘들었을까. 솔직한 마음을 얘기하면 곤란해할 친구들의 표정을 감당할 자신이 없었다.

또한 솔직한 내 마음을 얘기했을 때 벌어질 상황에 대해, 감당할 마음의 준비도 되어 있지 않았다. 그런 상황에 처하느니 아무 일도 없는 편안한 상황에 주저앉고 싶었는지도 모르겠다. 아마 그렇게 양보하는 편이 내가 좋은 친구라는 인상을 주게 된다는 것도 한몫을 하게 되었을 것이다.

나를 채우고 나를 주장하고 나를 고집부릴 시간들을 건너뛰고 타인이 먼저 내 마음을 주도하게 되면서 나는 내 것이 없어지는 상황, 친구에게 맞춰주다가 좋아하는 사람마저 양보해야 하는 상황에 오게 된 것이다. 그러다 보니 나는 '우정', '사랑' 이런 단어가 가볍고 발랄하고 경쾌하고 따뜻하지 않고 무거운 책임으로 느껴진다.

따뜻한 인간관계란 나를 희생해야 얻을 수 있는 것이라는 경험이 쌓여갔다. 그래서 누군가 나에게 가깝게 다가오면 긴장된다. 또 나는 무엇을 희생시켜 좋은 인간관계를 유지해야 할 것인가? 내 감정을 인정하지 못하고 남의 감정만 인정해 주는 것이 옳다고 생각한 나는 인간관계가 너무 피곤했다.

그래도 엄마는 내가 양보를 하면 내 마음을 알아주고 내가 원하는 것을 더 크게 듬뿍 안겨주셨다. 그러나 엄마처럼 나를 알아주고 챙겨주는 사람은 아무도 없었다. 엄마 외의 사람들에게 양보는 양보일 뿐이었고 내 것을 빼앗길 뿐이었다. 그러다 보니 나는 점점 지쳐갔다. 어느 순간 나는 친밀한 관계가 오히려 두려워졌다.

　나에 대한 배려가 없던 내가, 타인에 대한 배려를 요구받았을 때, 나의 소중한 것을 내주어야 하는 절벽의 경험이었다. 절벽의 마지막 지점에 도달했을 때, 그 시점에서 저 절벽은 나에 대한 존중과 사랑을 찾으라고 말하고 있음에도 불구하고, 그 말을 알아듣지 못하고 어리석게도 나 자신을 버리는 결정을 한다. 그러고는 나를 절벽 밑으로 떨어뜨린 타인들을 탓하며 관계를 원망했다.

3

왕따

친밀한 인간관계에 대한 두려움이 생기게 된 또 다른 계기가 있다. 직업 군인을 아버지로 둔 나는 어릴 때부터 일 년마다 전학을 다녔다. 일 년에 한 번씩 이삿짐 싸는 것이 너무나 번거로웠던 우리 엄마는 아예 방 한 칸 은 짐을 싸둔 채로 살았다. 이사 시기는 빨리빨리 돌아왔다. 이사의 단점 은 친구들과 정들어서 친할 만하면 이별해야 한다는 점이다.

그래도 초등학교에 들어가기 전에는 이별의 의미가 그다지 와 닿지 않 았는데 처음으로 학교에 입학하고 1년 동안 정든 친구들 앞에서 전학을 가게 되어 아쉽다는 마지막 인사를 하는데 어떤 뜨거운 것이 속에서 치받 쳐 올라와 눈물이 뚝뚝 떨어졌다. 작별 인사를 제대로 잇지를 못했다.

어린 마음에 이별이 이렇게 아픈 것이구나 느꼈다. 처음으로 맞이한 이 별의 슬픔이 유달리 마음이 여렸던 나에게는 굉장히 큰 충격이었던 것 같 다. 이날 이후 더 이상 마음 아픈 것이 싫어서 스스로를 단단히 세뇌를 시켰다. 사람은 원래 헤어지는 존재다. 그런 거다. 영원한 관계는 없다. 미리 헤어질 것이라 예상했더니 이별이 그렇게 아프지 않았다.

이렇게 매년 전학을 다니다가 아버지는 전역하셨고 우리는 대구에 정착했다. 그때가 3학년 때였는데 대구의 2군 사령부가 우리 아버지 군인 인생의 마지막 일 년을 보낸 곳이다. 2군 사령부 옆에 있는 만촌국민학교는 아무래도 군인 자녀가 다 같이 다니는 학교라 이질감이 덜했다. 군인이 아닌 민간인이 되어 만촌동에서 삼덕동으로 이사를 가게 되었는데 삼덕국민학교는 분위기가 좀 달랐다.

나는 부평에서 태어났고 진주에서도 살았다. 초등학교 1학년은 전주에서, 2학년은 정읍에서 다니다가 대구로 이사를 갔기 때문에 일단 말투가 다른 아이들과 달랐다. 같은 대구라도 만촌국민학교를 다닐 때는 다른 아이들과 다른 말투가 크게 문제 되지 않았는데 삼덕국민학교에 전학 온 이후에는 튀는 아이가 되어 있었다. 그럭저럭 4학년은 어떻게 지내고 5학년이 되었다. 전학생으로 불렸던 4학년 때에 비해서 5학년 때는 그 학교의 기존 멤버와 같은 기득권자의 대접을 받으면서 그럭저럭 잘 지냈다.

그 당시에는 『삼국지』에 나오는 유비, 장비, 관우의 나라를 위하는 마음으로 하나임을 나타내는 도원결의처럼 평상 우정을 다짐한다는 차원에서 친한 아이들끼리 자기들만의 모임에 이름을 붙이고 우정을 과시하는 유행이 있었다.

나는 5학년에 올라와 새롭게 친해진 친구 4명과 봄, 여름, 가을, 겨울이라는 별명을 각각 붙이고는 뿌듯해하며 서로를 각별히 챙겼다. 짝꿍은 서로 돌아가면서 하자고 제안을 했다. 나는 봄이었던 것 같다. 그 당시 나의 단짝 친구로 정해진 아이는 생일이 겨울인 임민희라는 키가 크고 덩치가

완벽하지 않아서 더 아름다운 것들

큰 아이였다.

어느 순간 나는 왕따가 되어 있었다. 이유를 알 수 없었다. 그때도 내가 왜 아이들의 미움을 받아야 하는지 이유를 찾을 수가 없었던 것 같다. 나는 내성적인 성향이 강한 아이였고 배려심이 많은 아이였던 것 같은데 왜 그렇게 나를 미워했을까.

그 당시 왜 이런 일이 시작된 것인지 이해할 수 없었던 나는 어느 날 도원결의를 맺고 나와 단짝으로 지내자고 제안한 임민희가 주동자였다는 사실을 알고 굉장한 충격을 받았다. 가장 친한 친구가 적이 될 수 있구나!라는 깨달음을 준 최초의 사건이었다.

민희와 짝이 된 이후로 나의 모든 것을 민희와 함께 나누려고 노력했는데 그녀는 왜 나를 미워하게 되었을까? 뒤통수를 맞는다는 기분이 이런 거구나. 정말이지 어제 바로 나와 우정을 나누던 아이가 어떻게 앞뒤 설명도 없이 갑자기 나의 적이 될 수 있는지 납득할 수가 없었다. 이해하고 싶지도 않았다. 다행히 왕따라도 나를 지지해 주는 친구가 2명 있었다. 내 짝꿍 이지연과 내 앞자리에 앉아 있던 손가락이 유난히 길고 이뻤던 친구 강현주 이렇게 2명의 친구가 나를 지켜주었다.

이 2명의 친구만이 내 편이었고 나머지 친구들은 나를 몰아세웠다. 영화에서나 보던 장면이 나에게 일어났다. 여자애들 떼거리가 나를 쓰레기장 뒤쪽으로 불러내서 뭔가를 따지는 장면, 도대체 그 아이들이 나에게 뭘 따졌을까? 기억나지 않지만 나는 내가 뭘 잘못했는지 알 수 없었다.

당시에 나는, 선생님들의 총애를 받아야 할 수 있다는, 심부름을 도맡아 하는 학생이었다. 학교에서 방송부를 했었고 각종 대회에서 상도 많이 탔던 것으로 기억이 난다. 유달리 교육에 관심이 많았던 엄마는 나를 피아노

학원, 미술학원 등에 보냈고 당시 대부분의 우리 반 친구들이, 학교 마치고 고무줄놀이하고 공기놀이를 하며 놀았던 것에 비해서, 나는 비교적 자기 계발에 시간을 많이 쓴 편이었다.

그러다 보니 자연스럽게 각종 미술대회에 도맡아 나가게 되었고 아침 조회 시간에 교장선생님께 직접 상을 받는 일이 많았다. 이런 상황들이 한창 예민하고 자기 자신에 대한 생각이 커져가는 5학년 여학생들에게, 눈엣가시가 되게 한 원인인 것 같다. 아니 더 큰 이유는 당시에 인기가 많았던 수혁이 때문이었던 것 같다.

소풍 때 선생님이 자기가 앉고 싶은 친구랑 같이 앉아서 가도 좋다는 말씀을 하셨다. 나는 수혁이에게 같이 앉고 싶다고 얘기했고 수혁이는 나의 제안을 받아들였다. 임민희가 수혁이를 좋아했던 것이다. 그 사실을 전혀 몰랐던 나는 당당히 내가 차지한 수혁이와 짝이 되어 버스에 타서 수다를 떨면서 즐거운 시간을 보냈다.

그 사실이 임민희의 질투심을 유발시켰을 것이라고는 당시에는 전혀 눈치채지 못했다. 사실 나는 성정이와 단짝이 되고 싶었다. 성정이와 나는 서로의 비밀을 나눈 사이였기에 마음이 서로 통한다고 느꼈다. 그러나 이런 내 바람과는 달리 임민희가 나와 단짝을 하자고 제안을 해서 사실 속으로 아쉬웠다. 어찌 되었든 돌아가면서 한 번씩 짝을 하자 했으니 언젠가 성정이와 단짝이 되겠지라고 생각하면서 그 상황을 받아들였는데, 나하고 짝이 되고 싶다고 말한 아이가 나를 적으로 만들다니 도저히 납득할 수 없었다.

그 당시 뭐라고 말을 하면서 나를 공격했는지 정말 하나도 기억나지 않는다. 그저 빨리 시간이 흘러 6학년이 되어 서로 다른 반이 되기만을 기다

완벽하지 않아서 더 아름다운 것들

렸다. 그런데 여기에 한 번의 비극이 더 존재한다. 그 당시 왜 그런 결정을 내리게 되었는지 모르겠지만 반 편성을 해서 아이들을 재배치하지 않고 5학년 때 반이 그대로 6학년으로 올라가게 된 것이다.

그렇게 떨어지고 싶었던 우리 반 여학생들과, 아니 더 정확하게는 임민희와, 같은 교실에서 1년을 더 같이 지내야 한다는 것은 당시 나에게 너무나도 가혹한 형벌이었다. 학교에 어떤 사정이 있었는지 알 수 없지만 나를 왕따 시키는 저 이해할 수 없는 미운 여자아이들과 헤어질 수 있는 기회를 놓친 나는, 학교마저도 잔인하게 느껴졌다. 나를 왕따 시킨 여자아이들과의 동거가 또다시 시작되었고 나의 악몽은 계속되었다.

그 당시 나를 드러내지 않아야겠다고 생각했고 가까울수록 마음을 주지 말아야겠다는 생각을 더 강하게 했다. 6학년에 올라가서는 반장 부반장 선거에서 계속 떨어졌다. 시간이 흐를수록 나를 왕따 시킨 사건은 아이들 기억 속에서 점점 잊혔고 나에게도 어느새 새로운 친구들이 생겼다.

6학년 졸업 후 민희는 나에게 긴 장문의 편지를 보내왔다. 수혁이에 대한 질투 때문에 너를 괴롭혔다. 미안하다. 그 편지를 읽으면서 이 아이를 용서해야겠다는 생각으로 마음이 말랑말랑해지기는커녕 이 편지 한 장으로 2년 동안 괴롭혔던 자신의 죄목을 씻으려 하는 임민희가 가증스러웠다. 나는 답장하지 않았다.

아마도 민희는 나를 괴롭힌 일로 많은 고통의 시간을 보냈던 것 같다. 대학 가서도 라디오 방송에 사연을 보내, 자기가 나를 왕따 시킨 사건에 대해 고해성사를 하고 라디오 방송을 통해 미안하다는 말을 전해 왔다. 미안하지만 그때도 여전히 내 마음은 꽁꽁 얼어붙어 민희를 용서하지 못했고 그 방송을 들으라고 연락 온 민희에게 괜찮다고 이미 잊었다고 말은 한 것 같은데, 그때 내 입으로 뱉어낸 말과는 달리, 상처로 꽁꽁 얼어붙은 내 마음에 용서 따위가 들어올 여지가 1도 없었다.

그저 모르는 사람이 지나간 것처럼 그렇게 내 마음에서 민희와의 재회를 지워버렸다. 생각하고 싶지 않았고 용서하기 싫었다. 이때의 상처는 평생의 트라우마가 되었다. 누구든지 내 마음 가까이 오는 친구를 마음에서 밀어내는 버릇이 생긴 것이다.

또한 내가 수혁이를 좋아했던 이유로 왕따를 당했다는 사실은 내가 누군가를 좋아한다는 사실이 누군가를 아프게 할 수 있다는 사실을 확실하게 배운 사건이기도 했다. 그래서 더욱 삼각관계에서 미움 받기 싫은 나머지 내가 좋아하는 사람을 양보하는 결정을 하게 된 것일지도 모른다.

지금도 그렇지만 나는 너무 예민한 성격이었고 하나의 사건을 굉장히 크게 받아들였다. 거기에 덤으로 솔직하게 나를 드러내던 성격도 점점 바뀌어갔다. 나를 감추자. 나를 드러내면 나는 미움을 받는다. 이렇게 나는 서서히 나의 색깔을 잃어가고 있었다. 고난이 있을 때마다 이것이 참된 나를 만들어가는 과정임을 알아야 한다는 괴테의 말이 무색할 정도로 나는 고난으로 아플 때마다 나 자신의 모습을 하나둘 쓰레기통에 던지며 나의 색깔을 없애 가고 있었다.

완벽하지 않아서 더 아름다운 것들

4

엄마 말을 잘 들어야 착한 아이지

아이 학원에 가면 자주 만나는 한 엄마가 있다. 나의 사랑스러운 쌍둥이 딸이 너도 이 학원에 다녔어? 하며 반갑게 인사하는 것이었다. 아주 귀엽게 잘생긴 남자아이였다. 셋이서 서로 잡기놀이를 하며 뛰어놀고 있는데 남자아이의 엄마가 왔다. 잘생긴 남자아이를 닮은 그 엄마도 역시 예쁘장한 조그마한 얼굴에 차분한 모습을 하고 있었다.

"안녕하세요. 어떻게 여기를 다니세요?" 서로 반갑게 인사를 나누고 어디에 사는지 물어봤더니 우리 동네였다. "어머! 반가워요~. 저도 그 동네 살아요." 그 학원에 가는 날이면 만나다 보니 점점 친해졌다. 알고 보니 내가 다니는 바로 옆 고등학교 수학 교사였다.

어쩌면 이런 인연이 있을까 싶었다. 직업도 같은 교사에다가 직장이 바로 우리 학교 옆에 있는 고등학교라니……. 둘 다 아이에 대한 열성 극성 엄마라는 점에서 또 통했다. 사실 나는 아이 교육에 유별나다. 주변의 엄마들에 비해 아이 교육에 극성맞은 만큼 터놓고 지낼 만한 친구가 없었다. 좀 친하게 지내다가도 아이 교육문제에 관한 이야기라도 나오면 서로의 관점이 다르다 보니 사이가 서먹해졌다.

왜냐면 내가 좀 과하다 싶은 엄마들은 나에게 그렇게까지 할 필요가 있을까 하는 표정으로 나를 바라보았고 그러면 나는 머쓱해지면서 더 이상 대화를 나누고 싶은 마음이 안 생겼기 때문이다. 그때만 해도 아이 교육문제가 나의 가장 최고의 과제였기 때문에 이런 상황을 함께 나눌 친구가 필요했다.

그 엄마는 나의 가려운 곳을 긁어줄 적임자였다. 그러면서 많이 친해졌다. 내가 사는 인천 청라에서 목동까지 주말마다 수업을 들으러 오는 나 같은 엄마가 또 있다니 진심 반가웠다. 내가 아이 수학문제로 고민을 하니 그럼 자기 아이 공부도 시킬 겸 일주일에 한 번씩 우리 아이들 수학 공부를 봐주겠다며 흔쾌히 제안을 했다. 수학이라면 머리가 아파 온 나는 너무나도 감사했다. 일주일에 한 번씩 그 집에 가서 우리 아이들 수학을 배웠다.

이렇게 우리는 점점 친해졌다. 서로 친해지다 보니 점점 내가 이 엄마에게 바라는 것이 많아지게 되고 챙기고 싶어졌다. 학원에서 아이 수업 받는 시간 동안 해야 할 일이 있어도 이 엄마랑 같이 있고 싶은 생각에 할 일을 미뤄두기 시작했고 아빠를 대신 보낼 수도 있었지만 내가 갔다. 이 엄마가 볼일이 있었다고 했다면 나는 안 가고 남편을 보냈을 것이다.

잠시 후 머리하러 가야 한다고 하자 내가 계획했던 대로 상황이 돌아가지 않고 내 마음과 달리 돌아가는 상황에 약간 섭섭했다. 그리고 약간의 마음의 충격이 남았다. 이렇게 내가 사소한 일에 마음의 충격을 잘 받고 섭섭해하는 성격인 것이다.

어릴 때 나는 이런 것을 친구들에게 느끼면 이런 섭섭함을 느끼기 싫어서 친구들에게 마음을 주지 말아야지, 이런 극단적인 생각을 했다. 물론 어릴 때처럼 그렇게 큰 충격은 아니었고 지금은 이 엄마의 상황을 200% 충분히 이해한다. 이 엄마 역시 아이 교육에 많은 시간을 쓰고 있어서 개인 시간이 없었다. 게다가 아들 하나라서 쌍둥이를 키우는 나보다 더 자유 시간이 없었다.

나는 애들 둘을 집에 놓고 머리하고 쇼핑하는 일이 가능하지만 이 엄마는 하나뿐인 아들을 집에 두고 다니기가 미안해서 따로 자기 시간을 갖는다는 것이 거의 불가능했던 것이다. 아이를 학원에 맡기고 선물을 사러 가거나 아이가 없는 시간을 이용해서 꼭 해야 할 일들을 했다. 그 엄마에게 섭섭해서라기보다 왜 내 마음에 이런 느낌이 드는 것인지 갑자기 궁금해졌다. 이 마음은 뭐지? '내가 좋아하는 사람이라면 내가 말하지 않아도 내 마음에 다 맞춰줄 수 있어야 한다'는 문장이 내 마음에 있었다.

그러다 보니 '내 마음에 맞춰주지 않는 사람, 내 마음을 모르는 사람은 나를 좋아하지 않는 사람이다'라는 문장도 동시에 있었던 것이다. 서로가 좋아한다면 다 맞춰줘야 한다는 이 문장은 언제부터 내 마음에 새겨진 거지?

가만히 생각해 보니 우리 엄마가 떠올랐다. 내 마음을 잘 읽어주는 우리 엄마는 언제나 내가 나의 감정을 표현하지 않아도 나를 제대로 읽어서 원하는 것들을 해 주셨다. 우리 엄마는 사랑이 많은 분이었고 자식을 위한 희생은 당연한 것으로 여겼다.

그런 반면에 당신의 의견에 대해 강한 믿음이 있었다. 그래서 엄마의 의견에 반대되는 뜻을 보이면 용납하지 않았다. 자세히 기억은 안 나지만 당신의 의견은 절대적으로 옳다는 생각을 가지고 있었기에 우리는 무조건 엄마 말을 들어야 했다. 엄마 말을 안 들으면 너는 괄호 밖이야. 엄마는 냉정한 사람이기 때문에 한 번 아니라는 생각이 들면 두 번 다시 돌아보지 않아. 이런 말을 자주 했던 것 같다.

그래서 내가 엄마에게 계속된 사랑을 받으려면 엄마 말을 어기면 안 된다, 엄마가 시키는 대로 해야 한다는 강박이 있었다. 그런 경험이 쌓이면서 나에게 사랑이란 내가 사랑하는 사람의 마음을 읽고 그가 원하는 대로 해 주는 것, 그가 싫어하는 행동이나 섭섭할 만한 행동은 하지 않는 것으로 내 마음에 새겨진 것 같다.

태어나서 처음 맺은 엄마와의 관계에서 만들어진 사랑의 개념은 어떤 사람을 만나 관계를 형성할 때마다 작용했다. 내가 상대에게 엄마에게 보내던 애정을 보내고 상대도 당연히 나에게 그렇게 해 줘야 그는 진정으로 나를 아끼고 사랑하는 것이라고 생각해 왔던 것이다.

안타깝게도 이 사랑의 개념은 누구에게나 통하는 개념이 아닌 내 사전에만 있던 개념이었다. 어떤 친구도 우리 엄마가 해 주듯이 나를 챙겨주는 사람은 없었다. 내가, 우리 엄마 말이 땅에 떨어질세라 바로바로 들었던 것처럼 내 말을 존중해 주고 들어 주는 사람도 없었다. 나는 혼자 상처받고 있었던 것이다.

그러면서 왜 원하는 대로 행동해 주지 않지? 왜 나만 저들의 말을 들어주고 저들이 하자는 것이 하기 싫으면 하기 싫다는 말도 못 한 채 끙끙 앓으면서 힘들어하는 거지? 사실 내 이야기를 존중해 주는 친구도 잘 없었다. 다 자신들의 이야기를 들어주기만을 바랐다. 그래서 순하게 잘 듣고

완벽하지 않아서 더 아름다운 것들

그들 마음을 잘 따라주는 나를 좋아해 줬을 뿐이라고 생각한다. 내가 원하는 것을 알아서 해 주는 친구는 없었다.

지금 생각해 보면 그게 당연하다. 사람마다 관계의 해석이 다 다르고 부모에게 받아온 애정의 형태가 다 다르다 보니 사람을 대하는 방식도 다 다르기 마련이다. 어린 시절에는 이것을 몰랐던 것이다. 왜 나와 같은 방식으로 나를 대해 주지 않는지 그것이 의문이었다.

나는 내가 우리 엄마 말을 다 들어줬기에 각별한 사랑을 받았듯이 내가 각별한 마음을 갖고 있는 사람은 내 마음을 다 들어줘야 한다는 그래야 마땅하다는 생각을 가지고 살아왔다. 엄마 말을 잘 들어야 착한 사람이지. 내 말을 잘 들어야 내 마음을 받을 만한 자격이 있는 사람이지. 내 말을 잘 들어주는 사람, 그 사람을 찾아 헤맸다.

5

나만의 공간, 학교 음악실

어떤 일에 집중하고 있을 때, 우리 딸이 징징거리면서 뭔가를 해 달라면서 온다. 그러면 화가 치민다. 순간 내 속에 괴물이 나오면서 딸에게 기다리라고 엄마 일 끝내고 네 얘기 들어주겠다고 소리를 지른다. 버럭 소리를 지르고는 생각해 보면 별일도 아닌 것에 화를 낸 것에 대해 딸에게 미안한 생각이 든다. 딸에게 미안해서 내 일을 후다닥 끝낸다.

그러고는 언제 화를 냈냐는 듯이 딸의 표정을 살피며, 엄마가 중요한 일을 할 때는 방해하면 안 된다고 앞으로는 기다려줄 것을 당부한다. 엄마의 괴물 모습에 겁에 질린 딸의 표정이 풀리고 다시 평상시로 돌아온다. 왜 이렇게 과도하게 화를 냈을까? 그러고 보니 집중하고 몰입하고 있는 시간을 방해받는 것이 너무 싫다. 그런 마음이 나도 모르게 아이에게 과하게 표현된 것이다.

예민하고 마음이 여려서 사람들과의 관계 속에서 늘 상대를 살피느라 피곤한 나는 혼자 있는 시간이 좋다. 특히 혼자서 뭔가에 몰입해 있을 때 행복감을 느끼는 편이다. 그러다 보니 몰입의 강도도 비교적 강하다.

어릴 때 만화책 읽기를 참 좋아했는데 만화책에 빠지면 옆에서 엄마가 큰 소리로 불러도 못 들을 정도로 집중했다. 매달 『소년중앙』이 새로 나오는 날을 손꼽아 기다렸던 생각이 난다. 피아노 치기도 좋아했는데 음악을 좋아했다기보다 혼자만의 공간에서 하나의 악보에만 집중할 수 있다는 점이 좋았던 것 같다. 어떤 일에 집중하고 있으면 사람들에 대해 신경 쓰지 않아도 되는 합리적인 이유가 된다. 그 점이 나를 더욱더 몰입하게 만드는 이유가 되었다.

여학생으로서 가장 예민한 시기인 5, 6학년 2년을 왕따인 상태에서 보냈다. 나를 왕따 시킨 친구가 단짝 친구였다는 사실은 나의 뇌리에 충격적으로 깊이 박혔다. 그때 나는 결심을 한다. 어느 누구도 내 마음 가까이 두지 않겠다는. 아마도 그때부터 의식적으로 친밀한 관계를 밀어내 왔던 것 같다.

어느 한 친구와 친해지면 그 친밀함과 따뜻함이 좋으면서도 언제 적으로 변할지 모른다는 두려움이 숨어 있었다. 그래서 중학교를 가면서 절대 친한 친구를 만들지 않겠다는 결심을 했다. 살다 보면 하루에도 열두 번씩 힘든 일들이 생길 수 있다.

내가 원하는 시험결과가 나오지 않았을 때, 어느 날 교실 벽에 붙은 내 성적이 미끄럼을 타고 쭈욱 내려왔을 때, 이럴 때 누군가를 만나서 마음속에 속상한 이야기를 수다로 풀고 싶다. 그러나 마음속 솔직한 이야기를 한 결과로 가장 친한 친구로부터 왕따를 받아본 경험이 있는 나는, 그것도 2년씩이나 고통 속에서 지내본 적이 있는 나는, 사람을 믿을 수가 없었다.

오늘 친절한 저 친구가, 내일 나를 적으로 만들어 다른 친구들에게 욕을 하고 다닐지 아무도 모르는 일이었다. 누군가에게 순수한 내 마음을 열어서 보여주고 싶지 않았다. 상처받기 싫었다.

어느 날 4교시 음악 시간이 끝나고 종소리와 함께 같은 반 친구들은 하나둘 점심을 먹으러 교실로 가고 나는 아직 덜한 노트필기를 마무리하다 보니 늦어져서 혼자 음악실에 남아 있게 되었다. 아무도 없는 곳에서 혼자 있는 기분이 너무 평온했다.

어라! 이거 괜찮네? 슬그머니 공책의 여백에 나의 감정을 쏟아내기 시작했다. 아무도 없어서 누군가에게 신경 쓸 일이 없다는 점이 마음에 평화를 주었다. 내가 하고 싶은 것을 마무리하고 호젓이 앉아 내 마음속 이야기를 쏟아내기 시작했다. 일기 같은 것을 실컷 쓰고 났더니 마음이 홀가분해지고 시원해졌다. 내 영혼의 정신적 지주를 만난 기분이었다. 그리고 교실로 가서 점심을 먹었다.

음악실에서의 혼자만의 시간이 계속 생각났다. 아주 마음이 잘 통하는 베프를 만날 때의 기분이 이럴까? 그 공간이 주는 편안함, 호젓함…… 오늘부터 음악실을 내 공간으로 삼아야겠다는 생각을 했다. 그때부터 나는 학교에 아무도 모르는 나만의 공간을 갖게 되었다.

그 이후의 일이었다. 어느 날 중간고사 결과가 교실 벽 게시판에 붙었다. 성적이 많이 떨어졌다. 그 시절에는 시험결과가 마치 사형선고처럼 느껴질 정도로 학생들에게 아니, 나에게 중요했다. 내가 성적이 떨어진 이유가 뭔지 왜 떨어졌는지 이런 것들을 친구들과 수다로 풀고 싶었다. 그렇지만 말할 친구가 없다. 굳이 하소연할 친구를 찾으면 들어주는 친구가 있겠지만 그러고 싶지 않았다.

완벽하지 않아서 더 아름다운 것들

나는 나만의 호젓한 공간인 음악실이 생각났고 점심시간에 음악실을 찾아갔다. 문이 잠겨 있었다. 너무 실망스러웠다. 그렇지만 사랑하는 친구를 바로 만날 수 있는데 물러설 수 없었다. 이 문을 열 수 있는 다른 방법이 없을까? 꼭 문을 열고 음악실로 들어가고 싶었다.

마치 훔칠 물건을 확인하고 그 물건을 훔치기 위해 작전을 세우는 좀도둑처럼 머리를 굴렸다. 문이 안으로 잠겼을 때 문과 틀 사이에 얇은 책받침을 이용해서 문을 열었던 기억이 나서 내 책받침을 이용해서 문틈에 끼워 넣고 위에서 아래로 밀어보았다. 아…… 문이 열리지 않았다. 문을 잠그는 걸이에 걸려 책받침이 밑으로 내려가지 않았던 것이다.

또 다른 방법이 없을까? 음악실의 손잡이가 일자로 홈이 난 형태를 가지고 있었다. 혹시? 마침 주머니에 백 원짜리 동전이 있었고 그 동전으로 일자로 홈이 난 손잡이에 끼우고 돌렸더니 문이 열렸다. 나는 마치 보물이 숨겨진 비밀 동굴의 열쇠를 발견한 듯 기뻤다. 또 아무도 몰래 문을 열었다는 사실에 짜릿함을 느꼈다. 마치 범행을 계획하는 도둑처럼…… 슬그머니 주위를 살피고 음악실로 들어갔다.

그러고는 아무도 없는 음악실에 접는 책상을 펴고 앉아 나 혼자만의 시간을 가졌다. 메모지를 펼쳐 시험을 망쳐 성적이 떨어져서 느낀 실망감과 속상함을 종이에 잔뜩 적으면서 하소연했다. 떨어진 성적에 속상해서 혼자서 실컷 울었다. 그러고는 나 자신을 위로하는 글을 썼다. 아직도 기억난다. 글로 나를 토닥이고 달래고 응원했다. 그리고 나는 항상 내 글의 마무리를 '나는 나를 사랑한다'로 끝냈던 것 같다. '사랑해, 현지야' 이렇게.

이렇게 숨겨둔 애인을 만나듯 혼자만의 공간에서 충만해져 내 자리로 돌아오는 일이 반복되었고 음악실을 생각만 해도 웃음이 났다. 중학교에서 고등학교로 올라갔을 때 나를 아무 조건 없이 받아주던 '음악실과 같은 공간이 고등학교에도 있을까? 없으면 어떡하지?' 걱정되었다. 상습범처럼 고등학교에 가서도 음악실을 노렸던 나는 아무도 몰래 나만의 공간을 차지할 수 있었고 이렇게 중학교를 거쳐 고등학교 때까지 아무에게도 음악실 출입을 들키지 않는 완전범죄에 성공했다.

남들과 함께 있을 때는 타인의 생각과 마음의 파장에 영향을 받아 나만의 생각과 감정을 키워가지 못했던 나는, 비록 타인에게 나를 공유하고 표현하는 기회를 많이 갖지 못했지만 대신 나 자신과 소통하는 시간을 가졌다.

> 이 세상의 소리가 들리지 않는
> 이 세상의 냄새가 들어오지 않는
> 은밀한 골방을 그대는 가졌는가?
>
> — 함석헌, '그대는 골방을 가졌는가?'

나는 나만의 은밀한 골방을 가진 자였다. 때때로 이 세상의 소리와 냄새로부터 떨어져 나만의 소리와 향기로 가득 찬 시간의 주인이 되었다. 그 시간에 대한 자취는 내 마음속에 향기롭게 아로새겨졌다.

완벽하지 않아서 더 아름다운 것들

6

무대에 서다

중학교 2학년을 가르치고 있다. 요즘 우리 반 아이들 상담 중이다. 개인 상담을 끝내고 다섯 명 정도를 모아놓고 함께 집단 상담을 하고 있는데 생각보다 반응이 좋다. 한차례 진행한, 한 명씩 상담하는 것보다 더 재미있어했다.

한 명씩 상담할 때는 별다른 이야기를 하지 못했던 아이들이 친구들과 함께 이야기를 하니 카페에 앉아 수다를 떠는 느낌으로 훨씬 활기차게 대화를 나누었다. 친하게 지내고 있었어도 잘 몰랐던 친구들의 속 깊은 이야기를 듣는 것이 좋았던 모양이다. 그래서 상담을 진행하는 내내 마음이 즐거웠다.

우리 반에 학교 화장실에서 타이레놀을 14알이나 먹는 바람에 나를 긴장시키고 걱정시키던 친구가 있다. 이 친구는 학교에 올 때 가끔 숨이 막히고 답답해했다. 예고 없이 갑자기 올라오는 불안을 못 이겨 타이레놀을 먹거나 학교 옥상에서 발견되는 일이 종종 있어서 이 친구가 조회 시간에 안 보이면 등줄기가 서늘하다.

이유를 들어보니 초등학교 3학년 무렵에 아이들이 술래잡기하자고 하면서 이 친구에게 술래를 시키면서 눈을 가리는 괴롭힘을 당했단다. 더 이상 술래를 하기 싫다고 했더니 양말을 입에 넣으며 협박을 했다는 것이다. 그때 이 친구가 바로 담임선생님께 말씀을 드렸어야 했는데 그냥 참았다고 했다. 이것이 문제였다.

이런 괴롭힘이 초3을 시작으로 고학년이 되어서 학원에서도 이어졌고 초5쯤 되었을 때 이런 것이 학교폭력이구나라고 생각했다는 이 친구의 말을 들으며 너무 안타까웠다. 해결되지 않은 문제는 아이의 마음속에서 점점 커져서 중학교 2학년까지 끌고 오게 되었고 여전히 초등학교 시절의 문제가 이 친구를 계속 괴롭히고 있었던 것이다.

이 사실을 부모님께 여쭙자 잘 모르고 계셨다. 엄마가 힘들어할까 봐 엄마에게 말을 못 했던 것이다. 이 친구가 너무 안쓰러웠다. 혼자만 가지고 있던 문제가, 생각 속에서 증폭되고 이로 인해 순간 분노가 올라올 때마다 이 친구는 자신에게 벌을 주는 방식으로 그 감정을 해소했다. 타이레놀을 먹거나 자해하거나.

아이들이 많이 몰려 있는 곳에 있으면 숨이 막히고 답답하다고 했다. 왜 따돌림을 받게 되었을 것 같냐고 물었더니 자기가 작고 소심해서 자기같이 작은 아이는 갖고 놀아도 된다고 아이들이 생각한 것 같다는 말을 슬프게도 했다. 어쩌면 초등학생이 제일 무서울 수 있다. 옳고 그름을 판단하지 않은 채 충동적으로만 행동하는 것처럼 위험한 일이 없다.

개인적으로 중2병보다 초등학생들의 행동이 더 무섭다고 생각한다. 자

완벽하지 않아서 더 아름다운 것들

기중심성이 강한 때라 막무가내다. 마음이 아픈 아이들의 대부분은 초등학교 무렵부터 시작되는 친구들과의 문제에서 발생했다. 초등학교 때 아이들은 아직 자기중심적이면서 이성이 발달하지 않아 천지를 모르고 까분다. 이때 다듬어지지 않은 자기중심적이면서 이기적인 행동이 누군가의 가슴에 트라우마로 남아 평생을 가져가게 한다.

나 역시 초등학교 5학년 때의 왕따라는 사건이 평생 따라다녔다. 이런 사실들은, 한차례 진행한, 개인 상담을 통해 알게 된 일이었다. 상담의 분위기를 바꾸고 싶어서 여러 친구들과 같이 대화를 나누는 집단 상담을 하기 시작하면서 신청자를 받았는데, 이 친구가 참여했다. 이 친구에게 마음에 드는 카드 한 장과 지금 현재를 나타내는 카드 한 장을 골라보라고 했더니 벽에 사람들이 노란색, 파란색, 빨간색 등으로 칠해진 카드를 쥐는 것이었다. 자기는 색깔이 있는 사람이 되고 싶다고 했다. 요즘 노래학원과 연기학원을 다니는데 재미있어서, 자기만의 색깔을 가진 뮤지컬 배우가 되고 싶다고 했다.

그러고 보니 이 친구 목소리가 참 카랑카랑하면서도 예쁘다. 이상하게 작게 말하는데도 메시지가 분명하게 전달되는 힘을 가진 딕션이 좋은 목소리다. 그래서 국어시간에 책 읽기를 자주 시켰다. 이 친구가 좋아하는 일을 찾았다니 참 기쁜 일이다.

문제에 집중하기보다 자신의 미래에 하고 싶은 일에 집중할 때 나오는 밝은 에너지가 이 친구의 어두운 부분의 문제를 극복하게 도와줄 것이라는 생각이 들었다. 연기한다는 것, 더 정확하게는 연기를 통해 숨겨진 나의 감정을 표현해 보는 것, 이거 정말 속 시원하고 재미난 일이다. 시나리오에 있기 때문에 욕을 해도 되고 화나는 감정도 실컷 표현할 수 있다.

나도 이런 속 시원한 경험이 있었다. 초등학교 3학년 때였다. 우리 반에 어떤 아이의 아버지가 당시 영남대학교 영문학과 교수님이셨다. 대학 내 연극동아리를 운영하고 계셨고 그 동아리 이름이 극단 '우리무대'였다.

심청이가 인당수에 몸을 바치는 부분을 아버지의 눈을 뜨게 하기 위해 중국에 몸을 파는 여인으로 팔려간 이야기로 각색한 최인훈 작가의 시나리오 '달아달아 밝은 달아'를 기반으로 한 연극을 대학에서 이끌고 계셨다. 이미 늙어서 노쇠한 여인이 된 심청이가 당시 동네 아이들을 모아놓고 자기의 고향 이야기를 들려주는 장면에서 아역이 필요했고 그 아역을 구하기 위해 우리 반 담임선생님께 협조를 요청하셨다. 담임선생님께서 나와 몇몇 친구들을 아역으로 활동할 수 있도록 배려해 주셨다.

그래서 우리는 수업을 마치면 일주일에 2번 정도 연기를 하러 영남대학교에 갔다. 대학생 언니 오빠들과 함께 연기하는 것이 참 재미있었다. 우리 반에서 한 6명 정도가 같이 갔던 것 같은데 우리들끼리도 참 즐겁게 지냈다. 조선 시대 때 입던 한복으로 갈아입고 그 시대의 동네 꼬맹이가 되어 옹기종기 모여 앉아 심청 역을 맡은 대학생 언니의 이야기를 들으며 연기하던 장면이 생각난다.

심청이의 옛이야기를 날이 저무는지도 모를 정도로 집중해서 들어주고 나서, 동네 꼬맹이들은 깜깜한 밤중에 밝은 달빛이 쏟아지는 무대 위에서, 강강수월래를 외치면서 손에 손을 잡고 원을 그리며 돌았다. 손을 잡고 '달아 달아, 밝은 달아~ 이태백이 놀던 달아~'를 부르며 둥글게 원을 그리며 뛰면서 너무 신난다는 생각을 했다.

몇 안 되는 대사를 치는 엑스트라에 불과한 역을 맡았지만 그 시절 참 행복했다. 대학 연극제에서 우승해서 대구 시민회관에서 여러 번 공연했고 대구에서 최고 대학팀으로 뽑혀 전국대회에도 나갔다. 그리고 나는 4학년이 되어 아버지의 전역으로 인해 전학을 가야 해서 더 이상 함께 할 수 없는 상황이 되었다. 너무나도 아쉬웠다.

그 이후에도 교과서에 일 년에 한 번씩은 꼭 희곡이 나왔고 그때마다 선생님께서 교실에서 희곡을 연기하도록 시키셨다. 친구들과 모여 연습할 때, 그 인물이 되어 그 인물의 감정을 내가 마음껏 표현하는 것이 내 마음에 쌓여 있는 감정들을 깨끗하게 씻어내는 데 도움이 되었다.

한번은 만주를 배경으로 탐관오리들의 수탈을 피해 만주로 올라온 조선인들에게 잔혹하게 대하는 중국 군인의 역할을 맡은 적이 있었는데 그때의 나의 대사가 '꺼져', '여기서 뭐 하는 거야?'라며 큰 소리로 고함을 치는 것이었다. 조선인을 겁주는 중국 군인의 역할을 했었는데 현실에서 늘 모범생으로 바르게만 살아온 내가 포악하고 잔인한 역할을 하면서 고함치는 장면에서 내 속에 억눌린 감정이 해소되는 느낌도 받았었다. 감정 표현을 늘 억압했던 나에게 그 시절 연극무대에서의 연기는 시원한 숨통처럼 공식적으로 인정받은, 감정의 해독의 시간이었다.

과거에 연극을 통해 내 감정의 찌꺼기를 대신 풀어냈던 기억이 떠오르면서 이 친구에게도 오페라라는 새로운 촛불이 마음속에 응어리지고 아픈 기억들을 몰아낼 수 있는 의미 있는 경험이 되길 진심으로 바란다. 안네 프랑크의 '촛불 하나가 어떻게 어둠을 몰아내고 밝히는지 보라'는 문장처럼 이 친구가 새롭게 도전하는 오페라라는 밝은 열정의 촛불로 마음속의 어둠과 아픔을 몰아내길 진심으로 기원한다.

7

베스트 프렌드

요즘 학생들은 가장 친한 친구, 영혼을 나누는 가장 가까운 친구를 베프라고 줄여서 말한다. 베프라는 단어를 적으며 여러 가지 감정이 오간다. 나에겐, 베프라는 이 단어 자체가 가진 어감처럼 사랑스럽거나 믿음직한 느낌이 아니다. 오히려 착잡하고 복잡한 심정이다.

유달리 공감을 잘하는 나는, 어릴 때부터 친구들이나 선생님의 말을 정성껏 들어줬다. 누군가 내 말을 잘 들어주면 존중받는 느낌이 든다. 나를 있는 그대로 드러낼 수 있는 존재, 그런 존재가 바로 친구다. 나는 말을 하기보다 듣는 것이 더 즐거웠다. 들으면서 그 사람의 감정이나 생각을 읽어내는 것이 재미있었다. '이 친구는 나와 생각이 이렇게 다르구나! 나는 이런 일을 겪으면 이렇게 생각하는데 이 친구는 다르게 반응하네?' 신기했다. 같은 일을 겪었음에도 사람마다 다를 수 있다는 점이 너무 재미있었다.

나는 타인의 행동을 통해 내면의 상태를 읽는 것을 즐긴다. 집중해서 잘 들어주는 나는 선생님들에게도 늘 총애를 받는 학생이었고 친구들에게도 사랑을 받는 존재였다. 다들 나를 자신들의 베스트 프렌드라고 생각했다. 유달리 성격이 밝고 자존감이 강하고 늘 자기가 예쁘다고 말하는 친구가 있었다. 나는 나 자신이 늘 부끄럽고 초라하게 느껴지는데, 이런 나와는 달리 자기 자신이 얼마나 예쁜지를 여러 에피소드들을 토해 내며 여러 각도로 설명하는 그 친구에게 흥미를 느꼈다.

무엇이 저 친구를 저리도 당당하고 자신감 넘치게 만드는 것일까? 어떻게 얼굴색 하나 변하지 않고 스스로가 예쁘다는 얘기를 세상의 진리라도 되듯 저리 당당하게 할까? 궁금했다. 말솜씨도 좋아서 한 편의 드라마 같은 이야기를 맛깔나게도 했다.

사춘기 시절을 생각해 보니 나도 그랬지만 친구들이 유달리 외모에 신경을 많이 썼다. 꼭 사춘기 시절만 그랬던 것은 아니지만 내가 엄마가 되고 나이가 들어 마흔을 넘다 보니 지금은 외모에 대한 집착이 좀 줄어든 것 같다. 그럼에도 불구하고 여전히 외모가 중요하긴 하다. 그 시작이 사춘기 때가 아닐까 싶다.

수학여행을 가거나 소풍을 갔다 와서 내 동생에게 우리 반 단체 사진을 보여주면서 늘 자기가 예쁘다고 말한 그 친구랑 나랑 누가 더 예쁜지 그 친구가 예쁘다고 하면 얼마나 더 예쁜지 이런 것을 수백 번은 물어본 것 같다. 암튼 그렇게 자신만만한 그 친구는 그런 이야기도 몰입해서 잘 들어주는 내가 좋았던 것 같다.

거의 매일 전화를 걸었고 말문이 한번 터지면 밤을 새우면서도 이야기할 정도로 말이 많은 친구였다. 처음에는 그 친구의 이야기가 재미있었다. 그러나 내성적인 성격으로 혼자만의 에너지를 충전할 시간이 필요한 타입인 나는, 그 친구가 시간이 갈수록 피곤해 왔다. 점점 그 재미나던 이야기가 그렇고 그런 이야기로 들려왔고 흥미가 사라졌다.

아직도 그렇지만 나는 타인과의 관계에서 굉장히 집중하는 편이고 그 사람에게 몰입하려고 노력하는 성향이 있다. 언젠가 성격테스트를 해 봤는데 상대방에게 인정받고 보호받고 싶어 하는 경향이 크다고 했다. 함께하는 타인에게 보호받고자 하는 욕망이 크다 보니 나도 모르게 타인에게 심할 정도로 몰입해서 인정받으려는 욕망이 있는 것 같다.

이런 나의 성향은 이 친구처럼 외부의 누군가에게 인정받고 싶어 하고 누군가를 적극적으로 도와주려고 하는 외향적인 타입의 친구와 잘 맞았다. 사랑받고 싶은 친구들의 욕구를 내가 제대로 채워줄 수 있었던 것이다. 하지만 나의 감정과 내 생각을 제대로 표현하지 못하는 스타일의 나는, 그 친구가 점점 부담스러워 피하고 싶어졌다.

아마도 나는 내 감정을 자유롭게 표현하지 못하다 보니 내가 원하는 방향으로 상황을 끌고 가지 못하는 반면, 그 친구는 자신이 원하는 방향으로 상황을 만들어가기에 점점 내가 끌려다닌다는 생각을 하게 된 것 같다. 나에게 없는 모습을 가진 그 친구에게 끌림을 느낀 것은 사실이지만 관계가 가까워질수록 점점 피곤해 왔다. 나는 저항했다. 나를 표현하는 것에 익숙지 않은 나는, 그냥 그 친구를 피하면서 무조건 그 친구의 요구에 반대하기 시작했다. 그러나 집착이 강하고 열정이 남다른 그 친구는 자기가 하고자 하는 것을 어떻게 해서든 하도록 나를 유도하려고 했고 이런 밀고 당김에서 피곤함을 느낀 나는, 급기야 나만의 동굴로 들어가 연락을 피했다.

지금도 그렇지만 나는 혼자 독서하고 공부하는 시간이 너무 좋다. 그 시간에 충만함을 느낀다. 그런데 이 친구는 누군가가 인정해 줄 때 타인과

완벽하지 않아서 더 아름다운 것들

함께 있을 때 에너지가 충만해지는지 자꾸 나만의 시간의 선을 넘어오는 것이 싫었다. 지금 생각해 보니 혼자만의 시간을 즐기는 나도 평범한 성격은 아닌 것 같다. 사실 친구들이 하는 대화가 나는 늘 재미가 없었다. 당시 연예인에도 그다지 관심이 없었다. 가수도, 친구들이 좋아하는 배우도 나의 관심을 끌지는 못했다.

나는 사실 좀 재미없지만 심각한 이야기를 좋아했다. 그러다 보니 내가 입만 열면 분위기가 심각해졌다. 차라리 나는 듣는 편이 더 쉬웠다. 내가 말하는 것보다 들어주는 것이 그 모임의 분위기를 화기애애하게 만드는 방법이었던 것이다.

그 친구와 다른 고등학교에 가게 되었을 때 너무나 다행이라고 생각하며 가슴을 쓸어내렸다. 학교가 서로 다르면 같이 공유할 시간이나 공간이 그만큼 제한될 것이기에 속으로 뛸 듯이 기뻤다. 대학을 그 친구가 서울로 가게 되었을 때 나는 정말 살 것 같았다.

더 이상 친구의 전화에 시달리지 않아도 되겠구나. 사실 나는 그 친구가 알아서 내가 좋아하는 것을 하게끔 나를 배려해 주기를 너무나 진심으로 바랐다. 하지만 그런 일은 일어나지 않았다. 지금 생각해 보면 내가 나를 표현했어야 했다. 내가 나를 표현하도록 하늘은 상황을 자꾸 몰고 갔는데 나는 나만의 성격과 잘못된 가치관을 허상처럼 가지고는 고집스럽게 끝끝내 나를 표현하지 않았던 것이다. 간혹 내가 이런저런 핑계를 대면서 하기 싫다고 하면 나를 설득해서 본인이 하고자 했던 것을 꼭 하게끔 만들었다. 이것이 나와 그 친구를 힘들게 한 원인이었다.

그 친구의 에너지 차원으로 들어가게 되면 나란 존재는 없어지고 그 친구가 하는 말을 들어주고 인정해 주기만 해야 하는 내 역할이 더 이상 즐겁지 않았던 것이다. 나도 나란 존재 자체를 인정해 주고 존중해 줄 누군가가 필요했다. 그런데 그런 친구가 없었기 때문에 나는 나라도 나를 존중해 줄 필요가 있었고 나만의 시간이 필요했다. 그 시간이야말로 나를 충족시키는 시간이었던 것이다.

이 생각을 하니 정말 미안한 친구가 있다. 뒤늦은 나이에 교사가 되어야겠다고 생각하고 사범대에 편입했다. 그때 나랑 같이 편입한 동생이 있었는데 이 친구가 진짜 외향성의 끝판왕이었다. 이 친구는 고등학교 시절 베프와 비슷한 성향이었는데 자신의 아픈 이야기 등 자신의 모든 것을 나에게 털어놓았다. 고해성사처럼 발가벗은 자신의 존재를 있는 그대로 사랑해 주고 인정받고 싶은 욕구를 나를 통해 충족했던 것이다.

하지만 나는 그 당시 누군가를 인정해 주고 아껴주는 것에 나의 시간을 쓰기엔 좀 여유가 없는 상태였다. 나는 그 시간에 임용공부를 했어야 했다. 아버지는 퇴직하셨고 더 이상 집안에 경제적 능력을 가진 사람이 없는 상태에서 나는 다시 내가 진짜 해야 할 일이 교사구나를 깨달으며 다시 공부를 시작한 때였기 때문이다. 그때까지도 부모의 돈에 빨대 꽂아서 쪽쪽 빨아먹으며 살던 나였기에 내가 돈을 벌어 공부를 하지는 못하더라도 나에게 주어진 시간을 다 꽉꽉 채워 임용공부에 매진해야 했다.

매몰차게 느껴졌을 수 있지만 나는 '혼자 있는 시간이 필요해. 그리고 나는 이렇게 노닥거릴 시간에 공부해야 해. 너의 상황이 안타깝지만 그걸 들어줄 시간이 없어'라는 말을 했어야 했다. 이 말을 하는 것이 너무 힘들었다. 용기가 나지 않았다. 내 욕구를 표현하는 일이 너무 서툴렀기 때문이다. 아무런 말도 없이 어느 날부터 그 친구를 조용히 피했다. 그 말을 할 용기가 안 나서 도피를 선택했다.

어느 날부터 그 친구에게 말을 하지 않았다. 그 동생은 어느 날 갑자기 자신을 투명인간 취급하는 내가 힘들었을 것이다. 나는 이기적으로 나를 챙기기로 했다. 더 이상 과거의 실패를 반복하고 싶지 않았다. 그렇게 나는 베스트 프렌드라 이름 붙인 친구들을 아프게 했고 그 아픈 친구를 보고 있는 것이 괴로웠다. 더 이상 베스트 프렌드를 만들지 말자고 결심했다. 그리고 그 이후로 타인에게 너무 가깝게 다가가서 억지로 관계가 멀어져야 하는 패턴의 인간관계를 만들지 않기로 결심했다.

타인에게 상처를 주는 일을 하고 싶지가 않다. 사실 그 친구에게 너무 큰 아픔을 줄 수 있다는 것이 나에게도 상처가 되었다. 뭐가 문제일까? 내가 타인의 이야기를 너무 잘 들어주는 것이 문제일까? 너무 잘 들어줘서 나에게 의존하지 않게 해야 할 것 같다. 너무 잘 들어주지 말자. 우선 나부터 살자.

8

카네기 인생론

어린 시절부터 예민하고 투명한 성격으로 타인을 잘 비춰내고 읽어줬던 나는 그로 인해 많은 사랑을 받았다. 분명 그 사랑이 너무 좋기도 한데 왠지 모르게 부담스러웠다. 마음에 커다란 짐을 하나 받아 쥔 듯 무거워서 거부하고 싶은 마음이 불쑥 올라온다.

왜 그럴까? 타인의 존재를 있는 그대로 인정해 준다는 것이 나를 버려야 하는 어려운 일이라는 느낌이 와서일까? 누군가에게 받는 사랑이 마냥 기쁘고 행복해야 할 어린 시절, 이런 고민 따위가 영향을 미치지 않아야 할 것 같은 어린 시절에도 늘 이런 부담을 갖고 있었다.

이런 고민은 인생을 살아가는 데 있어서 두려움과 불안을 줬다. 마치 나의 DNA에 두려움이 박혀 있는 채로 태어났다는 느낌이다. 어떤 일을 마음먹고 하려고 들면 이게 될까? 하는 두려움부터 밀려들었다. 원초적 두려움의 시작 그곳은 어디일까? 이런 궁금증을 해소하고 싶다는 생각이 들긴

완벽하지 않아서 더 아름다운 것들

했지만 그것이 머릿속에 떠올랐다가 사라지는 찰나 그것에 대해 고민을 시작하기도 전에 또 다른 두려움에 긴장하는 일들이 연속적으로 생겼다.

그러던 내가 『카네기 인생론』 책을 만난 것은 국민학교 때의 일이다. 아버지가 군인이셨을 때의 일이니 아마 국민학교 2학년 때쯤이 아닐까 싶다.

아버지가 군인이셨고 매년 이사해야 하는 번거로움 때문에 짐을 싸고 푸는 일을 고역이라고 생각한 엄마는 방 세 개 중 하나는 그냥 짐방으로 썼다. 그 방에 들어가면 이삿짐들이 포장된 채로 쌓여 있었다. 마치 잡동 사니들을 쌓아둔 다락방처럼 여러 물건이 정리되지 않은 채로 노끈에 묶여 쌓여 있었다. 왠지 모르겠으나 나는 그 방에 흥미를 가졌다.

물건을 찾을 때 외에는 그 방에 아무도 안 들어와서 나만의 공간이라고 생각해서였을까? 아마도 그 방에 쌓여 있던 책 때문이었던 것 같기도 하다. 나는 책을 읽는 것을 어릴 때부터 좋아했다. 사실 엄마가 책을 읽는 모습을 본 적이 없다.

아이는 엄마의 모습을 따라 한다는데 엄마가 책을 읽는 모습을 보여줬다면 나의 책을 좋아하는 성향을 이해할 법도 하다. 그런데 나는 내가 자라서 어른이 되어 독립하기까지 엄마가 책을 읽는 모습을 본 적이 없었기에 나의 성향은 어디에서 온 것일지 늘 궁금했다. 더구나 내 동생들은 아무도 책을 좋아하지 않는다. 우리 형제 중 유독 나만 왜 책을 좋아하지? 그런데 그 의문이 풀렸다.

언젠가 엄마가 나를 낳기 전에 추리 소설을 쌓아놓고 읽었다는 말을 했다. 공수부대 출신 직업군인이었던 아빠는 군사 훈련으로 인해 집을 15일이나 한 달씩 비울 때가 많았고 혼자 있는 시간에 엄마는 엄마가 좋아하는 책을 잔뜩 쌓아놓고 읽었다고 했다. 그제야 이해가 되었다.

우리 엄마는 책을 좋아했지만 내가 태어나고 일 년 후 또 동생이 태어나면서 육아와 집안일로 당신이 좋아했던 책을 읽지 못하게 된 것이었다. 상황에 의해 책을 읽지 못한 것이었을 뿐, 엄마 속에는 책을 좋아하는 성향이 있었고 내가 그 성향을 물려받았다. 맏이인 덕분에 나는 엄마 자궁 속에서 책을 읽으며 즐거워하는 엄마 마음의 파장을 느끼며 세포분열을 했던 것이다.

암튼 그 방에 책장이 있었고 책장에는 '강철왕 카네기 인생론'이라는 전집이 있었다. 왜 그 책이 우리 집에 있었는지 엄마한테 나중에 커서 물어본 적이 있다. 그 시절 아버지의 친구가 전집을 파는 일을 했고 아버지는 친구의 부탁에 의해 그 전집을 사준 것이었다. 우리 집에는 이런 이유로 구입한 전집들이 몇 질 있었다.

어린 시절 나는 왜 그랬는지 모르겠는데 남들 다 자는 새벽에 혼자 잠에서 깼다. 온 가족이 깊은 잠에 빠져 있던 그 시각 혼자 잠에서 깬 내가 왜 다시 잠을 자지 않고 짐방에 들어갔는지 의문이다. 암튼 나는 어두컴컴한 새벽을 뚫고 짐방으로 들어갔고 그 방에 한참을 머물다가 날이 밝으면 나왔다.

내가 초등학교 2학년 때부터 안경을 썼는데 그 이유가 새벽에 어두운 방에서 책을 읽어서 그랬다는 엄마의 말을 떠올려 볼 때, 한글을 떼고 얼마 안 있어 글자에 관심을 가진 이후부터 책이라는 물건을 엄청 좋아했던 것 같다.

그 어린 시절 새벽에 일어난 것도 신기하다. 아마도 우리 집이 너무 일찍 잠드는 습관이 있어서인 것 같다. 9시만 되면 불을 끄고 잠을 자다 보니 충분히 잠을 자고 일어나서 눈을 뜨면 새벽이 되었고 화장실을 한번 갔다 오면 다시 잠이 오지 않아 뒤척이다가 혼자 방문을 열고 짐방으로 들어갔나 보다. 지금 기억나는 장면은 그 방 책장에 있는 『카네기 인생론』을 꺼내들었다는 사실이다.

그 시절 강철왕이 무엇인지가 궁금했다. 무기로 쓰이는 철처럼 아주 강한 사람의 이야기인가? 아니면 강철을 만든 사람의 이야기인가? 나는 강철 만드는 사람의 이야기일 거라고 생각하고 펼쳤던 것 같다. 그런데 책 속의 내용은 제목과 전혀 상관없는 내용이었다. 제목 보고 예상한 내용과 달라 살짝 배신감을 느끼며 그 책의 내용을 읽어 내려갔다. 지금 생각해 보면 초등학교 저학년이 그림 하나 없이 글자로만 빼곡하게 차 있는 그 책이 뭐가 좋아서 새벽마다 읽으러 갔을까 싶다.

어른이 봐도 그 시절의 편집기술은 너무나도 허접해서 지금 읽으라고 해도 읽기 힘들 것 같은데 신기하다. 아마도 나는 그 책을 통해 내가 가지고 있는 두려움이라는 괴물을 해결하고 싶었던 것 같다. 누구보다 마음이 많이 불안했던 나는 『카네기 인생론』을 읽으면서 인간관계에서 오는 불편함을 해소하는 방법을 배웠다. 그 책에서 관계에서 오는 불편한 마음을 다스리는 방법들을 써먹으면서 마음이 힘들거나 관계가 힘들어질 때 그 방으로 달려가 내 마음을 해소하고 오곤 했다.

지금 문득 드는 생각은 이때의 경험이 나만의 시간을 만들어가는 시초가 아니었을까 하는 생각이 든다. 학교에 다니면서도 군중 속에 섞여 있으면서도 항상 나만의 숨통을 트일 수 있는 공간을 찾아 나서게 된 최초의 사건.

어떤 일을 할 때 두려움이 몰려오면 최악의 상황을 상상하라.

일단 어떤 일을 할 때 두려움이 생긴다는 것은 그 일을 잘하고 싶어서 느끼게 되는 감정이다. 잘하고 싶은데 잘 못 하면 어쩌지? 잘못될까 봐 걱정하는 그 두려움은 어떤 일을 하기도 전에 불안감에 떨게 했다.

그런데 너무 잘하고 싶은 마음은, 정작 해야 하는 일에 집중하지 못하게 만들었다. 정말 그랬다. 나는 잘하고 싶은 마음이 들면 집중을 못 했다. 극도의 불안감이 엄습해 왔다. 그럴 때 이 책에서 읽은 대로 이 일의 최악은 어떤 상황일지를 상상했다. 그것을 글로 정리했다.

최악의 상황을 상상해 보면 최악이라 해도 내가 죽는다든지 하는 진짜 극한 상황은 아니었다. 내가 막연히 상상하면서 막연하게 두려워할 때는 그 두려움의 파장이 엄청났다. 하지만 그 두려움을 직면하고 파고들면 내 상상만큼 무서운 일이 아니라는 생각이 들어 마음이 진정되는 것이었다.

예를 들어 피아노 대회가 있어서 무대 위에서 연주를 해야 하는 상황에서 나는 혹시나 실수할까 봐 너무나도 심각한 두려움에 떨었다. 마치 내가 연주를 잘 못 하게 되면 하늘이 무너질 것 같은 끔찍한 두려움이 밀려들었다. 막연한 두려움에 정신을 차리고 이 상황에서 최악은 뭐지? 차분히 생각해 보면 연주하는 순간에 악보를 까먹어서 연주를 제대로 마치지 못하고 무대에서 내려오는 것 정도? 내 마음의 두려움의 무게만큼 하늘이 무너지거나 땅이 꺼지거나 내 목숨이 위태롭거나 하는 일은 일어나지 않을 터였다.

이렇게 최악의 상황을 상상하고 나면 마음이 좀 편안해졌다. 왜 나는 실체도 없는 두려움에 이렇게 몸을 떠는 걸까? 이렇게 마음먹고 피아노 대회의 무대에 올라섰다. 실제로 중간에 곡을 까먹어서 앞부분을 연주하고 어떤 음을 잘못 눌러 악보의 제일 끝부분과 연결되어 5분 정도 연주해야 하는 곡을 1분 정도에 마치게 된 적도 있었다. 너무 창피했다.

그렇다 하더라도 잠시 부끄럽고 말 일이지 피아노 연주 전에 나에게 밀려든 두려움처럼 누군가가 나의 실수에 대해 혹독하게 비난한다든지 그것으로 인해 피아노를 치는 손가락을 끊어야 한다든지 하는 진짜 무섭고 험한 일이 생기지는 않았다. 그럼에도 불구하고 어떤 일을 시도하기 전에 그 정도 강도의 두려움을 늘 느꼈다. 누군가가 내가 하는 것을 지켜보고 이것밖에 못 했냐고 이 정도밖에 안 되냐고 혼낼 것 같은 근거 없는 불안함이 사라지지 않았다.

이렇게 사람들 앞에서 실수를 한 날이면 쥐구멍에라도 들어가 숨고 싶은 마음이 들었고, 부끄러워하고 속상해하는 나를 인정하기가 싫어서 못 본 척 외면한 적이 많았다. 카네기 인생론이라는 책은 어떤 일을 하기 전, 그 일을 시도해 보도록 용기를 주고 마음을 차분하게 해 주었지만 일시적으로 효과가 있었을 뿐, 어느새 또 두려워하고 불안해하는 나를 근본적으로 치유하지는 못했다.

9

외갓집

　나는 쌍둥이 엄마다. 우리 두 딸은 외갓집을 너무 좋아한다. 아이 한 명 집중해서 키우기도 힘든데 두 아이를 동시에 젖먹이고 씻기고 놀아주는 일은 정말 힘든 일이다. 누구 한 명을 엄마인 내가 안고 있으면 안겨 있지 않은 나머지 한 명이 질투를 한다. 안아달라고 울고불고하는 통에 도저히 정신을 차릴 수 없이 힘들다. 지금 생각해 봐도 어떻게 키웠나 싶다.

　이 시절에 나는 아예 통으로 휴직을 내고 친정에서 살았다. 아마 친정에서 키우지 않았다면 오늘의 나와 가정은 없었을 것 같다. 그래서 방학 때 외갓집을 1박2일 코스로 갔다 오게 되면 우리 큰딸이 닭똥 같은 눈물을 뚝뚝 흘리며 집에 가기 싫다며 울고불고 야단법석을 떤다.

　그 바람에 아쉬움 없이 실컷 외할아버지 외할머니랑 함께하라고 어느 순간부터 외갓집에 가면 적어도 5일 이상은 제대로 놀다 오게 했다. 그랬더니 우는 시간이 많이 짧아졌다. 외갓집 옆으로 이사를 가자는 둥, 세상에 태어나자마자 지내온 집이라서 그런지 외갓집 자체도 너무 좋아하고 외할머니 외할아버지 외삼촌을 엄청 따른다.

임신 4개월 때, 가진통으로 인해 어렵게 가진 생명이 혹시나 사라질까 걱정한 우리 엄마는 나에게 친정으로 내려와 지내라고 했다. 가진통으로 인해 수정란이 흘러내릴 수도 있다는 무서운 의사의 말을 들은 나는 엄마의 호출이 감사하기만 했다. 당장 짐을 싸서 대구로 내려갔다. 그러니 우리 딸들에게 외갓집은 나의 자궁 속에서 생명의 무게를 키워나갈 무렵부터 함께한 공간이다. 고향이란 단어가 주는 어감, 포근함 그 자체였던 것이다. 그런 우리 딸들을 보며 나에게 외갓집은 어떤 곳이었나 한번 떠올려 본다.

우리 외갓집은 내 눈에는 엄청난 부잣집이었다. 그 동네에는 고래 등같이 크고 고급스러운 양옥집들이 많았다. 그 입구에 들어설 때부터 위압적인 느낌을 받았다. 대문을 열고 들어가면 마당이 있고 그 마당에는 몇 그루의 나무들이 예쁘게 심겨 있었고 거기서 우리는 뛰어놀 수 있었다.

마당을 지나 계단을 올라 현관문을 열고 들어가면 커다란 거실이 있고 한 층에 방이 세 개 정도가 있었다. 외할아버지 방과 외삼촌과 외숙모가 생활하는 방이 있었고 계단을 통해 2층으로 올라가면 외사촌 언니 오빠 동생의 방이 하나씩 있었다.

매일 짐을 싸놓고 살았던 군인아파트 내의 관사에서만 살던 나에게 외갓집은 드라마에 나올 법한 멋진 집으로 기억된다. 내 기억에 외사촌 언니는 외숙모를 닮아서 하얀 피부에 예쁘게 생겨서 호감형이었으나 말투가 상당히 까칠했다. 직설적으로 말을 뱉는 스타일이라서 가까이 가기가 어려워서 외사촌 언니에게 다가가기가 부담스러웠다. 외삼촌이 계시는 외갓집이 나에게 살가운 존재는 아니었던 것이다.

우리는 명절 때가 되면 외갓집에 갔다. 왜 그랬는지는 모르겠으나 나는 외갓집에 가면 주눅이 들었다. 처음에는 외갓집에 들어서면 부러질 듯 차려놓은 상다리 앞에 외숙모, 외삼촌, 이모들이 쭈욱 둘러앉아 있다. 그리고 외사촌 선아 언니, 창훈이 오빠, 내 동생과 동갑인 성훈이가 있다. 그리고 우리 엄마의 삼촌인 작은 외할아버지 외할머니가 계시고 그분들의 자식인 이모들과 막내 영준이 삼촌이 있다.

삼촌이지만 나보다 나이가 4살 정도 많은 꼬마 삼촌이라서 우리는 영준이 삼촌이랑 자주 놀았다. 창훈이 오빠와 영준이 삼촌은 동갑이었고 나중에 내가 대학교에 입학했을 때는 같은 학교의 선배라서 서로 소개팅도 시켜줄 정도로 가깝게 지냈다. 암튼 한 차례 상에 둘러앉아 명절 음식과 제사 음식을 먹고 나면 어른들은 어른들끼리 모여 이야기를 하고 우리는 아이들끼리 모여서 윷놀이를 하거나 브루마블 게임 같은 것을 하거나 '무궁화꽃이 피었습니다'와 같은 술래잡기 놀이를 하면서 시간을 보냈다.

그런데 이상하게 나는 외갓집에 가면 마음이 편치 않았다. 내 몸을 어디에 둬야 할지 불편하게 느껴졌다. 철없을 만큼 어린 나이였음에도 불구하고 외갓집이라는 공간 속에서는 늘 출근 도장 찍기 위해 의무감으로 억지로 온 사람처럼 늘 어색하게 그 공간에 존재해 있었다.

지금도 외갓집을 상상하면 물 위에 뜬 기름처럼 겉도는 불편한 느낌이 든다. 누구한테 혼난 적도 없고 다들 겉으로는 나를 반겨주고 예뻐라 했는데 나는 왜 외갓집이 편하지 않고 마치 처음 시집간 신부가 시댁에 인사 간 것처럼 불편하고 눈치가 보였을까? 문득 엄마의 마음이 나에게 투영된 것은 아닐까? 하는 생각이 든다. 첫딸이었기에 자궁 속에서부터 느껴진 엄마 마음의 파장이 그대로 나에게 전달되어 그런 것이 아니었을까.

누가 한 번도 나에게 외갓집의 존재를 설명해 주지 않았지만 그저 느낌으로 불편했다. 이건 지금 이 글을 쓰면서 갑자기 떠오른 생각이다. 왜냐면 진심으로 외갓집 친척들에게 난 사랑받는 이쁜 아이였다. 명절 때만 찾아오는 존재인 나에게 다들 친절하게 대해 주었고 용돈도 듬뿍듬뿍 주시면서 애정 표현을 아끼지 않으셨기에 내가 불편할 이유가 하나 없었다. 외갓집을 다녀온 후 두툼해진 지갑을 보며 뭘 하면 좋을까를 고민했던 행복했던 시절이 떠오른다.

그럼에도 불구하고 그 집이 불편하고 내가 몸 둘 곳을 모를 것 같은 느낌은 이미 내 DNA에 저장된 정보였다. 엄마의 불편한 마음이 나의 DNA 속에 박혀 있어서일 것 같다. 그 장소가 주는 위압감, 고립감은 이유 없이 나를 불편하게 했고 빨리 집에 가고 싶게 했다. 아마도 이것은 엄마가 외갓집이란 공간에서 느낀 불편함들이 나를 통해 표현된 거라 생각된다.

나에게는 외갓집은, 우리 딸들이 그녀들의 외갓집에서 느끼는 것처럼 포근하고 편안한 공간이 아니었다. 가만히 생각해 보니 나에게는 고모할머니가 계셨다. 우리 엄마의 고모인데 혼자 살고 계신 분이셨다. 앞서 말한 꼬마 삼촌 바로 옆집에 반듯하게 지은 양옥집에 살고 계셨는데 꼬마 삼촌은 엄마의 삼촌의 아들이었고 고모할머니는 엄마의 고모였다. 고모할머니는 어릴 적부터 소아마비로 인해 늘 다리에 기계를 달고 걸어 다니셨다. 지금 생각해 보니 소아마비로 거동이 불편한 누나를 도와주기 위해 남동생 부부가 그 옆에 집을 짓고 살았던 것 같다.

두 집 다 외갓집처럼 번듯한 양옥으로 근사하게 지어진 집이었다. 대구 만촌동에 있었는데 만촌국민학교를 다니던 시절에는 가까워서 주말이면 고모할머니 집에 갔었다. 고모할머니 집에 가면 거실에 소파도 있고 화장실도 집 안에 있었다. 나와 내 동생은 고모할머니 집에서 드라마에 나오는 부잣집 요조숙녀인 양 우아한 역할 놀이를 많이 했던 기억이 난다.

고모할머니 집에는 세를 들어 사는 사람들이 있었다. 일 층에 방 한 칸을 세를 내주셨고 이 층은 독채로 세를 놓고 있었다. 아마도 그들에게 월세를 받는 것으로 생계를 유지하셨을 것 같다는 생각이 든다. 나는 고모할머니 집에 놀러 가면 그 세 들어 사는 집 아이랑 재미나게 놀았던 기억이 난다.

내가 고모할머니 집에 가면 할머니는 지팡이를 짚고 밖에 나와서 물끄러미 나를 기다리고 계셨다. 나에게 고모할머니가 외할머니와 같은 존재였다. 엄마는 일이 생겨서 어디를 갈 때마다 나를 고모할머니 집에 맡기셨고 무슨 일이었는지 모르겠지만 엄마가 오랜 기간 동안 고모할머니 집에 나를 맡겨놓고 가는 바람에 엄마가 보고 싶어서 혼자 새벽에 깨서 훌쩍훌쩍 울었던 기억이 난다.

할머니는 다리가 불편함에도 불구하고 나의 아침밥을 잘 챙겨주셨다. 나는 속으로 내가 도와드려야 하는데 생각만 했고 할 줄 아는 것이 없어서 그저 해 주시는 대로 받아만 먹고 있었던 기억도 난다. 밥상을 받아놓고 넋을 놓고 텔레비전을 보다가 텔레비전 속으로 들어가라고 자주 야단맞았다. 그래 맞다. 나에게 외갓집은 고모할머니 집이었고 외할머니 같은 존재는 고모할머니였다.

이 글을 쓰는 순간 울컥 갑자기 고모할머니가 그립다. 그래 나에게 외갓집은 고래 등같이 크고 훌륭한 외갓집이 아니라 다리를 저시면서 새벽에 일어나 아침밥도 차려주시고 반찬도 챙겨주시고 재워주신 고모할머니 집이었다.

완벽하지 않아서 더 아름다운 것들

헬만 멜빌레의 '인생이란 고향 집으로 가는 여행'이라는 말이 있다. 우리 딸에게는 인생의 고향이라고 할 수 있는 외갓집이 한없이 그리운 곳이고 가고 싶은 곳이지만 우리 엄마에게 고향은 불편한 곳이었던 것 같다. 그리고 최대한 멀리 떠나고 싶은 곳이었다. 그 마음의 파장이 큰딸인 나에게 고스란히 전해졌고 그래서 나는 늘 외갓집행이 불편하고 꺼려졌다.

10

기도

새벽에 일어나 108배를 다시 하고 있다. 다시 하게 된 계기는 허리디스크 때문이다.

우리 엄마에게 배운 108배는 오체투지라는 방법으로 바닥에 완전히 엎드렸다가 다시 일어나는 동작을 반복하는 방식이었기에 허리디스크에 효과가 좋다. 확실히 다시 108배를 시작한 이후로 허리 통증이 덜해졌다. 엎드렸다가 일어나는 반복 동작이 허리에 근육을 생기게 해 준 것 같다.

코칭 관련 강의를 듣는데 '멘탈 바캉스'에 대한 이야기가 나왔다. 강사가 자신의 정신을 힐링하는 방법에 대해 하나씩 얘기해 보자는 제안을 했다. 강의를 듣던 수강생들이 한 명씩 말하고 내 차례가 왔다. 나는 마음속으로 내가 하는 '멘탈 바캉스'는 뭐지? 고민하고 있는데 갑자기 새벽마다 하는 108배가 떠올랐다. 그래서 108배를 새벽마다 한다고 했더니 다들 놀라면서 대단하다는 반응을 보여주서서 살짝 민망하기도 하면서 자랑스러웠다. 그러면서 나의 108배의 시작은 어디서 왔더라? 생각에 잠겼다.

어린 시절 걱정이 유난히도 많았던 우리 엄마는 해결해야 할 문제가 생기면 굉장히 불안해했다. 그 문제가 해결될 때까지 전전긍긍하면서 잠도 못 자고 힘들어할 때가 많았다. 이런 엄마를 닮아서 나도 어떤 문제가 생기면 그 일이 안 될까 봐 심할 정도로 걱정에 휩싸여 아무 일도 못 할 때가 많다. 지금 생각해 보면 적당히 여유를 가지고 천천히 해결해도 괜찮았을 텐데라는 생각이 든다.

그리고 지금은 같은 문제를 가지고 있음에도 초연한 사람들을 너무 많이 봤다. 그래서 지금은 그렇게까지 걱정할 일은 아니었다는 생각이 든다. 하지만 그때는 너무 불안해했다. 그때의 문제에 대한 무게감은 그 일이 해결이 안 되면 우리가 길거리에 나앉을 것 같을 정도의 것으로 굉장히 공포스럽고 위협적이었다. 우리 엄마는 너무 완벽주의 성향을 가지고 있어서 하나의 오점을 용납하는 것이 너무 힘들어 그 오점이 지워질 때까지 전전긍긍했다는 생각이 든다. 그런 반면에 그 문제를 용기 있게 해결해 나가는 스타일이 못 되었다.

완벽주의 성향이 있어 뭔가 하나가 흩어져 있는 꼴은 봐주기 힘들어서 제대로 제 위치에 정리를 해 놓고 싶으나 마음만 가득할 뿐 행동으로 옮겨지지 않고 마음속으로 걱정만 한다는 것이 가장 큰 문제였다. 그러니 해결되지 않은 문제에 대한 불안감으로 잠도 못 자고 하루 종일 기분은 폭발할 것처럼 신경질적이었고 같이 있는 가족은 불안하기가 그지없었다.

이런 우리 엄마에게 하늘에서 내려준 선물이 기도였다. 어릴 때 증조할머니 손을 잡고 자주 절에 다니는 불교적 전통을 지닌 집안에서 태어난 엄마에게 부처님을 향한 '관세음보살' 주문은 엄마의 불안을 잠재우는 노래

였고 자장가였고 기도였다. 어느 날 친척의 49제가 있어서 절에 방문한 엄마는 그날 이후에 자신이 불안해했던 많은 문제들이 너무나 쉽게 풀린 것 같은 느낌을 받았다고 했다. 그리고 그 이후로 절에 다니기 시작했다.

엄마 말로는 갑자기 그해에 우리 삼 남매가 학교에서 상장을 거의 휩쓸어 오다시피 다 가져오고 시험도 잘 치게 되고 엄마가 원하는 일들이 척척 풀리기 시작했다는 것이다. 그러면서 그때부터 엄마는 절에 가야 일이 잘 된다는 믿음을 갖게 되었다고 한다. 불교와 나는 인연이 깊나 보다라고 생각한 엄마는 그때부터 어려운 일이 있으면 기도를 하기 위해 절에 갔다. 아마도 그 마음이 타인과 비교도 안 될 정도로 불안한 것이어서 그런지 당신이 원하는 소소한 것들이 이루어지는 경험을 하게 된다.

그날 이후 엄마는 모든 어려운 문제들을 기도로 해결하기 시작했다. 아마도 내가 초등학교 4학년쯤 되었을 때의 일이었다. 시험 치기 전에 불안감이 올라온다고 말하면 엄마는 물 한 그릇을 떠놓고 우리에게 기도를 시켰다. 엄마가 시키는 대로 하면서 나도 고민하는 문제가 잘 해결되겠지 하는 안심하는 마음이 생겼고 걱정과 불안에 빠져 있기보다 그 기도로 인해 내가 해결해야 하는 문제, 시험공부 같은 것에 더 집중하게 되었다.

우리 엄마에게는 기도로 만나는 부처님이 포근한 부모이자 구세주와 같은 존재였다. 고민을 털어놓을 만한 친구도 없이 외로운 분이셨다. 우리 아빠는 엄마처럼 섬세한 사람이 못 되어 불안해하는 엄마의 고민을 들으면 그런 일로 뭐 그렇게 신경을 쓰느냐고 화를 냈지 함께 머리를 맞대고 같이 고민해 주는 위인이 못 되었다. 그래서 엄마는 모든 어려움과 힘듦을 기도로써 해결했다. 그리고 그 방법은 엄마가 원하는 결과를 만들어주는 길이기도 했다.

완벽하지 않아서 더 아름다운 것들

우리가 학교에 가고 없는 시간에 불경을 펴놓고 '천수경'과 같은 불경을 암송하거나 108배를 하면서 혼자 스스로 자신의 마음을 다스려 나간 엄마는 자신의 걱정거리와 세상에 대한 바람들을 그 불경을 외는 소리 속에 그리고 매일 규칙적으로 하는 기도 속에 가득 담아 날려버렸다. 결국 마지막에는 간절한 바람만이 남아 당신이 믿는 부처님에게 보냈다. 그리고 그런 기도의 행위가 점차 엄마의 간절한 소망에만 집중하게 하고 엄마가 원하는 일을 눈으로 보게 하는 결과를 낳았다.

이런 엄마를 보며 자란 나나 내 동생들은 어떤 문제로 힘들어할 때 엄마에게 '기도'를 부탁한다. 우리 엄마에게 기도는 모든 것을 다 받아주는 부모에게 하는 하소연이면서 자신의 힘든 이야기를 들어주는 친구에게 하는 수다이자 절대자를 향한 소망이기도 했다.

엄마는 아직도 이렇게 말씀하신다. 문제가 생기면 파르르 떠는 불안감과 걱정 많은 마음 등을 고칠 수 있었던 것은 평생 해 온 자신의 기도를 통해 가능한 것이었다고. 지금도 매일 엄마는 불경을 필사하고 기도하는 삶을 살고 있다.

이런 모습을 보고 자란 나는 남들 눈에는 불합리하게 보일 수 있었지만 나의 힘으로 해결하지 못하는 많은 문제들을 부처님께 의지해서 기도를 통해 해결하고자 노력했다. 나의 불안과 걱정 역시 새벽에 일어나는 108배를 통해 성공과 성과라는 이름으로 재탄생하는 귀한 경험을 여러 번 하게 된다.

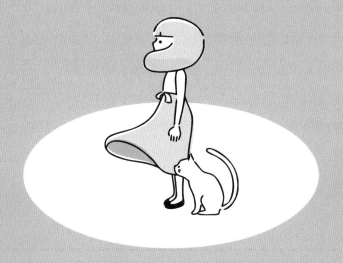

제2장

진짜 나를 만나다

1

기형도의 '엄마 걱정'

쌍둥이가 초등학교에 입학한 해에 나는 다시 휴직했다. 내가 휴직하고 있는 시기에 같은 아파트 단지에 사는 여동생의 아들, 큰 조카가 중학교 2학년이 되어 처음 지필고사를 치는 시기였다. 마침 중학교 2학년 국어를 가르치고 있다 보니, 동생이 큰 조카의 국어 공부를 좀 봐달라고 부탁했다. 그래서 일주일에 한 번 정도 공부를 봐줬는데 조카의 국어 교과서에 기형도의 '엄마 걱정'이라는 시가 있었다.

> 열무 삼십 단을 이고
> 시장에 간 우리 엄마
> 안 오시네, 해는 시든 지 오래
> 나는 찬밥처럼 방에 담겨
> 아무리 천천히 숙제를 해도
> 엄마 안 오시네, 배춧잎 같은 발소리 타박타박

안 들리네, 어둡고 무서워
금 간 창틈으로 고요히 빗소리
빈방에 혼자 엎드려 훌쩍거리던

아주 먼 옛날
지금도 내 눈시울을 뜨겁게 하는
그 시절, 내 유년의 윗목

- 기형도, '엄마 걱정'

시를 읽는데 뭔가 특별한 느낌이 있어서 유튜브에 이 시를 설명한 영상이 있을까 해서 찾아보았다.

마침 시를 그림으로 풀어낸 마음에 드는 영상이 있었다. '잘라먹는 문학 7분'이라는 유튜브가 눈에 띄었다. 시와 잘 어울리는 시각적 이미지를 배경으로 맑고 심연을 울리는 듯한 청아한 목소리의 내레이션이 마음에 깊은 울림을 주었다.

특히 내레이터의 대사 중 '몸이 다 자라 큰 어른이 되었어도 내면에는 아직 어린 시절의 아기가 함께 살고 있다'는 문장이 갑자기 내 속에서 크게 울렸다. '어! 뭐지? 이거 본질을 건드리는 느낌인데?' 내 무의식 깊은 심연을 자극한다는 느낌을 받았다.

어린 시절 야채 팔러 나간 엄마를 늦은 시간까지 기다리면서 아~주 천천히 숙제를 하며 느낀 불안감, 공포심, 혼자 버려진 느낌들을 그려놓았다. 숙제라는 몰두할 대상이 사라지면 엄마가 도착해 있길 바라지만 숙제가 끝난 지 오래 지났는데도, 더 이상 집중할 거리도 없는데도, 엄마는 도착하지 않고 있다. 혼자 남겨진 방 안에서 화자는 외로움과 무서움을 느낀다. 그리고 2연에는 어른이 된 지금 그때를 떠올리면서 그 시절을 한마디로 '내 유년의 윗목'이라고 표현했다. 추운 겨울 아무도 없는 방 안 윗목의 차가움과 서글픔, 서러움들을 나타낸 표현이다.

이 어린 시절의 불안함, 무서움, 두려움 등이 어른이 되어서도 가슴 아프게 하고 슬프게 만든다는 내용의 시다. 이 대목에서 어린 시절의 상처받은 기억은 사라진 것이 아니라 그대로 나의 잠재의식의 어딘가에 존재해서 어른이 된 나의 어느 한 부분을 이루고 있구나 하는 느낌을 받았다.

어린 시절 우뇌가 발달한 시기, 그림이나 이미지가 잘 저장되고 '촉'이 발달하는 그 아기 시절, 언어를 모르는 아기들은 감정과 느낌으로 세상을 받아들인다. 나는 우리 아기가 어릴 때부터 언어교육에 관심이 많아서 다국어를 시켰는데 그때 느꼈다. 단어 카드를 아이에게 보여주며 단어의 모양과 의미, 그리고 소리를 결합시켜 줄 때, 엄마인 내가 단어의 의미를 아는 만큼, 딱 그만큼 아이가 흡수하고 있구나 하는 사실을.

내가 의미하고자 하는 마음의 상태를 아이가 느끼고 마치 텔레파시가 전달되듯이 내 마음의 상태를 아이가 느끼면서 그 단어의 형태와 소리, 의미를 흡수하듯이 이해한다. 당연히 내가 정확하게 모르는 외국어 단어는 아이도 신통찮게 받아들였다.

그런데 위의 시에 대한 해석을 들으니 언어만 이런 식으로 익히는 것이 아니라 엄마의 감정 상태 또한 스펀지처럼 그대로 흡수할 수 있겠다는 생각이 들었다. 주 양육자인 엄마와 맺어진 관계의 기억이 평생 굉장히 강렬하겠구나. 언어라는 것이 주어지지 않은 원시적 상태의 아기에게 그 당시에 '느낌'이라는 것이 발달하지 않았을까?

한번은 우리 쌍둥이들이 8개월쯤 되었을 때, 젖몸살로 심하게 아픈 적

완벽하지 않아서 더 아름다운 것들

이 있었다. 그렇게 아파본 적은 그때가 처음이었다. 마치 죽을 것만 같은 통증에 끙끙대는 나를 보며 나의 왼쪽에 누워 있던 서윤이가 나를 애절한 눈빛으로 쳐다보며 걱정하듯이 '응? 응?' 하는 듯한 소리를 내던 표정이 아직도 잊히지 않는다. 그 순간 내 귀에는 "엄마, 아파? 괜찮아?" 이렇게 걱정하는 소리로 마음에 울렸다.

순간 서윤이가 내가 아파하고 고통스러워한다는 것을 느끼고 걱정하고 있구나 하는 생각이 들어 감동했다. 언어가 없이, 느낌만으로도 서로 통한다는 사실, 그 느낌은 굉장히 강렬했다. 그리고 그다음 날 다이어리에 아이와 소통한 첫 감동을 기록했다. 눈을 통해 본 엄마의 고통스러운 표정과 귀를 통해 들리는 앓는 소리와 같은 시각, 청각적인 정보를 받아들인 아기는, 언어가 없는 상태에서 엄마의 고통을 그대로 느끼며 나를 안타까워했다. 이건 우리 딸과 소통한 첫 경험이다.

세상에 금방 나온 아이에게 엄마란 존재는 아이로 하여금 세상을 보게 하는 새로운 창이겠구나 하는 생각이 든다. 그러니 엄마에 대한 기억은 평생 갈 뿐 아니라 '나'라는 인격을 만들어가는 데 결정적인 역할을 하게 되는 것이다.

어른이 된 내 속에 어린 시절의 내가 함께한다…… 그럴 것 같다. 어린 시절의 엄마와의 관계에서 받은 느낌은 나를 이루는 기본 재료가 되어 평생 함께 갈 수 있을 것 같다. 내 속에 있는 아기는 어떤 아기일까? 갑자기 궁금해졌다. 이때 나는 내면아이라는 것이 있다는 것을 처음 알았다. 내 속에 있는 내면아이를 만나고 싶다는 생각을 했다.

2

내 안의 불안한 내면아이

내 안에 내면아이가 있다는 사실을 알게 되었을 즈음에, 3P자기경영연구소에서 '자기경영기본과정'이라는 강의를 듣고 있었다. 이 강의의 마지막에 강규형 대표님과 수강생과의 대화 시간이 있었다. 수강생들의 질문을 받고 문제를 해결할 수 있는 책을 소개해 주는 책코칭(?) 시간을 가졌다.

이 시간에 한 수강생이 자녀교육에 관련한 질문을 했다. 그에 대한 처방으로 최희수 님의 『푸름아빠 거울육아』라는 책을 권하셨다. 최희수 작가는 책 육아를 하는 엄마들 사이에서 푸름이 아빠로 유명하다. 여동생이 나보다 먼저 결혼했는데 큰 조카가 어릴 때 이분의 책을 읽고 육아에 도움을 받았다며 푸름이 아빠의 책을 두 권 나에게 물려줬다. 그래서 최희수 작가를 알고는 있었기에 반가웠다.

이분의 새로운 책을 추천해 주시는 말을 들으며 나도 그 책을 읽어야겠다는 생각을 했다. 바로 서점으로 향했고 서점에서 집어 든 그 책에는 내면

아기에 대한 이야기가 있었다. '엄마 걱정'이라는 시로 처음으로 인식하게 된 내면아기를 이 책에서 만나다니 너무 반가웠다. 그래서 바로 이 책을 구입했고 이 책을 계기로 내 안의 내면아기를 만나는 경험을 하게 된다.

우리 엄마는 완벽을 추구하시는 분이다. 지금도 하루도 거르지 않고 매일 새벽 4시에 일어나서 아침에 절을 하시고 집안 청소를 깨끗하게 하시고 '짚신법'이라는 마사지를 통해 하루도 거르지 않고 지압을 통해 온몸에 자극을 주는 방법으로 건강을 유지하고 계신다. 현재 70세가 넘었음에도 불구하고 오히려 당신이 젊었던 시절보다 더 건강한 삶을 이어가시는 분이다.

그 강인함으로 우리 삼 남매를 반듯하게 키우셨다. 나 또한 엄마에게 배운 것이 삶의 근간이 되어 내가 삶에서 이뤄낸 대부분의 성과들은 다 엄마의 근면함과 기도하는 자세를 통해 얻었다. 그래서 엄마를 존경하고 사랑한다. 하지만 엄마에게는 결벽증이 있는 것이 아닐까 하고 느낄 정도로 완벽하게 깨끗한 걸 추구하는 경향이 있다.

이런 완벽에 가까워야 만족하는 엄마의 성격은 나에게 엄청난 스트레스를 줬다. 하나라도 흐트러지면 그것을 못 견뎌 하고 다시 바로잡아야 마음이 편안해지신다. 어릴 때는 엄마의 요구가 세상의 기준이라고 생각했다. 그래서 시키는 대로 하다 보면 감당하기 힘들다는 생각이 올라오는 순간이 있다.

학교에서 글씨 쓰기를 처음 배울 때, 습자지를 대고 교과서의 글씨를 베껴오라는 숙제가 있었다. 우리 엄마는 내가 쓴 글씨를 보고는 삐뚤빼뚤한 글씨가 마음에 안 들어서 찢고 다시 하라고 했다. 다시 써가면 찢고 또다시 쓰게 했다. 당신의 마음에 들 때까지 다시 써야 했다. 지금의 기억으로는 100번 정도는 다시 쓴 것 같은 느낌이다.

나는 힘들었다. 엄마는, 미숙한 나의 글자체를 바꿔야 할 소명을 가지고 태어난 사람처럼 보였다. 누군가의 마음에 쏙 드는 결과를 만든다는 것이 너무 힘겨웠다. 그림을 그려가야 하는 숙제도 마찬가지였다. 지금도 기억나는 미술 숙제가 있는데 동물을 그리는 숙제였다. 아무리 그려도 엄마 마음에 들지 않자 나중에는 엄마가 글씨 쓸 때 쓰는 습자지를 가지고 오게 했다. 습자지를 교과서 그림 위에 대고 따라 그리는 방식으로 교과서의 동물과 거의 똑같게 그리고 나서야 숙제로부터, 아니 엄마에게서 놓여났다는 기억이 있다.

다시 그려오라고 했을 때, 짜증이 밀려와서 다 때려치우고 싶은 생각이 목구멍까지 차올랐다. 그 순간 어떤 식으로 내가 반응을 했는지는 정확하게 기억나지 않는다. 아무튼 나는 아주 미세한 부분까지 신경을 써서 완벽하게 해야 한다는 것, 그래야 칭찬받을 수 있고 나란 존재를 인정받을 수 있다는 인식을 갖게 되었다.

그런데 이렇게 피곤하게 해야 할 거라면 그냥 잘하고 싶지 않다는, 못하고 싶다는 반항적 마음이 불쑥 올라오기도 했다. 남들이 사춘기라고 일컫는 중학생 시절 정말 나는 못하는 모습을 보여주는 것으로 반항한 적도 있었다. 일부러 시험을 망치거나 노력하지 않는 모습을 보여줌으로써, 나는 '이건 못하는 사람이니 더 이상 기대하지 마세요'라는 무언의 메시지를 보내는 것으로 반항했다. 내 감정을 직접적으로 표현하지 못한 내가 할 수 있는 유일한 반항이었다.

이런 이유로 뭔가를 시작하기 전에 잘 해내지 못할까 봐 불안하다. 뭐든지 처음 시작하기가 참 힘든데 어릴 때의 경험으로 인해 뭐든지 완벽하게 해야 인정받을 수 있다는 생각이 몰려들어서 시도하는 자체가 겁이 난다. 하려면 제대로 하고 아니면 아예 시작도 말자.

내가 뭔가를 할 때 옆에 사람이 있으면 왠지 내가 하는 것을 속으로 못마땅하게 생각하고 있을 것 같고 평가하고 있을 것 같다. 이런 불안한 느낌 때문에 내가 하는 일에 집중이 안 된다. 그래서 나는 함께 일하는 교무실이 불편하다. 내가 하는 일에 집중할 수가 없다. 결국 중요한 일들은 바리바리 싸서 집에 가져가서 일한다. 집에서도 아무도 없는 새벽 시간에 집중해서 하는 것이 마음이 편하다.

누가 있으면 괜히 내가 뭔가를 하는 것을 옆에서 못마땅하게 생각하고 혀를 차고 있을 것만 같은 느낌이 든다. 그래서 나도 모르게 주눅이 들고 눈치를 본다. 마음을 불안하게 만들다 보니 불편하다. 혼자 있을 때조차 누가 옆에서 지켜보고 있는 듯 불안감에 마음이 붕 떠 있을 때도 있다. 이럴 때는 집중이 잘 안 된다. 심할 경우에는 요동치는 내 마음이 제멋대로 뛰어다니는 바람에 일이 쌓여 있음에도 손에 잡히지 않고 허둥대다가 끝낼 때도 많았다.

옆에 사람이 있으면 그 사람이 나를 매의 눈으로 지켜보고 지적할 것 같아 걱정하는 가련한 내면아이가 내 속에 있는 것이다. 항상 초자아가 감시하고 있었다. 그러면서 계속해서 이렇게 속삭인다. '왜 그렇게밖에 못 해? 그건 그렇게 하면 안 되잖아', '좀 더 완벽하게 해 봐', '거봐, 넌 제대로 하는 것이 하나도 없어.'

3

굳어 있는 몸짓언어

『푸름아빠 거울육아』에 보면 이런 글이 있다. '아이는, 자신의 욕구가 무엇인지 잘 모르거나 욕구를 안다고 해도 부모에게 어떻게 표현해야 할지 모를 때 징징거린다. 이전에 부모에게 자신의 욕구를 표현했다가 거부당한 경험이 있어서, 더 이상 상처받지 않으려고 수동적으로 자신을 방어하면서, 또 한편으로는 끈질기게 자신이 원하는 것을 요구하는 마음이 징징거리는 것으로 나타난다.'

이 문장을 읽는데 갑자기 나의 어린 시절의 한 장면이 떠올랐다. 엄마 손을 잡고 길을 가는데 갑자기 이상하게 엄마의 손에 힘이 풀리면서 어느 순간 내 손이 엄마의 손으로부터 털썩 떨어지는 장면이다. 그때 난 엄마는 왜 내 손을 안 잡아주지? 이런 일이 반복되었다.

어린 시절 이 일이 큰 충격이었는지 잊히지 않았다. 나중에 커서 엄마한테 물어봤다. 엄마는 그때 왜 내 손을 안 잡아줬어? 엄마는 기억이 잘 안 나는지 자기가 그랬냐며 도리어 되물었다. 아마도 그 시절엔 몸이 약해서 손을 잡는 것도 힘들었을 거야. 그래서 네 손을 못 잡아줬을 거다.

너를 키울 때 엄마는 낮잠을 자지 않으면 하루를 지내기 힘들 정도로 몸이 약했거든. 아마 힘이 없어서 네 손을 못 잡았겠지. 젊은 시절 우리 엄마는 몸이 그렇게 약했다. 낮 시간을 잠으로 보충해야 하루를 살 수 있었다고 한다. 오히려 나이 들어 관리를 시작하면서 엄마는 건강해지셨다.

엄마는 나름대로 그 시절에 이유가 있었겠지만 어린 시절 타인의 입장을 이해할 수 없는 나이의 나는 엄마의 속사정까지 있으리라고는 상상도 못 했다. 엄마는 내 손을 잡는 것이 싫은가 보다. 나를 사랑하지 않나 보다 생각했다. 뿐만 아니라 엄마는 잘 안아주질 않았다. 그 유명한 베트남 마사지를 받는 것도 질겁하며 싫어하는 성격이다.

그러다 보니 지금도 눈에 넣어도 아프지 않을 정도로 사랑하는 손녀딸이 해 주는 안마도 좋아하지 않는다. 엄마는 스킨십을 싫어하는 무뚝뚝한 성격이라서 자식인 나를 안아주거나 보듬어주질 않으셨다. 어쩌다 내가 엄마에게 다가가면 엄마는 나를 밀쳐냈다.

말로 애정을 표현하기 전 단계에 아마 행동으로 엄마의 따뜻한 보호와 애정을 갈구한 나를 엄마가 떨어지라며 밀었던 기억은 엄마에게 거부당했다는 강한 상처로 남았다. 그러다 보니 나는 누군가에게 내 감정을 표현하며 다가가는 것이 굉장히 어렵다. 가까운 친구에게도 잘 못 한다.

나도 모르게 친구들이 팔짱을 끼거나 어깨동무를 해 오면 너무 어색해서 슬쩍 팔짱을 풀었다. 또한 어쩔 수 없이 팔짱을 끼고 있으면 팔이 너무 무겁게 느껴지거나 부담스러웠다. 워낙 깔끔해서 몸에 붙는 느낌을 싫어하는 엄마의 성격은, 애정을 표현하는 나로 하여금 수치스러운 느낌을 갖게 했고 말로 표현하기 이전에 행동으로 표현하는 것부터 억압했다.

앤드류 뉴버그의 『왜 생각처럼 대화가 되지 않을까?』라는 책에 보면 '얼굴 표정, 말할 때의 어조, 그리고 몸짓은 효과적인 소통의 핵심 요소들'이다. 말 자체만으로는, 타인에게 전해야 하고 또 전하기를 원하는 것들을 모두 전달하지 못한다. 우리의 뇌는 말하는 사람이 의미하는 바를 정확히 파악하기 위해 그의 목소리와 몸의 움직임을 통합해야 한다. 더욱이 몸짓은 뇌의 언어이해 중추들을 조직화하는 데에 도움을 준다.

인간 언어의 진화를 연구하는 생물학자들은 음성언어가 손짓과 표정에서 생긴다는 사실을 증명했으며 최근의 신경영상 연구는 말과 몸짓이 뇌의 똑같은 언어 부위에서 유래했음을 보여주었다. 손짓과 표정과 같은 몸짓의 발달이 음성언어 이전의 언어이고 손짓과 몸짓, 표정으로 내 뜻을 전달하는 데 한계가 있다 보니 이 부분을 극복하기 위해 보다 더 정확한 의사소통의 필요에 의해 음성언어가 나오게 되었다는 내용이다.

나는 아무리 친한 친구라도 눈빛을 마주치며 눈인사하는 것이 참 어렵다. 가끔 표정에 풍부한 감정을 담아서 적절하게 잘 표현하는 친구들을 보면 참 부럽다. 나는 눈을 마주치며 웃어주는 것도 어색하다. 혹시나 상대방이 내 눈빛을 피하거나 거부하면 상처 입을 것 같은 느낌 때문에 눈을 마주치는 것을 굉장히 어색해한다. 상당히 부담스럽다.

내가 왜 그런지 이 글을 읽다 보니 이해가 갔다. 친한 사이라도 얼떨결에 마주친 눈빛을 자연스러운 미소로 처리하지 못하고 어색하게 다른 곳으로 눈빛을 성급히 돌린다든지 모른 척했는데 이런 것들도 다 어린 시절 몸짓으로 표현한 나의 애정을 적절하게 공감 받지 못했던 경험 때문이었구나 하는 생각이 든다. 공감을 받지 못하다 보니 자연스럽게 표현하는 것

완벽하지 않아서 더 아름다운 것들

까지 제대로 발달하지 못하게 된 것이다.

자기감정 표현의 출발은 언어 이전에 눈빛, 표정, 몸짓이었다는 큰 깨달음을 얻었다. 언어가 없던 어린 시절 엄마에게 다가가 안기는 몸짓이 바로 엄마를 사랑한다는 표현인데 이때 엄마의 밀쳐냄으로 거부당했던 나는, 아마도 그때부터 표현하기를 힘들어했을 것 같다. 아마도 나의 끊임없이 애정을 갈구하는 표정에도 우리 엄마는 무표정으로 대해 주셨을 것 같다.

그렇다고 엄마가 날 사랑하지 않았다는 것은 절대 아니다. 표정과 몸짓이 굳어 있는 우리 엄마는 표정과 몸짓이 아닌 다른 방식으로 나에 대한 애정을 표현하셨다. 우리 엄마의 애정 표현은 언어가 아닌 그 이전의 마음이었다. 내 마음을 읽어 원하는 것을 갖다주는 행동으로 나를 사랑했다. 포근하게 안아주기보다는 등에 업는 방식으로 엄마의 사랑을 표현했다. 우리 엄마 역시 표정과 몸짓의 언어 사용법을 몰랐던 것이다.

대신 엄마는 내 마음속의 생각은 잘 읽어주셨다. 그리고 내가 표현하기도 전에 내 마음이 원하는 행동을 해 주셨다. 엄마의 소통 방식에 익숙한 나 역시 표정과 몸짓과 눈빛으로 사람과 소통하기를 어색해하는 반면, 그 사람의 이야기를 정성껏 들어주는 나만의 방식으로 타인에게 나의 애정을 표현한다.

가끔 내가 아이에게 화를 내고 야단치면 나 같으면 그렇게 나에게 화내는 엄마가 싫고 무서워서 다가가지도 못하고 혼자 토라져서 엄마로부터 멀어져 다른 집중할 거리를 찾아 자신에게 몰두하고 있었을 텐데, 우리 딸들은 오히려 화난 나를 달래주려고 내 이마에 뽀뽀를 해 준다든지 나를 가만히 안아준다.

처음에는 나의 화난 감정을 주체를 못 해서 나에게 다가온 우리 딸을 밀치거나 저리 가라고 말했었는데 이때 우리 딸들이 상처를 입었겠다. 이젠 그러지 말아야지, 다짐한다. 용기 있게 화난 이에게 다가가서 화난 이를 달래주고 포옹할 생각을 못 하고, 나에게 화난 사실에 나도 화가 나서 토라져 있는 나보다 우리 딸들이 훨씬 낫다.

내가 엄마의 스킨십 거부에서 상처받고 그 이상 자기표현을 성숙시키지 못했다는 사실을 인지하고 나니 나는 그러지 말아야겠다는 결심을 하게 된다. 다가오는 우리 딸들에게 애정을 담은 다정한 몸짓과 표정을 사용해서 표현해 주리라 다짐해 본다.

다정하고 친밀한 눈빛을 자연스럽게 보내주는 이들은 표정도 참 풍부하다. 아마도 그런 친구들은 어릴 때 처음 감정을 몸짓과 눈빛을 표현할 때 부모가 잘 받아주고 인정해 줬고 그런 표현에 맞는 반응을 보여줬기 때문에 자신감을 얻어 자연스러운 몸짓과 표정을 갖게 된 것이리라.

오늘부터 몸짓과 표정을 사용한 의사소통에 신경을 써야겠다. 이 몸짓 언어 사용으로부터 자연스러워진다면 음성언어를 사용한 의사소통의 문제도 해결될 것 같다는 생각이 든다.

> 얼굴 표정, 말할 때의 어조, 그리고 몸짓은 효과적인 소통의 핵심 요소들이다. 말 자체만으로는 타인에게 전해야 하고, 또 전하기를 원하는 것들을 모두 전달하지 못한다. 우리의 뇌는 말하는 사람이 의미하는 바를 정확히 파악하기 위해 그의 목소리와 몸의 움직임을 통합해야 한다.
> － 앤드류 뉴버그, 『왜 생각처럼 대화가 되지 않을까?』 중

완벽하지 않아서 더 아름다운 것들

4

내가 있는 세상, 그곳에서 살고 싶다

최희수의 『푸름아빠 거울육아』 중에 이런 내용이 있다. '내가 할래'는 자기주도성에서 나오는 말이다. 이 시기 아이는 무엇이든 자기가 하려 한다. 자기 손으로 컵에 물을 따르려 하고, 수저를 들고 혼자 밥을 먹으려 한다. 서툴지만 아이가 혼자 하려 하면 엄마는 그 자발성을 격려해 주어야 한다.

아이들은 반은 흘리고 반은 먹으면서 혼자서 해냈다는 기쁨을 느끼며 좋아한다. 이런 자기주도성이 나오는 시기에 주도성을 키워주지 못한 아이들이 울상인 얼굴로 앵앵거리며 의존적인 태도를 보인다는 내용이다.

내 성격 같아서 이 부분을 주목해서 읽었다. 어릴 때 아이가 할 수 있을 때까지 기다려주지 않고 부모가 아이가 해야 할 것을 대신 해 주면, 부모 자신은 스스로 좋은 부모라는 생각에 만족한다. 반면, 자발적인 욕구가 순간적으로 억압된 아이는, 스스로 하고픈 마음이 제어된 순간의 수치심을 느끼지 않으려고 방어하기 위해 울상인 얼굴로 징징댄다.

자기주도성을 키워야 할 시기에 스스로 하는 행동에 대해 자신감을 갖지 못하게 된 아이는 서서히 엄마에게 의존한다. 자신이 스스로 하고 싶은 부분을 제대로 하지 못한다는 평가를 받고 그 행위를 대신 해 주는 엄마를 보며, 아이는 나는 제대로 못 하니 엄마에게 의존해야겠다는 생각을 갖게 된다는 것이다. 이런 경험으로 인해 자신의 능력에 대해 늘 의심하고 부정적으로 평가한다. 그리고 크면서 스스로 하기보다는 항상 타인이 해 주기를 바라는 의존적인 마음을 갖게 된다.

이유는, 좋은 결과를 만들어 잘되고 싶은데, 본인이 하면 왠지 일이 잘못될 것 같은 생각이 무의식중에 들기 때문이다. 이 부분을 읽으면서 내가 왜 의존적인지를 이해하게 되었다. 일단, 일을 시작하기도 전에 내가 만들어낼 결과에 대해 믿음이 안 간다. 잘 못 할 것 같고, 괜한 시간 낭비에, 남에게 폐를 끼치게 될 것 같은 생각이 막연하게 밀려온다. 반면, 남이 해 놓으면 안심이 되고 믿음이 간다.

적어도 내가 하는 것보다는 나을 것 같은 생각이 든다. 나 자신의 능력에 대한 이런 무의식적인 부정적인 평가는, 어린 시절, 내가 하는 것을 못마땅해서 불안한 시선으로 보던 엄마의 표정과 말에서부터 왔다는 생각이 든다.

오랜 휴직을 마무리하고 복직했을 때 참 두려웠다. 정말 사시나무 떨 듯 불안해했다. 나는 정말 겁에 질려 하루하루 무사하길 기도하면서 매일 출근했다. 교실에서 만나는 학생들의 돌발 행동 하나하나에도 민감하게 반응했고 복직 전과 전혀 다른 학교 시스템은 나를 늘 긴장하게 만들었다. 그래도 다행인 것은 하늘에서 나를 도와줄 수 있는 엄마 같은 존재들을 곳

　　　　　　　　　　　　　　　　완벽하지 않아서 더 아름다운 것들

곳에 배치해 주셨다는 점이다.

첫해에 나는 다른 학교 순회를 다니는 업무를 맡는 바람에 담임을 맡지 않아도 되었다. 내가 속한 교무실의 진로부장님은 1시간 정도 걸리는 학교를 고속도로를 타고 왔다 갔다 하며 순회 다니는 것만 해도 힘들다며 감사하게도 내게 아무런 업무를 주지 않으시고 당신 혼자서 일하셨다.

덕분에 나는 두 개의 학교를 다니며 수업하는 일에만 집중할 수 있었다. 마치 업무가 운전인 것 같은 시절을 보냈다. 덕분에 집중해서 수업을 준비할 수 있었고 학생들과의 관계가 점점 적응되었다. 또 학교 전체가 어떻게 돌아가는지를 파악하면서 조금씩 안정을 찾아갔다.

담임 업무가 없어서 훨씬 수월했지만 그래도 생소한 업무나 행사에 참여하게 되었을 때는 늘 걱정부터 앞섰다. 내가 어찌해야 할지를 몰라 불안을 내비치며 걱정하면 항상 내가 숟가락만 얹어도 되도록 도와주는 동료가 옆에 있었다. 너무 감사한 일이었다. 마치 내가 학교에 적응하기를 기다렸듯이 어느 정도 학교를 감당할 마음이 되자 신기하게도 순회 업무가 없어졌다. 그리고 드디어 담임을 맡게 되었다.

이 순간에도 하늘은 내 편이었다. 내 옆자리에는 늘 부장으로만 계시다가 작년에 처음으로 담임 업무를 맡게 되어 시행착오를 한차례 호되게 겪은, 엄마의 역할을 해 주실 선생님이 앉으셨다. 어리바리하게 자꾸만 물어대는 내가, 작년의 자기 모습 같다며 하나하나를 귀찮게 물어대는 나의 질문에 친절하게 알려주시고 진심으로 도와주셨다. 참 감사했다.

정말 휴직하고 3년 정도는 처음 교직에 신규로 들어왔을 때보다 심적으로 훨씬 더 힘들었다. 그나마 주위에 따뜻한 마음의 선생님들이 함께해주셔서 잘 이겨낼 수 있었다고 생각한다. 이때 나의 자존심을 다 누르고 솔직하게 나의 부족함을 드러내며 의존적인 못난이 역할을 자발적으로 했기 때문에 다른 선생님들의 따뜻한 도움을 받을 수 있지 않았을까 싶다.

다행스럽게도 내 주변에 계신 선생님들이 다들 모성애가 강하신 분들이셨고 남을 도와주는 선의를 행하면서 자신의 존재감과 삶의 보람을 느끼시는 훌륭한 분들이셨다. 이런 분들에게 나의 부족한 모습, 의존적인 모습이 오히려 모성애를 자극해서 자발적으로 돕고 싶은 마음을 갖게 한 것 같다.

바쁜 업무에 시달리면서 옆에서, 하나하나 물어대는 내가 귀찮으셨을 법도 한데 그런 내색 없이 자신의 일인 양 도와주시는 선생님들 덕분에 그 시절 민간인의 허물을 벗고 교사로서의 모습을 조금씩 갖추어갈 수 있었다. 그럼에도 불구하고 이런 내 모습이 한편으로 비굴하게도 느껴졌다.

나도 알아서 척척 잘하면 좋을 텐데 왜 자꾸 누군가에게 의존할까? 아마도 나의 이런 모습은 소근육이 발달하지 못한 시기에 음식을 먹으면서 흘리고, 뭐 하나 야무지게 하지 못하는 나를 보며 답답해했던 깔끔한 엄마가 '너는 가만히 있는 것이 도와주는 거야'라는 말로 나를 빚었기 때문이라는 생각이 든다. 엄마의 말이 나도 모르게 내가 나를 보는 관점이 되어 무의식에 박혔다. 가만히 있는 것이 도와주는 존재, 즉 무능력한 존재로 나를 인식하고 불안한 시선으로 보게 된 것이다.

이런 모습이 교직 경험이 희석된 복직 초기에는 타인의 도움을 이끌어내는 데 동력이 되었다. 스스로 잘 해내고 싶은 강렬한 욕구를 가진 나는, 나 스스로 제대로 하는 것이 없다는 생각에 나의 의존적인 성격이 너무 싫었다. 또한 나의 욕망을 포기하고 상대의 마음에 맞춰주려는 노력을 못난이기에 하는 행동이라고 생각했다.

그러나 나의 자존심을 버리고 배워서 한 덕분에 학급 운영이나 업무에 큰 문제 없이 이끌어올 수 있어 나의 의존적인 성격이 꼭 나쁘기만 한 것은 아니었다는 생각이 든다. 한편으로는 감사하다. 그럼에도 불구하고 이제는 제2의 엄마에게 기대지 않고 나 스스로 당당하게 서고 싶다.

이제 이 글을 쓰면서 깨달았다. 내가 왜 나 자신으로 이 세상에 당당하게 서지 못했는지…… 내가 나를 무능력한 사람이라고 생각하고 있었던 것이다. 나를 믿지 못했다. 못 미더운 나를 제쳐 두고 나보다 낫다고 생각하는 또 다른 엄마를 찾아 기대려고만 했다.

김승호 대표의 『알면서도 알지 못하는 것들』 책에서 이런 구절을 발견했다. 세상과의 관계 설정에서 겸손을 핑계로 자신을 낮은 단계에 놓으면서 노예의 모습을 갖추는 사람이 있다. 자기 스스로 지은 감옥에 자신을 가두는 것이다.

남의 눈치를 보며 자신의 행동을 결정하고 자유보다 감옥이 더 안전하다고 느끼게 된다. 자유를 부담스러워하고 남에게 내 자유를 가져가 달라고 결정권 자체를 양보한다. 겸손을 핑계로 나를 낮은 지위에 자리매김하면서 노예의 모습으로 얻은 작은 이익에 기뻐하고 있는 것은 아닐까? 나를 믿지 못한다는 이유로 자신의 가치를 스스로 낮추고 나에 대한 결정권을 타인에게 주면서 그 안에서 얻는 작은 이익으로 기뻐하고 있으니 말이다.

학교에도 어느 정도 적응을 했으니 그동안의 도움에 감사한 마음을 가지면서 다음 단계로 넘어가고 싶다. 이제는 나 자신 스스로가 이루어낸 일로 기뻐하는 사람이 되고 싶다. 다시 혼자서 해내는 기쁨을 느껴야 하는 유아기로 돌아가서 반은 흘리고 반은 먹으면서 스스로의 힘으로 해냈다는 기쁨을 느낄 수 있도록 자신의 가치를 찾아야겠다. 설사 반을 흘리는 실수를 하더라도, 그것은 나에 대한 가치를 찾아가는 하나의 과정일 뿐이다. 나 없이 존재하는 세상이 아니라 내가 있는 세상 그곳에서 살고 싶다.

쟤는 뭐든지 제대로 하는 것이 없어

앞에서의 글을 통해 나의 의존적인 성격이 오히려 스스로를 겸손하게 하고 타인의 마음을 잘 이해하여 타인의 마음에서 우러난 공헌감을 끌어 내어 나의 성장에 도움이 되었다는 점과 학급의 일들을 무난하게 이끌어 가는 방법을 배우는 데 도움이 되었다는 사실을 알고 나니 마음이 편안해 졌다.

이 글을 쓰면서 도움을 주신 선생님들께 진심으로 감사한 마음이 든다. 밖으로 나타나는 긍정적인 결과에 대한 감사함과는 별도로 내적으로 항상 누군가에게 신세를 져야 하고 어떤 문제가 닥쳤을 때 스스로 해결하지 못 하고 남에게 도움을 요청해야 안심이 되는 부분은 해결해야 할 숙제다.

타인의 도움을 원하기 때문에 필요 이상으로 타인의 마음의 상태를 살 피게 된다. 타인의 눈빛이나 표정 등을 통해 마음 상태를 살피고 그 마음 을 잘 다독여주기 위해 지나치게 에너지를 쓴다. 스스로의 능력치를 믿지 못해 실패할 것을 두려워한 나머지, 누군가의 도움을 받으며 살아야겠기에 타인의 마음을 살피는 능력이 더 발달되었을 수도 있었겠다. 타인의 마음을 마치 자신의 마음인 것처럼 이해하고 존중해 주면 그것이 고마운 나머지 나를 돕고 싶은 마음이 저절로 우러나게 되니까 말이다.

이 부분은 이 글을 쓰면서 깨달았다. 무의식적으로 알고 있었던 것이다. 나의 공감은, 자신에 대한 믿음이 없는 내가, 타인의 도움을 끌어내기 위한, 일종의 생존방법이었구나. 그러나 필요 이상으로 타인의 기분에 신경을 쓰고 눈치를 보는 시간에 드는 에너지가 만만치 않다. 누군가 만나고 집에 돌아오면 일찍 잠을 청해야 할 정도로 피곤했다.

나 자신에게 질문해 본다. 나는 왜 혼자 스스로 하지 못하는 것일까?

어린 시절이 떠오른다. 공부 외에 생활적인 것은 엄마가 다 해 줬다. 시집가면 결국 네가 다 해야 할 텐데 굳이 지금부터 고생할 필요가 있겠어? 하시며 내가 공부만 하면 되도록 환경을 만들어줬다.

워낙 아기자기한 것을 챙기기 좋아하고 타인에게 감동 주기를 좋아하는 로맨틱한 면이 있는 엄마라서 내가 공부하다가 책상 서랍을 열면 심심한 입맛을 채울 수 있도록 맛난 과자들로 서랍을 채워주셨다. 하나에서 열까지 예상을 깨는 섬세함으로 나를 감동시키거나 행복하게 만들어주셨다. 흔히 말하는 사소한 심부름도 나를 시킨 적이 없으셨다. 엄마는 마치 나의 손발이라도 된 듯 화장실 가고 먹는 일과 공부를 제외하고는 다 대신 해 주신 것 같다.

그러다 보니 나는 일상을 유지하는 요령과 방법을 터득할 기회를 거세당한 듯 그 부분이 뇌에 구멍이 나 있다. 일상생활에서의 무지가 나의 무력감을 계속 크게 만들어갔고 나 스스로는 뭔가를 하는 것에 두려움도 갖게 만든 것 같다.

기억나는 장면이 있다. 총각무를 다듬는 일이었는데 어떻게 하는지를 모르는 나는 엄마에게 질문을 쏟아냈다.

"어디를 어떻게 떼어내는 거야? 이거 떼면 돼? 저거는?"

이렇게 물으면 엄마는 대답하기를 귀찮아하시며 내가 다듬은 총각무를 보고는

"너는 왜 이렇게 엉망으로 했니? 야무지게 못 하고 왜 이렇게 대충 하니? 그냥 하지 말고 니 방에서 공부나 해라. 그게 엄마 돕는 거다."

이런 식으로 핀잔을 주며 내 방으로 들여보냈다. '쟤는 뭐든지 제대로 하는 것이 없어'라는 엄마의 말이 방으로 들어가는 내 등을 툭 치며 방 안으로 떠다민다. 그러고는 내가 다듬은 총각무를 가져다가 다시 다듬으셨다. 그 많은 총각무를 어떻게 다듬는지 설명만 해 주고 내가 어설프게 다듬는 과정을 지켜보며 좀 더 기다려줬다면 엄마도 일을 줄이고 편하게 일할 수 있으셨을 텐데⋯⋯.

엄마는 어설픈 나의 다듬는 모습이 마음에 안 들기도 했고 공부할 시간을 더 줘야 한다는 생각에 혼자 그 많은 부엌일을 감당하신 것이다. 엄마는 나를 위해서 그렇게 희생하신 것이지만 나는 일상생활에서의 자신감이 점점 줄어들게 되었다. 이런 일이 쌓이면서 나는 서서히 공부 외에는 잘하는 것이 없는, 집안일을 못하는 아이라는 정체성을 형성해 갔고 사실 할 수 있는 것이 실제로 별로 없었다. 그래도 인생에는 해야 할 과업이라는 것이 있다. 점차 스스로 하는 힘을 잃어버리게 되었지만 생존은 해야겠기에, 주변의 누군가에게 의존하는 성향이 커진 것 같다.

급기야는 나는 혼자 길거리 음식을 사 먹는 것도 두렵다. 소심하기도 하

고 또 먹는 것을 그다지 좋아하지 않았기에 낯을 가리는 성격과 두려움을 무릅쓰고 낯선 장소로 들어가 음식을 사 먹는 도전 따위를 하지 않았다. 그래서 어린 시절 어쩌다 들어가 사 먹은 떡볶이나 분식은 다 친구들이 가자고 해서 들어간 것이다.

그리고 또 기억나는 장면이 있다. 정해진 엘리베이터를 타고 한 층, 한 층 올라서는 문만 열고 나서면 모든 것이 다 짜여 있어서 시키는 대로만 하면 되던 고등학교까지와는 달리 수업 시간 시간표부터 노는 시간에 어떻게 보낼 것인지까지 다 내가 계획해야 하는 대학 시절이 너무 힘들었다. 벽에 부딪힌 느낌이라고 해야 할까? 내가 선택하고 결정해야 하는 과정들이 굉장히 부담스러웠다. 무섭기까지 했다.

처음 선배와의 만남 시간, 회식 같은 그 분위기가 불편했다. 9시가 되자마자 집에 가야 한다며 급하게 집으로 돌아왔던 기억이 있다. 나중에 동기들에게 들었는데 그때 내가 허겁지겁 나가는 모습은 집에 통금 시간이라도 걸려 있는 듯, 무척 불안해 보였다고 한다. 그다음 날 여동생과 함께 동성로 시내에 나갔다가 같은 학과 동기를 만났다. 당시에 미술을 해서 약간 노는 과(?)에 속한 나보다 훨씬 자유로운 영혼을 가진 동생이 같은 과 동기를 만나 어색해하며 어쩔 줄 모르는 나를 보며

"우리 언니 대학교 친구예요? 반가워요. 앞으로 친하게 잘 지내세요."

인사를 하며 상황을 마무리 짓고 깔끔하게 내 손을 잡고 옷을 사러 가던 길을 재촉하던 때가 떠오른다. 그 순간 나는 내 동생이 너무 든든했다. 그 정도로 나는 소심하고 자신감 없는 아이였던 것이다.

김승호 대표의 『알면서도 알지 못하는 것들』 책에서 내 이야기를 써놓았나? 하는 구절을 발견했다. 스스로 자존감을 높이는 최선은 자신이 주변

환경에서 우위에 서는 것이다. 내 주변 환경에 내가 지배당하는 순간 나는 내 자존감을 유지할 수 없게 된다.

이웃의 평판에 눈치를 보고, 시류에 따라 처지를 바꾸고, 만나는 사람에게 모두 좋은 사람이 되려고 애쓰고, 남의 말에 따라 자신의 행동을 바꾸면 결국 억압되어 모든 것에 지배당하고 낮은 대우를 받고 불행해진다. 딱 내 모습이다. 이웃의 평판에 눈치를 보고 시류에 따라 처지를 바꾸는 사람. 타인에 대한 의존도가 크다 보니 나는 점점 불행해지고 있었다. 나도 주변 환경에서 우위에 서고 싶다.

기시미 이치로, 고가 후미타케의 『미움받을 용기 2』에, 과거에 겪은 비극을 현재까지도 털어내지 못하고 어쩔 수 없는 트라우마에 시달리는 사람이 왜 있는 것일까? 이는 과거에 사로잡힌 것이 아니네. 그 과거를 스스로가 필요로 하는 거지. 더 가혹하게 말한다면, 비극이라는 안주에 취해서 불행한 '지금'의 괴로움을 잊으려는 거지라는 구절이 있다. 이 부분을 읽으며 나는 어린 시절의 자기주도성을 기르지 못했던 상황을 핑계로 타인에게 계속해서 도움을 요구하는 패턴을 바꾸고 싶다는 생각을 했다.

이제 더 이상 내가 필요로 하는 과거를 핑계로 의존하는 사람임을 정당화시키기를 멈추고 싶다. 내게 존재하는 과거의 그림자를 거름으로 그 안에서 새로운 존재의 싹을 틔우고 싶다. 지금부터 '나'는 '나 자신'이라는 새로운 씨앗으로 당당하게 성장하고 싶다.

6

감정은 꺼내는 것이 아니잖아

나는 결혼하고 나서 내가 괴물이라는 사실을 알았다. 그전에 모르던 나 자신을 만난 것이다. 나는 친구들에게 친절하고 상냥한 아이로 알려져 있다. 그도 그럴 것이 나는 특별히 좋아하는 것이 없었고 하고 싶은 것도 딱히 없었기 때문에 친구들에게 너 하고 싶은 대로 하라고 할 수 있었다.

친구들은 나와 함께 있으면 그들이 하고 싶은 대로 할 수 있을 뿐 아니라 함께해 주는 친구가 있으니 외롭지 않았다. 그들은 내게서 편안함을 느꼈고 나와 함께하는 시간을 좋아했다. 그리고 나를 배려 많은 친구, 항상 자신의 것을 양보하는 편안한 아이로 인식했다. 나 스스로도 또래보다 성숙한 속이 깊은 아이라고 생각해 왔다.

그런데 결혼하고 전혀 다른 문화를 가진 남편과 함께 살게 되면서 나는 내가 괴물이라는 사실을 알게 되었다. 남편은 내 속의 무언가를 자꾸 건드렸고 그것이 참을 수가 없었다. 나는 엄마의 살뜰한 챙김을 받으면서 과잉

된 사랑을 많이 받고 자랐다. 반면, 자영업을 하셨던 바쁜 부모 밑에서 부모님의 챙김이 없이 거의 혼자 알아서 살아온 남편은, 옆 사람을 챙기는 일 없이 마치 혼자 사는 사람처럼 지냈다.

누군가의 챙겨줌에 익숙했기에 의존적인 나는, 남편의 그런 모습을 참을 수가 없었다. 어렵게 쌍둥이를 가져서 4개월이 되었을 무렵이었다. 3년 가까이 인공수정과 시험관의 실패로 고통을 겪다가 어렵게 아이를 가지게 되었는데 임신의 기쁨도 잠시 노산의 위험을 안고 생긴 아기들이라 혹시나 잘못될세라 조심 또 조심해야 했다.

어느 날 저녁 배가 아파왔다. 배가 아픈데 남편은 옆에서 들은 척도 하지 않고 잠만 잤다. 별일 없을 거라며 그저 쿨쿨 잤다. 그리고 그다음 날 혼자 병원에 갔는데 가진통이 온 것이다. 여차하면 어렵게 가진 아이를 잃을 수도 있었다는 의사의 말을 듣고 앞이 깜깜했다. 이렇게 심각한 상황이었는데, 아이를 갖는 그 어려운 상황을 같이 겪어놓고는, 부인이 아프다는데 문제를 해결해 줄 생각도 하지 않고 나 몰라라 잠만 잘 수 있는지 남편의 무관심에 온몸이 시려왔다.

이런 식의 남편의 냉정한 행동에 화들짝 놀란 적이 한두 번이 아니다. 마치 '니가 아픈 일은 니가 해결해야 할 일이니 알아서 해'라는 말이 들리는 것 같았고 이럴 때마다 함께 사는 것에 어떤 의미가 있는 것인지에 대해 심각하게 고민을 했다. 참을 수 없는 배신감과 미움으로 남편에게 여과 없이 강력한 화력의 불만을 터뜨리기 일쑤였다.

> 억압이란 부모가 인정하지 않아 자신도 인정할 수 없는 감정을 무의식에 밀어 넣은 것이다. 무의식에 넣었기에 자신에게 그런 감정이 있는지도 모

른다. 화를 냄으로써 자신의 화의 경계를 정하고 적절한 감정을 표출하는 적정선을 배워야 하는데 그런 과정이 없이 화를 내지도 못하고 무의식에 쌓아두면 분노가 된다. 분노는 여러 가지 얼굴을 가지고 있는데 위장된 분노는 '죄책감'이다. 그러다가 어느 작은 것이 계기가 되어 가장 안정하고 보복당할 염려도 없는 아이나 배우자에게 폭발한다.

『푸름아빠 거울육아』의 내용이다. 이 부분을 읽으면서 너무 와 닿았다. 그러고 보니 나는 어린 시절에 내 감정을 인정받지 못했다. 그리고 나 스스로도 내 감정을 인정하지 않고 억압했다. 이것의 뿌리를 거슬러 올라가 보면 우리 엄마의 역사와 관련이 있다.

우리 엄마는, 경주최씨 부잣집 둘째 아들의 외동딸로 태어났다. 그 당시 대구에 사는 사람은 우리 외갓집의 땅을 밟지 않고는 못 살 정도로 큰 부자였다고 한다. 외할아버지께서 병으로 돌아가시게 되자 상속 문제가 발생했다.

둘째 아들이 죽자, 시집온 지 얼마 안 된 며느리에게 그 많은 아들 몫의 재산을 줄 수가 없다는 생각을 한 시어머니는, 독하게 마음먹고 그 5살이 된 어린 딸(우리 엄마)을 며느리로부터 떼어내고 다른 곳으로 시집을 보내버렸다. 그때 쫓겨난 외할머니는 얼마나 시집에서 모진 말로 당했던지 그 이후 딱 한 번 딸(우리 엄마)을 보러 온 이후에는 발길을 완전히 끊었다.

그래서 우리 엄마는 항상 당신이 아들이었으면 하는 말을 자주 한다. 엄마가 아들이었다면 함부로 우리 엄마의 엄마를 내쫓았을까? 아들이 중요한 시대였으니 다른 결말이 있었을지도 모르겠다. 엄마가 한창 필요한 나이에 우리 엄마는 당신의 엄마가 보고 싶어 병이 났다.

세상에 없는 보물처럼 물고 빨고 사랑해 줬던 따뜻하기만 한 아버지가 사라졌는데 엄마마저도 함께 없어져버린 것이다. 물이 없어진 물고기처럼 생명줄이 타들어 가는 고통을 느낀 엄마는 부모님이 보고 싶다는 마음에 시름시름 앓았다.

어린 시절 우리 엄마의 별명은 '아픈 아이'였다. 부모 없이 큰집에서 큰어머니 밑에서 얹혀산 우리 엄마에게, 그 어린 시절 얼마나 많은 슬픔과 아픔과 서러움이 쌓여 있었을까. 그 감정들은 아픔과 슬픔으로 곪아 터진 고름이 되어 찢어지는 듯한 통증을 느끼게 했고 우리 엄마를 마음뿐 아니라 몸까지도 아픈 아이로 만들었다.

엄마를 찾고 떼쓰는 어린 나를 보며 엄마는 괴로웠을 것이다. 나의 감정 표현은 엄마의 엄마가 없던 시절의 아픔을 자극해서 무의식에 꾹꾹 밟아 억압해 놓은, 기억하고 싶지 않은 엄마의 불쌍한 시절을 의식으로 떠올리게 했다. 다시는 기억하고 싶지 않은 딱딱하게 굳어 있는 고름을 다시 흐르게 하고 싶지 않은 우리 엄마는 괴로운 나머지 이렇게 말했다.

"그만! 뚝! 현지야, 감정은 못난 사람이나 표현하는 거란다. 좋고 싫고를 겉으로 표현하는 사람은 천한 사람이야. 양반들은 그렇게 천한 행동을 하지 않아. 좋아도 좋은 티 안 내야 하고 싫어도 싫은 티를 내면 안 된다! 감정은 꺼내는 게 아니야."

그렇게 엄마는 내 입을 막았다. 이해한다. 그래야 엄마의 아픔이 다시 의식으로 떠올라 자신을 괴롭히지 않을 테니까. 하지만 이 말은 내 마음에 병을 만들었다. 내 감정을 표현하는 것은 천한 행동이고 바람직하지 않다고 생각한 나는, 내 속에서 일어나는 모든 감정들을 참았고 억눌렀다. 그러면서 점점 나는 내가 뭘 좋아하는지 싫어하는지를 모르는 무감각한 사람이 되어갔다.

남들이 웃을 때 왜 웃는지를 모르고 분위기를 맞추기 위해 눈치 보며 어색한 웃음을 짓는 사람이 되어갔다. 마치 내 인생이 연극인 것처럼 주어진 역할만 하는 삶에 익숙해 갔다. 그리고 친구들과의 관계가 겉돌았다. 내 감정을 표현해 본 적이 없고 또 내 진실한 감정을 말함으로써 나를 '공감' 받아보지 못한 나는, 결핍한 상태에서 친구들의 감정표현을 진심을 담아 '공감'하는 데 어려움이 있었던 것이다.

말 많은 것을 딱 싫어해서 말 많은 아버지와도 갈등이 많았던 엄마를 보며 나는 많은 말들을 지우며 살았다. 말을 많이 하는 것은 나쁜 성격이구나라고 생각하는 습관이 들여진 나는 '나'를 표현하는 것이 그렇게 어색하고 죄스럽다. 내 생각을 말하면 안 될 것 같은 느낌이 있다.

그래서 말이 없는 내가 친구들 눈에는 속 깊게 느껴졌겠지만 사실 나는 엄마에게 사랑받고 싶어 입을 닫은 그 순간에 머물러 있었던 것이다. 이것은 엄마를 떠나 혼자 살아가야 할 20대 이후로 나를 참 힘들게 했다.

7

더 해빙

존경이란 인간의 모습을 있는 그대로 보고 그 사람이 유일무이한 존재임
을 아는 능력이다.

－ 에리히 프롬

이재덕 마스터님의 독서 모임의 첫 도서가 『더 해빙』이었다. 부자들의
구루라고 일컫는 『더 해빙』의 작가 '이서윤'은 어릴 때부터 사주 관상에
능했다. 할머니의 조언으로 자신의 재능을 발견한 '이서윤'은 주역, 명리
학, 자미두수, 정성학 등 동서양의 운명학에 입문한다. 워낙 부자들 사이에
서는 유명해서 고등학교 때부터 이서윤 작가의 집에는 자신을 찾아오는
부자들의 행렬로 줄을 섰다고 했다.

이 책을 읽은 이유는 사람들에게 부를 가져오는 방법을 배우고 싶고 부를
끌어당기는 마음가짐을 가지고 싶어서였다. 어떻게 해야 복이 들어오는 건
지 나에게 좋은 에너지를 끌어당기는 방법을 알기 위해서 이 책을 읽었다.

이 책은 감정을 굉장히 중요시하고 있었다. 우리의 감정을 생명력과 연결해서 감정을 어떻게 가지느냐에 따라 에너지를 끌어당길 수 있다고 설명하고 있었다. 그 에너지는 물질, 곧 돈도 포함하고 있다. 사람이 감정을 통해 자신의 에너지를 어떻게 관리하느냐가 원인이 되어 돈을 포함한 물질이라는 결과가 따라오게 된다는 것이 이 책의 요지이다. 특히 긴장과 불안과 같은 감정 상태는 우주 속의 경직된 주파수와 공명하고 이런 상태는 돈의 흐름을 밀어내거나 혹은 느려지게 한다는 내용이다.

그러면서 부정적인 감정을 잘 다스려 충만한 감정 상태로 나아갈 때 가장 자연스러움과 편안함을 느끼고 이로 인해 커다란 행운과 물질인 돈도 따라오게 된다는 것이다. 자신의 상황을 바꾸는 열쇠는 바로 자신의 감정이라는 말이다. 내 감정을 어떻게 다스리느냐에 의해 나의 부가 좌우된다는 아주 흥미로운 내용을 담고 있어 재미나게 읽었다.

내 인생 전체를 좌우하는 감정은 뭘까? 이 감정을 잘 다스리면 나에게도 부가 올 텐데 생각했다. 마음속에서 떠오르는 글자는 불안이다. 내 안에는 실수할까 봐 불안해하고 두려워하는 아이, 옆에 누군가가 있으면 그에게 지적당할까 봐 벌벌 떨고 있는 가련한 아이, 누군가에 의해 내 하루가 좌우될까 봐 그 사람을 피하고 싶어 도망 다니는 아이도 있다.

완벽주의 엄마 마음에 드는 행동을 해야 사랑을 받을 수 있다는 생각에, 눈치 보고 외부를 살폈던 예민하고 결이 고운 아이, 그 아이가 바로 나다. 나는 나 자신으로 살아오지 못했다. 내가 누군지 모른 채 엄마의 기대대로 엄마가 원하는 요구대로 살아오다가 20대가 되어 큰 혼란을 느꼈다. 나에게 기대하는 외부의 시선과 과도한 애정이 무섭기까지 했다.

나의 욕구, 감정이 무시되는 것에 대해, 나도 모르는 사이에 분노가 쌓

완벽하지 않아서 더 아름다운 것들

여갔다. 내가 누군지 모른 채, '나'가 없이 부모나 친구에 의해 휘둘리는 삶이 싫었다. '나'란 존재에 대한 존중을 받지 못했다는 생각이 들어서 억울했다. 타인이 시키는 대로 해 주고 그들 요구의 감정의 찌꺼기들을 해소해 준 대가로 사랑을 받았다. 내가 마치 '기쁨조' 같았다. 나의 존재가치가 나 자신에게서 나오는 것이 아니라 타인을 기쁘게 만들어주는 것에 있다는 것이 피곤하고 힘들었다.

어느 날 큰딸 서윤이가 징징거리며 짜증을 내는데 내 마음속에 뭔가가 치받으며 올라오는 것이 있었다. 나처럼 감정을 제대로 표현할 줄 몰라 제대로 화를 내지도 못하면서 내부에 일어나는 불만을 화보다는 약한 짜증으로 표출하는 큰딸을 보자 화가 났다. 나 자신의 모습을 딸을 통해서 본 것이리라.

우리 엄마가 어린 시절 나의 투정을 보며 자신의 불쌍함이 떠올라 나의 입을 막았듯이 나 역시 우리 딸을 보며 내 감정을 어떻게 처리할지 몰라 당황한, 딸의 이름을 한 또 다른 나에게 화를 내고 있었던 것이다.

"왜 너는 분명하게 니 감정도 제대로 처리할 줄 모르니? 제대로 니가 지금 뭐가 불만인지를 말해."

모르겠다고 했다. 그러자 더 화가 났다. 왜 엄만 내 감정을 인정해 주지 않아서 내가 뭘 원하는지 모르는 아이로 만들었어? 왜 엄마 자신만 옳다고 하고 내 감정을 인정해 주지 않은 거야? 마음속에서 치받는 화가, 애꿎게도 어린 딸에게 투하되었다. 정신을 차리고 나서 아이에게 미안해졌다.

우리 딸은 무슨 죄인가? 눈에 넣어도 아프지 않을 것 같은 딸에게 반복적으로 분노하는 엄마, 이제는 멈추고 싶다. 그러기 위해서는 누군가가 있는 그대로의 나를 사랑해 주고 보듬어줘야 한다. 인정을 받아야 나의 내면에서 반복적으로 자기를 알아달라고 화를 내는 아기는 떠날 것 같다. 남편? 도저히 기대할 수 없다. 그럼 누가 상처받은 어린 나를 안아주고 품어줄 수 있을까? 나를 인정해 주고 존중해 줄 수 있는 사람은 누구일까?

아무리 생각해 봐도 떠오르지 않았다. 절망스러웠다. 그 순간 갑자기 마음속 깊은 곳에서 '니가 해'라는 목소리가 들렸다. '아! 내가? 내가 하면 되나? 그래 좋아, 내가 해 보자.' 엄마에게 하고 싶은 말을 맘대로 못 하고 속으로 꾸역꾸역 체할 정도로 집어삼키던 그 순간들을 떠올리며, '현지야, 힘들었지?' 말했더니 이 한마디에 눈물이 또르르 떨어졌다. 마음이 사르르 풀렸다. '현지야, 솔직하게 너를 말하면 엄마의 사랑을 받지 못할까 봐 두려웠지?' 어린 현지가 고개를 끄덕인다. '이젠 너에게 솔직해져도 돼. 그동안 너를 감추며 말하지 못하고 살았으니 이젠 솔직해지자. 그럴 자격이 충분히 있어. 그래도 돼.'

정말 하고 싶은 말을 하지 못하고 숨죽여 나를 없애오던 시간들만큼 앞으로 너를 말하고 표현하면서 살자. 괜찮아. 따뜻한 한마디에 햇빛과 바람의 우화에 나오는 나그네처럼 나의, 옷깃이 열릴까 봐 힘주어 외투를 꼭 잡고 있었던 손이 스르르 풀렸다. 있는 그대로의 나를 인정받고 싶었던 내 마음을 읽고 스스로 인정해 주고 보듬어 주었더니 나도 모르게 경직되어 있었던 내 마음의 근육이 이완되고 있음이 느껴졌다. 있는 그대로의 나를 얼마나 인정받고 싶었는지가 느껴졌다. 그 인정해 주는 존재가 내가 되어도 가능하다는 점이 놀라웠다.

이서윤의 『더 해빙』을 통해 에리히 프롬의 있는 대로의 나를 인정하게 된 첫걸음을 뗄 수 있었다.

귀한 시간이었다.

8

분노에서 찾은 내 안의
신성하고 거룩한 빛

엄마 아빠의 잦은 부부싸움, 완벽주의 성향에 예민하고 날카로운, 상처가 많았던 우리 가여운 엄마는 자신의 감정을 처리하는 방법을 몰라 폭발하거나 짜증을 내기 일쑤였다.

마찬가지로 자신의 속에 쌓여 있는 분노를 제대로 표현하는 방법을 배우지 못한, 과잉된 감정을 폭력과 파괴로 해소했던, 자신의 화를 주체를 못 하는 아버지의 모습을 보며 내 속에도 '화'라는 파괴적이고 폭발적인 분노 에너지가 차곡차곡 쌓여가고 있었다.

평상시 나는 이해심 많고 배려 있는 사람이었지만 결혼 후 가족과 함께할 때 나의 파괴적인 면이 있다는 점을 알게 되었다. 많은 부분에서 의사소통이 전혀 안 되는 신랑과 싸울 때마다, 내 말을 안 들어주는 딸이 고집을 부릴 때마다, 내 속에서는 화산 속 용암처럼 부글부글 끓어오르는 화가 폭발하듯 터져 나왔고 거침없이 흘러내리는 용암처럼 남편과 딸에게 마구 쏟아냈다.

내 감정을 드러내지 않으려고 방어해야 하는 타인과의 관계도 피곤했지만 '나'에 대한 존중이 눈곱만큼도 없는 남편의 행동에 섭섭한 마음을 표현하는 일도 적절한 선을 자꾸 넘으며 나 자신을 힘들게 했다. 남편이 나를 건조하게 대하는 무관심한 태도가 느껴질 때마다 분노하고 폭발했다. 다른 사람은 몰라도 남편은 나를 존중해야 하는 거 아닌가?

분노하는 내 속에는 순수한 '나'란 존재를 알아달라는 간절함이 있었다. '나'를 알아주기는커녕 마치 버려진 쓰레기처럼 느끼게 만드는 남편의 태도를 참을 수가 없었다. 그렇지만 나는 우아한 사람이고 싶다. 왜 자꾸 잦은 화로 나 자신을 괴물로 만드는지 곰곰이 생각했다.

어린 시절 엄마 아빠가 큰 소리로 욕을 질러대며 싸우는 장면이 떠올랐다. 그 순간 한쪽 구석에 숨어 입을 꼭 틀어막고 숨죽여 지켜보는 어린 소녀가 있다. 아빠가 엄마를 죽일 것만 같은 지옥 같은 상황에서 내가 할 수 있는 것이 아무것도 없다는 사실이 나를 쓸모없는 존재로 느끼게 했다.

지금까지 살면서 한 번도 건드려보지 못한 열어서는 안 되는 판도라의 상자 앞에서 숨을 멈추고 잠시 갈등한다. 이 상자가 내 마음 깊은 곳에 계속 있어 왔다고? 의도적으로 모른 척해 왔는지도 모르겠다. 용기를 내서 뚜껑을 열어본다.

'현지야, 무서웠지? 어린 마음에 얼마나 엄마 아빠의 싸움이 무섭고 힘들었니?' 이렇게 말하면서 두 팔로 나를 감싸 안아줬다. 갑자기 코끝이 시큰해 오면서 눈 부위가 뜨거워졌다. 뭔가 억눌린 에너지가 얼굴 뼈들을 뚫고 나오려는 듯 얼굴 전체가 뻐근해 왔다. 어깨가 들썩들썩하고 숨이 가빠

온다. 관자놀이 부근이 아플 정도로 눌리면서 가슴 쪽에서 무거운 빗장이 삐걱거리며 둔탁하게 열리는 소리가 들렸다. 무거운 빗장에 눌려 숨도 못 쉬고 있던 울분이 고통스럽게 덜커덕 소리를 내며 어렵게 새어나왔다.

한번 빠져나오기가 힘들었지 한번 새어나오기 시작하자 거침없이 쏟아져 나오는 토사물처럼 벌컥벌컥 터져 나왔다. 그리고 그 가슴 주변에서는 짐승에게서나 나올 법한 울부짖음이 토해졌다. 꺼이꺼이 숨이 가쁠 정도로 울부짖는 소리가 폭풍우처럼 휘몰아쳤다. '나 무서웠어. 진짜 너무 무서웠어.' '그래 무서울 만해. 얼마나 무서웠니?' 제어할 수 없는 울부짖음 소리가 새벽의 거실을 뒤흔들었다.

'우리 현지, 잘 견뎠다. 잘했어. 대견하다.' 어린 시절 엄마 아빠가 싸울 때 아빠가 엄마를 죽일 것 같아서 너무 무서웠어. 그런데 무섭지만 무섭다고 말할 수 없었어. 너무 무서운 나머지 그 이야기를 입 밖으로 꺼내면 엄마 아빠가 또 싸울지도 모른다는 생각에 아빠가 엄마를 죽여 버릴지도 모른다는 생각이 들어서 감히 그 이야기를 꺼낼 수 없었어. 그저 내면의 가장 깊은 지하방에 처박아 내버려 둘 뿐, 누구에게도 말하지 않았다.

내가 기억하지 않으면 사라질 거라 생각했다. 그런데 그것은 착각이었다. 결정적인 순간마다 이 두려움이 분노의 형태로 불쑥불쑥 튀어나왔다. 없애기는커녕 나와 밀착하여 마치 나인 것처럼 내가 무력하게 느껴지고 쓸모없는 존재로 느껴질 때마다 등장해서 깡패 역할을 했다. 그 내면의 두려움에 떠는 아이가 한동안 충분히 아파하고 두려워하도록 뒀다. 이런 모습을 지켜보고 있는 또 다른 나는 그저 고개를 끄덕이며 공감해 주는 것밖에 할 수 없었다. 다른 어떤 위로의 말도 건네지 못했다.

이미 있는 그대로의 나를 인정하고 사랑해 주는 에너지를 가진(having)

상태의 나는, 신기하게도 내가 나를 울면서 인정해 준 그날 이후로 사람들 앞에서 긴장하거나 떨지 않았다. 어린 시절의 내면의 나에게 진심으로 격려하고 충분히 인정해 줬더니 '내면아이'가 마음이 풀렸나 보다. 나는 평상심으로 컨트롤할 수 있는 상태가 되었다.

문득 '나'의 존재의 본질은 불안해하고 두려움에 떠는 '나'가 아니라 또 다른, 좀 더 상위의 존재일까?

지금까지 분노하는 내면아이가 나라고 생각해 왔는데 아닌 것 같다는 생각이 들었다. 만약 나의 본질이라면 떠나지 않고 영원히 함께해야 할 텐데, 두려움을 안아주고 충분히 공감해 줬더니 마음이 풀리고 사라졌다. 불안에 떨며 겁에 질려 있던 아이가 온데간데없이 사라져버렸다는 것은 불안이 나의 본질이 아니라는 뜻이다.

내가 나를 인정해 줬다고 해서 나 자신의 본질이라고 생각해 왔던 불안이 해소되었다는 점이 너무 신기했다. 내가 한 것이라곤 어린 시절 엄마의 완벽주의 때문에 힘들어했던 나를 알아준 것이 다였다. 엄마와 아빠가 싸우던 그 장면으로 다시 돌아가 혼자서 무서워하던 나를 안아주고 토닥여 준 것이 다였다. 그리고 펑펑 우는 나를 다른 사람도 아닌 바로 내가 인정해 주고 알아줬을 뿐이다.

그럼에도 불구하고 나는 이날 이후 안정된 사람이 되었다. 너무나도 의미 있는 경험이었다. 타인이 알아주지 않아도 내가 나를 알아주는 것만으로도 충분히 나의 마음이 풀리고 다른 사람이 될 수 있다는 경험은 신선했다. 그리고 새로운 깨달음을 줬다.

불안이나 두려움과 같은 상태는 내가 극복해야 할 내면아이일 뿐 나의 본질이 아니라는 사실이다. 나는 그보다 더 훌륭한 존재였다. 타인을 통한 상담과 인정과 같은 절차가 필요하지 않을 수 있다는 놀라운 사실을 깨달았다. 나는, 내 안의 문제를 스스로 치료할 수 있고 내 안에서 충분히 답을 찾을 수 있는 존재였던 것이다.

그렇다면 그동안 나를 두렵게 만들고 불안하게 만든 것은 완벽주의 엄마의 짜증이나 성격 급한 아빠의 분노조절 미숙 때문이 아니라 그런 형상을 받아들이는 '나'였다는 통찰이 왔다. 즉 내 생각만 바꾸면 되는 것이었다. 이 깜짝 놀랄 만한 경험은 이날 이후 내 안에 숨어 있는 거룩한 빛, 불성, 영성의 존재를 깨닫게 해 준 소중한 경험이 되었다.

부자가 되고 싶다는 마음에서 골라 든 『더 해빙』은 나에게 가장 핵심 되는 불안이라는 감정을 파고들게 했다. 그리고 어른이 된 이후 한 번도 꺼내보지 않았던 어린 시절 내면의 나와 만나는 경험을 하게 해서 진짜 원하는 마음, 즉 나 자신이 완벽하지 않아도 부족한 대로 내 존재를 인정받고 싶은 마음을 알아차리게 했다. 부족한 나를 인정해 주고 사랑한다고 말하는 과정에서 나는 그동안 나를 두렵게 하고 눈치 보게 하고 불안하게 한 존재가 사실은 바로 나였음을 깨달았다.

이서윤의 『더 해빙』은 결핍을 제거한 '있는 상태', 즉 내 안의 거룩한 불성, 영성을 깨닫고 이 영성을 해빙(having)한 삶을 살아갈 수 있는 계기를 만들어준 고마운 책이 되었다. 에리히 프롬의 '존경이란 인간의 모습을 있는 그대로 보고 그 사람이 유일무이한 존재임을 아는 능력이다'는 말이 보다 더 입체적으로 다가왔다.

'우리 모두에게는 두려움과 같은 가짜 '나'가 아닌 진정한 내면의 거룩한 모습이 있다. 우리 모두는 무한한 잠재력을 가진 존재이므로 이를 인정하고 존중하는 마음이 존경으로 표현된다'로 이해되었다. 우리 자신은, 스스로의 문제를 치유할 힘을 가진 유일무이한 존재, 자신의 존재가치를, 즉 내 안의 신성하고 거룩한 빛, 영성을 찾을 수 있는 존재였던 것이다.

108배를 하면서 그리도 찾고 싶었던 나란 존재의 거룩하고 신성한 빛을 내 삶의 가장 고통스러운 경험과 감정, 두려움 속에서 찾았다는 사실도 삶의 역설, 아이러니를 느끼게 했다. 니체의 말 중에 커다란 고통이야말로 정신의 최종적인 해방자라는 말이 있다. 내가 위기와 곤경에 빠졌던 순간이 큰 축복을 받기 위한 과정 중의 하나라는 말을 깨닫는 거룩한 순간이었다.

완벽하지 않아서 더 아름다운 것들

9

치유와 사랑의 존재

　나는 문득 엄마의 상처를 치유하라고 보낸 아이 같다는 생각이 앞의 글을 쓰면서 들었다. 엄마는 인생에서 친구란 존재가 한 명도 없었다. 아닌가? 이건 순전히 내 생각이다. 엄마가 따로 만나서 연락하는 친구를 본 적이 없기 때문이다. 설사 인생의 어떤 순간에 엄마의 친구가 있었다 해도 엄마 성격상 자신의 결점을 드러내는 것을 너무나 싫어하기 때문에 자신의 상처나 아팠던 과거 이야기를 털어놓지 못했을 것이다.

　그런 엄마에게 나는, 엄마의 과거를 어떤 비난이나 평가에 대한 두려움 없이 있는 그대로 털어놓을 수 있는 유일한 친구였다. 다행히 나는 어릴 때부터 감정이 섬세하고 공감력이 뛰어났다. 사람의 행동 패턴을 잠깐 보고서 한 판단이 거의 잘 맞아서 어른들이 깜짝 놀라곤 했다.

　이건 엄마에게 들은 이야기인데 내가 5살 때, 우리 집에 오신 남자 친척 분을 보고 담배를 피우고 싶어 하신다는 것을 눈치채고 재떨이를 갖다줬다고 했다. 그분이 "우와~ 현지야. 어떻게 내가 담배 피우고 싶어 한다는 것을 알았니? 고맙다" 하면서 깜짝 놀랐다고 했다.

지금 생각해 보니 상처가 가득한 엄마를 치유해 주시려고 하늘이 엄마에게 공감을 잘하는 나를 보낸 것이 아닐까? 사실 모든 아이들이 어릴 때는 자기중심적이었다가 크면서 타인을 이해하기 시작하고 서서히 공감능력이 발달한다.

그런데 나는 어릴 때부터 공감능력이 너무 발달해서 자기중심적으로만 생각해야 하는 그 나이대의 친구와의 관계가 상대적으로 너무 힘들었다. 내가 양보해야 할 것과 이해해 줘야 할 것이 많아서 나이에 맞지 않게 무거운 부담을 안고 살았던 것 같다. 그런데 자기 것만 챙기던 친구들도 자라면서 그들의 것을 양보하거나 배려해 주는 것이 조금씩 늘어갔다. 나이가 들면 결국은 비슷해지는데 내가 너무 어린 나이에 안 느껴도 될 것까지 느끼면서 살았던 것이다.

타인의 마음이 읽히다 보니 양보해야 할 것이 많아진 사실에 심한 피로감을 느꼈다. 피해의식도 있었다. 공감하는 내 성격이 너무 싫었다. 친구의 마음을 모르고 싶었다. 그 마음과 상관없이 내 것을 당당히 갖고 싶었다. 자꾸만 양보해야 하는 상황으로부터 도망치고 싶었다.

급기야는 공감을 잘한다는 것을 나의 치명적 결점으로 여기게 되었고 일부러 나의 '공감되는 부분'을 모른 척했다. 의도적으로 둔감시키려고 노력했다. 어린 시절 결핍된 그 무엇을 다시 가지고 싶어 오히려 어른이 되어서 일부러 이기적으로 되려고 노력했던 나를 떠올리니 퇴행현상이었구나 싶다.

생각나는 장면이 있다. 엄마는 어린 시절의 아프고 속상했던 이야기를 하며 식탁에 앉아 눈물을 쏟아내고 그 이야기를 들은 나도 스토리 속의 엄마가 너무 불쌍해서 어깨를 들썩이며 통곡하듯 함께 엉엉 울었다. 그러면서 엄마는 본인의 이야기를 책으로 쓰면 끝도 없어 전집으로 나오게 될 거라는 말을 했다. 엄마 과거의 상처를 끄집어내고 딸과 함께 울고 가슴 아파하면서 엄마 마음의 상처가 치유되고 조금씩 기억에서 지워가지 않았을까? 그랬을 것 같다.

엄마는 나를 무지 사랑했다. 흙이 내 발에 묻는 것도 용납할 수 없어 늘 업고 다녔다. 엄마는 나를 너무나 사랑한 나머지 자신이 옳다고 생각하는 완벽의 기준에 내가 잘 맞춰서 해야 훌륭하게 클 것이라고 생각했던 것이다. 본인이 봤을 때 옳다고 생각한 것을 지나치게 강요했던 것이 나를 힘들게는 했지만, 그 어린 시절에도, 나를 지극히 사랑하는 엄마의 마음을 알았기에 또 착한 맏딸이었기에 엄마의 말을 따라야 한다고 생각했다.

그런데 그 말을 따르는 것이 버거운 나머지 왜 나는 그 말에 따르는 것이 힘들지? 난 부족한가 봐. 난 잘 못 하는 사람인가 봐…… 이렇게 생각하게 된 것 같다. 나를 통해 아이를 한번 키워 본 엄마는 내 동생부터는 약간의 방치(?)를 했다. 처음 엄마가 된 것이었기에 서툴렀다. 너무 잘하려는 마음이 집착이 되어 오히려 나를 힘들게 만들었던 것이다.

물론 내 동생은 나와 달리 영혼이 자유로워서 어른들 말을 잘 안 듣고 제멋대로인 아이이다. 그래서 엄마 마음대로 되지도 않았겠지만 나를 통해 시행착오를 겪은 엄마는 동생은 나처럼 통제하지 않았다. 엄마의 과보호가 나를 의존적인 아이로 만들었고, 엄마의 완벽주의가 나를 불안한 아이로 만들었고, 엄마의 감정에 대한 억압이 내가 누군지 모르는 무감각한 아이가 된 원인이 되었지만, 엄마의 나를 향한 깊은 사랑을 너무 잘 알기에 함부로 원망할 수도 없다. 엄마가 나에게 해 준 것들은 결국 모든 것들이 처음이었기에 서툴렀던 것이고, 엄마는 그 당시 엄마로서 할 수 있는 최선을 다한 것이었다.

이 글을 써가면서 굉장히 큰 선물을 받았다. 나라는 존재에 대해 다시 정의할 수 있었다. 지금까지 나는 엄마를 공감해 주고 엄마의 감정받이가 되는 감정의 쓰레기통 같은 역할을 했다는 피해의식이 있었다. 또한 이런 부분이 나의 사회성 형성에 영향을 미쳐 엄마와의 관계처럼 친구들과의 관계를 형성하게 되었고 엄마의 감정을 받아주듯 친구들의 감정을 받아주기만 하는 관계를 형성했다고 원망했다. 그러나 그동안의 일들을 써 내려가다 보니 생각이 많이 달라졌다.

나는 감정 쓰레받기가 아니라 내가 가장 사랑하는 엄마의 아픔과 상처를 치유해 준 사랑의 존재였다는 통찰이 왔다. 엄마의 이야기를 가감 없이 들어주고 함께 느끼고 아파한 그 자체가 엄마에게는 인생에서 더없이 소중한 자신을 찾게 된 시간이었던 것이다. 그 감정의 공유를 통해 엄마의 상처가 치유되고 상처가 아물었다.

과거의 아픔을 곱씹으며 벗어나고프지만 마음속에 켜켜이 쌓여 깊은 지층이 되어 자신의 삶을 무겁게 누르던 고통으로부터 벗어나게 해 준 것이 바로 나의 공감력 때문이었다. 나는 감정 쓰레받기가 아니라 따뜻한 사랑의 존재였던 것이다. 나란 존재에 대해 긍정하게 된 것이다.

엄마는 나란 존재를 통해 과거에서 벗어나 생산적인 삶으로 나아갈 수 있었다. 너무나 소중한 엄마에게 내가 그런 역할을 했다는 것이 너무나 감사하다. 그래서 나 자신의 존재에 대해 감사하게 되고 사랑하는 마음이 생겨났다. 이렇게 엄마와의 관계를 새롭게 정립한 나는 이 사회에서 더 많은

완벽하지 않아서 더 아름다운 것들

사람들에게 치유와 사랑의 존재가 될 수 있겠구나. 이것이 바로 내가 이 세상에 온 소명일 수 있겠구나. 눈 주변이 뜨거워진다.

기시미 이치로, 고가 후미타케의 『미움받을 용기 2』 중에 이런 구절이 있다. 아들러의 심리학을 '사용의 심리학'이라고 하는 이유는 이렇게 '자신의 삶을 택할 수 있다'는 점 때문이라네. 과거가 '지금'을 정하는 것이 아닐세. 자네의 '지금'이 과거를 정하는 것이지. 인간은 누구나 '나'라는 이야기의 편찬자이고, 그 과거는 '지금의 나'의 정통성을 증명하기 위해 자유자재로 다시 쓸 수 있네. 우리는 자신의 삶을 선택하고 자신의 과거를 선택한다네.

이제 나는 나를 새롭게 정의한다. 『미움받을 용기 2』의 기시미 이치로, 고가 후미타케의 말처럼 나는 누군가의 감정 쓰레받기였다고 나의 과거를 정의하며 나 자신을 비하하는 것을 멈추겠다. 나를 낮추며 타인의 도움을 구걸하던 스토리는 어제로 마지막이다. 오늘 지금 이 순간부터 나 자신의 스토리를 새롭게 정의한다. 나는 타인과의 관계에서 나를 만나는 이들에게 치유와 사랑을 주는 존재이다. 엄마와의 관계를 새롭게 다시 정의함으로써 새롭게 정의된 치유와 사랑을 주는 존재로서의 이야기를 오늘부터 써갈 것이다.

좀 전까지 삐거덕거리며 둔탁하게 울리던 가슴의 무거운 빗장이 툭 하고 떨어져 나갔다. 그 자리에 새벽의 여명처럼 황금빛을 머금은 빛줄기가 새어 나오기 시작했다.

10

양면적인 감정의 공존

.

코칭을 배우고 있다. 모든 인간은 자신의 문제를 스스로 치유할 수 있는 능력을 이미 자신 안에 가지고 있다는 철학을 바탕으로 한다. 그리고 질문을 통해 잠재된 내면의 소리를 일깨워준다. 이런 코칭 철학은 우리 엄마의 인생과 나의 인생이 어려울 때마다 의지했던 불교의 철학과 맞닿아 있다. 우리 속에 잠들어 있는 거룩하고 신성한 빛, 거룩한 불성을 깨우기 위해 우리는 기도를 한다.

불교에서는, 우리 모두가 부처인데 우리의 부정적인 생각과 현실과 타협한 여러 고정관념들이 우리 스스로의 진짜 잠재된 모습을 가리고 있다고 본다. 끊임없는 기도 정진을 통해 나를 가로막고 있는 가짜 '나'를 걷어내고 본래의 모습을 찾아가자는 것이 바로 불교이다.

각자의 경험과 기억을 통해 형성된 '나'라는 거짓된 환상을 깨고 본래의 나의 모습으로 돌아가자. 무한한 잠재력을 가진 나를 찾고 이를 통해 타인에게 도움이 되자고 마음먹었다. 나의 자기 계발 공부도 근본은 내 속에 잠들어 있는 신성한 빛, 거룩한 불성을 만나고 싶어서였기에 나에게 코칭은 너무나 매력적으로 다가왔다.

그 강의 중에 '내 마음속, 불편한 감정과의 만남'이라는 내용을 다룰 때였다. 자신의 인생을 살면서 불편한 감정을 느꼈을 때를 한 명씩 돌아가면서 말하는 순서에 나는 또 우리 엄마의 완벽주의에 대해 말했다. 엄마의 높은 기준을 맞추기 위해 시키는 대로 하는 과정에서 얼마나 힘들었는지를 초등학교 시절에 바른 글자를 쓰게 해 주려는 엄마가 내 글씨를 100번 정도는 찢은 것 같다고 말하면서 또 울컥했다.

아무리 따라 내버려도 없어지지 않고 가라앉아 있는 내 마음속의 불편한 감정들과 그때의 그 기억에 대해 말했다. 그리고 그 기억들이 이후 내 인간관계에 미친 영향들을 말했다. 속에 응어리진 마음을 밖으로 꺼내놓은 것만으로도 충분히 마음이 가벼워졌다.

그랬더니 강사께서 어머니한테 그때 일에 대해 피드백을 한번 해 보는 것이 어떻겠냐는 조언을 해 주셨다. 코칭식 대화의 피드백에 대한 설명을 해 주시면서 '그때 딸로서 나는 엄마에게 맞춰주려고 했지만 너무 힘들었다. 그리고 그런 경험이 지금의 인간관계에 영향을 미쳐서 나 힘들다. 엄마는 이 이야기에 대해 어떻게 생각하시냐?' 이렇게 한번 마음속 얘기를 꺼내서 해 보라는 조언이었다.

그러면 마음에 응어리진 무언가가 풀리고 해결되면서 앞으로 만나게 될, 상황에서 그 기억이 더 이상 나의 행보를 가로막거나 방해하지 않을 거라는 말씀이셨다. 즉 과거의 불합리하다고 느낀 어떤 상황에 대한 기억을 대화를 통해 끄집어내서 그 기억을 긍정적으로 풀어보라는 결론이셨다. 오늘 배운 피드백을 직접 실천할 수 있는 방법을 제안해 주신 것이다.

그럼 '한번 엄마에게 말해 볼까?' 하는 생각이 들었다. 그런데 막상 그 얘기를 하려니 내 머릿속에는 엄마가 나에게 해 주신 희생과 사랑의 스토리들이 더 많이 떠오르기 시작했다. 20대 때 나의 진로를 찾지 못해 방황하면서 변변한 직장을 구하지 못하면서 속을 썩여도, 부족한 엄마 탓이라며 기도로 기다려주셨던 것, 그리고 결혼하고 3년이 지나서도 아이가 생기지 않았을 때 같이 기도하며 응원해 주신 것, 엄마가 나에게 보여주신 사랑과 희생은 어린 시절 내가 힘들었던 것들을 상쇄하고도 남았다.

특히 세 번의 인공수정 실패와 세 번의 시험관 실패 끝에 기적적으로 체외수정 성공으로 냉동시켜 놓은 수정체 착상에 성공해서 겨우겨우 아기를 가졌을 때, 착상 후 4개월부터 시작된 가진통으로 인해 나는 서서 하는 일상생활을 할 수 없게 되었다. 아이가 흘러내려 유산이 될 가능성이 있다는 얘기를 듣고 엄마는 당장 친정으로 부르셨다.

나는 살아 있는 인큐베이터가 되어 친정에 간 이후로 늘 누워서 생활했다. 머리를 감을 때도 화장실 문지방에 목을 대고 누워 있으면 엄마가 머리를 감겨줘야 할 정도로 나의 임신 기간은 녹록지 않았다. 밥 먹을 때랑 병원 갈 때, 화장실 갈 때를 제외하고는 나는 계속 누워서 지냈다.

쌍둥이에 노산이다 보니 일반 병원이 아닌 대학병원에서 한 달에 한 번씩 진료를 받았는데 이렇게 직립 보행을 해야 할 때면 배가 아파왔다. 그래서 병원 외출 후 이틀 정도 친정에서 쉬어야 다시 정상 컨디션으로 돌아오곤 했으니 우리 친정엄마의 고생은 말로 다 표현이 안 될 수준이었다.

누워만 있는 딸의 배 속의 손녀를 위해 먹이고 입히고 씻기는 것까지 도와줬어야 할 우리 엄마는 얼마나 힘드셨을까. 지금 생각해도 엄마는 나와

완벽하지 않아서 더 아름다운 것들

우리 쌍둥이 생명의 은인이다. 산달이 다 되어 갔을 때 산모를 돌봐야 하는 신체적 피곤함과 정신적 스트레스로 막달이 다 된 산모보다 더 고되고 지쳐 뻗을 정도로 힘드셨다.

참다 참다 지치고 피곤해진 엄마가 내가 산달이 다 되었을 때 딱 한 번 나에게 힘들다며 짜증을 내셨다. 우리 딸들이 태어난 때가 8월 15일 광복절이었으니 대한민국에서 가장 덥기로 유명한 대프리카의 8월 첫째 주에 폭발한 엄마의 짜증은 충분히 이해가 되었고, 그동안 얼마나 힘드셨을지 짐작이 되어 너무나 죄송스러울 뿐이었다.

엄마에게 더 잘해야지. 꼭 보답해 드려야지. 내가 가장 힘든 순간을 함께해준 엄마가 너무 감사했고 나도 엄마가 가장 힘든 순간에 엄마의 손발이 되어 드려야지 다짐했다. 여기서 끝이 아니었다. 왼쪽으로 누워도 오른쪽으로 누워도 어떻게 있어도 괴로웠던 막달이 지나고 아이가 태어나니 말로만 듣던 진짜 육아전쟁이 시작되었다.

조리원에서 나와 친정으로 갔다. 쌍둥이를 도저히 혼자 키울 용기가 나지 않아 그냥 친정에서 살았다. 이제 막 태어난 아이의 면역력을 위해 나는 쌍둥이임에도 불구하고 모유 수유를 했다. 배고파 울어대는 두 명의 아이를 시도 때도 없이 먹이는 일은 참 괴롭기 그지없었다. 한 아이를 내가 안고 젖을 먹이면 나머지 한 아이를 엄마가 봤다.

이 한 문장으로 적히는 이 상황의 현실은 살아 있는 전쟁터였다. 하루가 어떻게 가는지도 모르고 시간이 흘렀다. 밤인지 새벽인지도 구분이 잘 안되던 시절 아이 울음소리는 살아 있는 알람이 되어 새벽에도 몇 번씩 두 아이의 울음소리에 맞춰 젖을 물렸다. 잠은 이 두 아이의 울음 사이에 쪽잠을 자는 것으로 만족해야 했고 비록 쪽잠이긴 했어도 너무 피곤한 나머지 달콤하기 그지없었다.

친정엄마는 나에게는 아기 보는 일만을 전적으로 맡기고 집안 청소부터 모든 것을 당신이 다 하셨다. 하루 정도는 청소를 넘어가도 될 텐데, 깔끔한 성격 때문에, 매일 쓸고 닦는 일을 거른 적이 없었다. 거기에 세끼 밥해 먹이는 것까지 어쩌면 갓난아기 두 명에게 붙어 있는 나보다 우리 친정엄마가 더 힘드셨겠구나 하는 생각이 든다.

한번은 아침에 일어나 보니 현관문이 활짝 열려 있는 것이었다. 마치 한바탕 도둑이 다녀간 것같이 거실은 폭탄이 되어 있었다. 정신없는 친정엄마와 나는 현관문을 잠그는 것도 깜빡하고 밤을 보냈고 새벽에 도둑이 들어왔다가 30분 간격으로 울어 젖히는 아기들 소리에 놀라 도망간 것이 아닐까 상상하며 아기의 울음소리가 도둑도 물리쳤다며 고생스러운 우리의 육아 스토리에 훈장을 달아주기도 했다.

엄마는, 내 인생에서 육체적으로 가장 힘든 시기를 함께해 준, 마치 죽을 고비를 넘길 뻔한 전쟁을 함께 치른 전우 같은 존재다. 이런 엄마에게 엄마의 완벽주의 때문에 힘들었었다는 피드백을 해 보라고? 이건 아닌 것 같았다. 차마 죄송해서 그런 말은 꺼낼 수 없다는 생각이 들었다.

그러는 한편 이렇게 감사한 엄마라면 모든 것이 다 감사하고 고마워야 할 텐데 왜 나는 엄마로 인해 힘들었던 시간들을 자꾸 끄집어내고 그로 인해 아파하는 것일까? 나는 너무 이기적인 존재일까? 분명 엄마에게 은인과 같은 감사함을 느끼면서도 또 한편으로는 원망이 분명 존재하고 있다. 나란 존재 정상인 걸까? 나 너무 은혜를 모르는 이기적인 사람인 건 아닐까?

11

'그리고' 대화법

코칭을 알게 되면서 나는 '대화'라는 주제에 관심을 가지게 되었다. 우리의 삶은 그물과 같이 얽혀 있는 인간관계로 이루어져 있다. 인간관계를 만들어가는 도구가 있다면 바로 대화이다. 대화를 통해 누군가를 이해할 수 있는 길이 열리고 소통하게 된다는 점을 코칭을 통해 새삼스럽게 다시 깨닫고 있던 그즈음 '대화'를 보다 깊게 알고 싶어서 이 주제에 대한 책을 10권 정도 사서 읽어보았다.

그중에 하버드 협상프로젝트를 설립하고 강의하시는 더글러스 스톤 외 3명의 저자가 쓴 『대화의 심리학』이라는 책을 통해서 앞 꼭지에서 언급한 나의 양면적인 감정의 공존에 대한 새로운 이해를 하게 되었다. 실제로 이 책은 우리가 평상시에 아무렇지도 않게 대화하면서 사용하고 있는 사고방식의 맹점을 예리하게 분석해서 그 문제의 해결책을 명쾌하게 제시한 탁월한 책이다. 그 새로운 사고방식의 장착이, 나뿐 아니라 현대인들에게 꼭 필요하겠다는 것을 느꼈고 내용이 너무 좋아서 내가 참여하는 독서모임에 ppt 자료까지 만들어서 소개할 정도로 푹 빠져 있었다.

우리는 대화를 하다 보면 갑자기 자기 자신이 생각해 왔던 자신의 모습에 의문을 느끼게 될 때가 있다. 나 같은 경우 친정엄마의 사랑에 대한 감사가 깊음에도 불구하고 그 감사함으로 원망이 씻기지 않고 원망은 또 원망대로 자기 자리를 버젓이 차지하고 있음이 불합리하게 느껴졌다.

'어쩌면 나는 배은망덕한 사람일지도 몰라', '어떻게 나에게 그렇게 사랑과 희생을 해 주신 엄마에게 원망의 마음을 가질 수 있지?' 하는 생각이 들면서 균형을 잃고 나 자신을 비난하는 마음을 갖게 되었다. 과연 이런 내가 상식적인 인간일까? 내가 너무 이기적이라는 생각이 들어 부끄러웠다. 원망의 소리가 목구멍을 타고 입 밖으로 터져 나오려는 순간 입막음을 한다.

이건 아니잖아. 나에 대해 다시 생각해 봐야겠다는 생각이 들면서 이런 감정을 어떻게 받아들여야 할지 혼란스러웠다. 엄마에 대한 감사와 사랑을 지극히 잘 안다면 원망의 마음은 가지지 말아야 하는 거 아냐? 엄마가 원망스럽다면 감사한 부분에 대해서도 인지가 안 돼야 하는 거 아냐? 이 두 가지 정체성 사이에서 나는 계속 뭐가 맞는 건지 이런 내가 비정한 인간인 것은 아닌지 혼란스러워했다.

그런데 『대화의 심리학』의 저자는 감사하게도 이렇게 내가 균형을 잃고 쓰러지는 이유를 너무나도 깔끔하게 정리해 줬다. 나 자신의 정체성을 취약하게 만드는 그래서 혼란스러움을 느끼게 하는 최대의 원인이 바로 '흑백논리'적 사고 때문이라는 것이다. 나는 유능할 수도 있고 무능할 수도 있고, 착할 수도 있고 악할 수도 있고, 사랑받을 수도 있고 못 받을 수도 있는 복잡한 존재인데 우리는 이렇게 생각하지를 못하는 것이다.

즉 '나는 착하다', '나는 나쁘다' 사이에서 둘 중 하나를 선택해야 한다고 생각하는 것이 문제였다. 중요한 것은 '착하다', '나쁘다'가 아니라 나에게 무엇이 사실인지를 명확하게 알고 문제를 해결하는 것인데 사실을 체크하고 문제를 해결하기도 전에 '그렇게 엄마에게 사랑을 받고도 엄마의 완벽주의에 대해 원망이 있다니 너는 은혜를 모르는구나'라는 생각에 갇혀 오도 가도 못하고 있었다.

흑백 사고로 복잡하고 다면화된 나를 지나치게 단순화해서 보는 것이 문제라는 관점은 내 마음의 죄책감을 말끔히 씻어주었다. 나 자신의 내면을 들여다봤을 때 엄마에 대한 원망이 분명 있기 때문에 이 부분을 해결하기 위해 진지하게 노력할 필요가 있다.

그런데 흑백논리에 갇혀 나를 은혜도 모르는 배은망덕한 사람으로 여기게 만드는, 원망의 존재 자체를 인정하기 힘들다 보니 분명 존재하는 감정임에도 받아들이기 힘들어서 더 이상의 개선을 위해 노력을 가하기는커녕 정체성의 혼란으로 머리가 어지럽기만 했다. 그런데 신기하게도 흑백논리에서 탈피하여 나 자신을 보다 더 다각화된 복잡한 존재로 봤더니 과거에 받아들이기 어렵게 느껴졌던 원망이 쉽게 인정되었다.

우리는 얼마든지 실수할 수 있다. 그런데 가끔 잘못을 저지르는 사실을 인정하지 못한다면 상대방의 나의 실수에 대한 정당한 이야기를 이해하고 받아들이기가 어려워지고 자기변명을 계속하게 된다. 왜냐면 흑백논리를 고수할 때는 작은 실수도 지나치게 심각하게 보이고 절대로 인정하지 못하게 되기 때문이다. '실수 안 하고 실패하지 않는' 자신의 정체성을 인정받으려고 애쓰기 때문이다.

실수로 인해 내가 나약하거나 무능하게 보이는 것이 두려운 나머지 상대의 이야기를 받아들이지 못하고 계속된 자기변명으로 더 이상의 소통이 어려워진다. 이런 맥락에서 엄마가 어린 나에게 완벽주의를 강요한 것도 처음 해 보는 엄마라서 할 수 있었던 실수였다고 가볍게 생각할 수 있는 것이다. 아이를 키워본 적 없는 사람이 처음부터 완벽하게 육아를 한다는 것은 불가능한 일인 것이다.

엄마 역시 치명적인 죄를 지은 것이 아니고 나 역시 엄마의 완벽주의로 얼마든지 힘들 수 있는 상황이었다는 것 그것을 인정하면 된다. 엄마는 그 당시 그렇게 하는 것이 아이를 잘 키우는 방법이라고 생각한 것이었다고 엄마가 미숙해서 너를 힘들게 했구나, 하지만 네가 미워서 괴롭히려고 한 것은 아니었단다. 엄마를 이해해 주면 고맙겠다. 이렇게 말하면 된다. 즉 이럴 때 누구나 실수할 수 있다는 사실을 인정하고 받아들이면 문제는 깔끔하게 해결된다.

마찬가지로 나도 나의 정체성을 다각화할 필요가 있고 나란 존재는 복잡한 존재라는 것을 인정하니 엄마에 대한 원망을 쉽게 꺼낼 수 있었다. 엄마의 완벽주의와 불안한 마음에 대한 영향에 대해서 나는 분명 아팠고 이로 인해 관계에 힘든 상황을 겪어왔다. 이 부분은 부정할 수 없는 진실인 것이다.

그리고 이제는 엄마가 나빠서 그런 것이 아니라 엄마의 완벽주의와 불안한 성격이 나란 존재에 강하게 주입되었기 때문이라는 것을 깨달았다. 처음 하는 엄마라 미숙했고 엄마의 성격이 불안정했기 때문에 나에 대한 깊은 사랑과는 별개로 어쩔 수 없는 부분이었다. 그리고 엄마의 딸에 대한 깊은 사랑은 엄마의 행동으로 충분히 보여주셨다는 점, 그리고 그 부분에 대해서는, 내가 그 사랑에 보답하는 일만이 남았다는 사실에 가슴이 뭉클했다. 이런 경험이 나를 돌아보게 했다.

어느 날 우리 쌍둥이 딸들이 노는 것을 보면서 나는 우리 딸에게 내 생각을 강요하지 않고 있나? 딸의 감정과 생각을 충분히 인정해 주고 보듬어주고 있나? 하는 생각을 하게 되었다. 나 역시 우리 엄마 못지않게 내가 옳다고 생각하는 부분에 대해 딸에게 강하게 어필하고 있었다.

아차! 나 역시 딸들의 감정과 자유로운 생각들을 무시하고 내 생각만을 강요하고 있었던 것이다. 그러면 나는 왜 내 생각을 강요하고 있지? 예를 들어 독서를 강요하고 있는 것은 이것이 우리 아이들에게 도움을 주는 것이라는 믿음 때문이다. 이것을 알려주고 이끌어주는 것이 내가 딸을 사랑하는 의무라고 여기는 것이다. 그럼 우리 엄마는? 마찬가지였던 것이다. 이것이 옳고 그르고를 떠나 우리 엄마는 나에게 공부만 시키고 당신이 내 손발이 되어주었던 것은, 그것이 엄마가 나를 사랑하는 방법이었던 것이다.

우리 딸이 가끔 나에게 엄마는 너무 이기적이야, 하고 말할 때가 있다. 예전에는 엄마는 이기적 아니면 이타적 둘 중 하나라고 생각했을 때는 나에 대한 부정적 피드백에 화가 났다. 내가 너를 어떻게 키웠는데 그런 말을 하니? 그러나 지금은 나는 때로는 이기적일 수도 있고 이타적일 수도 있는 존재라는, 나 자신이 복잡한 존재임을 인정하게 되니 "그러니? 엄마가 어떨 때 이기적이라고 느꼈어?"라는 질문이 나온다.

내가 특정한 상황에서는 이기적이구나, 또 내가 다른 상황에서는 이타적일 수 있지. 나도 실수할 수 있고 아이의 문제에 안 좋은 원인을 제공할 수도 있는 존재라고 보다 다면적인 나를 인정하게 되니 여유가 생긴다. 나뿐 아니라 타인을 보는 시각 역시 여유롭고 너그러워진다.

　나는 이기적이고 이타적이고 그리고 실수를 할 때도 있고 완벽하게 일을 처리할 때도 있고 그리고 문제의 원인을 제공하기도 하고 문제를 해결해 주기도 하는 사람이다. 하얀 것 아니면 까만 것이라는 흑백논리에서 벗어나 '그리고' 대화법으로 나도 남도 너그럽게 이해하는 대화를 해야겠다. '그리고' 앞뒤에 붙은 문장의 여백에서 사람에 대한 복합적이고 입체적인 이해가 어떤 것인지 그 여유가 느껴진다. 맘에 쏙 든다. '그리고' 대화법!

제3장

반짝이는 순간

1

내 안의 신성한 빛, 거룩한 불성

결혼하기 전부터 좋아하던 스님이 있다. 지금도 유나방송을 하고 계신 정목 스님이다. 아주 단아하지만 열정이 끓어 넘치고 사람들을 대할 때나 말씀하실 때 지극한 정성이 느껴지는 분으로 모든 행동 하나하나가 잘 차려진 깔끔한 한식 밥상처럼 정갈하다.

사용하는 언어에는 고요하지만 깊은 의미가 담겨 있어 심연의 깊은 곳이 울린다. 무엇보다 스님의 목소리는 깊은 산중 깊은 침묵을 깨고 울려 퍼지는 목탁 소리처럼 맑고 청아하다. 그 맑은 공명 가운데 죽비처럼 대쪽 같이 강하면서도 아픔을 어루만져 따뜻하게 안아주는 그 뭔가가 있다.

목소리가 어쩜 그리도 맑고 강하신지 성우 못지않은 발성에 나도 모르게 스님의 말씀에 귀를 쫑긋 세우게 된다. 결혼 전에는 정목 스님의 음악회를 자주 찾아갔다. 스님이 선별하신 음악이 또 탁월하다. 바쁘게 쫓기다가도 스님이 골라주신 음악을 들으면 마음이 평온해져서 안정되었다. 스님이 쓰신 책『달팽이가 느려도 늦지 않다』의 교보문고 팬 사인회에도 따라가서 사인을 받고 강의를 들었다. 언제나 늘 좋았다.

결혼하고 3년이 지나도 아이가 생기지 않아서 마음이 많이 힘들었다. 아이를 기다리며 힘든 마음이 들 때나 사람들과의 관계가 내 마음을 아프게 할 때 정목 스님의 명상을 듣고 있으면 갈피를 못 잡고 공중 부양한 내 마음의 무게중심이 생기고 차분하게 가라앉아 평온한 상태에 이른다.

당시, 아이를 너무나도 원했으나 생기지 않아서 의술의 도움을 받아 노력하던 중이었다. 이 와중에 관계에서 오는 여러 가지 마음들이 힘들게 해서 새로운 생명을 만드는 일에 마음이 모아지지 않아서 힘들었다. 그때마다 유나방송의 정목 스님의 명상 강의의 도움을 받았다. 어느 날은 이런 말씀을 하셨다.

> 눈을 감고 내가 원망하는 사람을 마음에 떠올리세요. 그리고 이렇게 말합니다. 나를 원망하고 못마땅하게 생각하는 사람들에게 그들이 나를 원망하고 못마땅하게 생각하는 만큼 그들이 소망하는 바를 이루게 하고 그들이 깨달음을 얻게 하소서. 나는 아무 감정이 없습니다. 나는 원망도 분노도 서러움도 없습니다. 나는 당신들이 소망하는 바를 이루고 깨달음을 얻기를 바랍니다. 건강하고 행복하길 바랍니다. 나를 아는 모든 사람들이 나를 알게 됨으로써 이익을 얻게 하시고 저를 오해하고 불평하는 이들에게도 그들의 소원이 이루어지고 깨달음을 얻게 하시옵소서.

이 말을 속으로 따라 하면서 얼마나 울컥했는지 모른다. 뭔가 나를 찌르는 가시를 꿀꺽 삼키는 느낌으로 눈물이 핑~ 돌았다. 그리고 마지막에는 언제나 늘 이렇게 말씀하셨다. '내 안의 신성한 빛, 거룩한 불성'에게 경배를 올립니다.

저 명상을 계기로 사람들과의 관계에 어려움이 생길 때마다 원망하는 생각이 들 때마다 정목 스님의 말씀을 반복했다. '저를 오해하고 분노하고 불평하는 이들에게도 저를 미워하고 오해하는 만큼 그만큼의 깨달음을 얻고 소원을 이루게 해 주시옵소서.' 처음에는 나를 찌르는 바늘을 삼키는 듯 통증을 느꼈지만 이 말을 반복적으로 대뇌이면서 마음속 켜켜이 쌓여 있던 원망들이 조금씩 지워져 갔다. 결국에는 마음이 평온해졌다.

이렇게 맑은 마음으로 아기를 맞이할 마음의 준비를 해 나갔다. 원망이나 미움과 같은 부정적인 감정들을 없애는 동시에 앞으로 만날 새로운 생명에 대한 행복한 상상을 하며 즐거운 마음으로 아기를 기다릴 수 있었다.

정목 스님께서는 언제든지 명상의 끝에서, '내 안의 신성한 빛, 거룩한 불성에게 경배를 올립니다'라는 문장으로 마무리하셨다. 이 마지막 문장을 따라 하다 보면, 내 안에 신성하고 거룩한 '불성'이 있구나. 아니, 나뿐 아니라 누구에게나 지금 현재는 무언가에 가려져서 보이지 않는 밝은 내면의 빛이 존재하고 있다는 것이 느껴졌다.

바로 이것이 불교에서 말하는 부처라는 생각이 들었다. 그리고 그 부처인, 내면의 신성하고 거룩한 빛을 찾아가는 과정을 '불도'라고 하는구나, 어렴풋이 생각했다. 내 안에 진짜 신성한 에너지가 존재할까? 나에게 있다는 그 부처, 신성하고 거룩한 빛을 찾고 싶다는 생각을 막연하게 하였다.

그러던 중, 시험관에서 체외수정에 성공한 두 개의 수정란이 나의 자궁 안에 안전하게 착상했다는 기쁜 소식을 접했고 드디어 나는 세상에서 가장 이쁜 아기를 둘이나 얻게 되었다. 하나도 아니고 둘이나 얻게 되다니 축복의 기쁨이 두 배로 흘러넘쳤다. 혼자면 외로웠을 텐데 배 속에서부터

완벽하지 않아서 더 아름다운 것들

둘이 같이 지내서 외로움이라는 것을 모르고 자라서 그런지 아니면 내가 정목 스님의 명상을 통해 마음속에 쌓여 있던 부정적인 생각의 찌꺼기들을 쓸어내고 난 후에 찾아온 생명이라서 그런지 아이들이 굉장히 밝고 사랑스러운 성격을 갖고 태어났다.

너무나 사랑스러움에도 불구하고 쌍둥이를 키우는 첫 3년 동안은 명상 비슷한 것을 상상도 못 할 전쟁 같은 삶을 살았다. 너무도 귀하게 생긴 아이라 쌍둥이 모유 수유를 선택했다. 아이의 면역력과 앞으로의 건강을 위해서는 모유만 한 것이 없다는 육아서를 읽고는 그 세계가 어떤 것인지도 모르고 당당하게 선택했다.

쌍둥이를 키우는 3년 동안에 나란 존재는 없었다. 첫째 젖을 먹이고 나면 쉴 틈도 없이 또 둘째가 배고파했다. 두 아이가 번갈아 배고파하면 그나마 다행이었다. 동시에 둘이 배고프다고 울어대면 답이 없었다. 동시에 두 아이를 먹일 수 없었기 때문에 친정엄마는 또 다른 아이의 엄마가 되어 줘야 했다.

난 도저히 집으로 돌아가 혼자 아이를 키울 엄두가 나지 않았고 그래서 친정에 눌러앉았다. 나와 엄마가 지치면 친정아버지가 두 아이를 쌍둥이 유모차에 태워 동네 마실을 다녀왔다. 그 한 시간 동안에 친정엄마와 나는 한숨 돌리며 집안 청소를 했다. 그 시간이 유일한 숨통이 되어 줬다.

친정은 두 아이를 키우는 작은 유치원이었다. 친정엄마는 영양사를 맡았고 친정아버지는 외부 체험학습을 맡았고 나는 두 아이의 담임교사였다. 우리 둥이들의 인생은 이렇게 시작되었다. 아마도 어린이집에 가지 않고 외할아버지, 외할머니 그리고 엄마가 밀착해서 키운 만큼 아이들에게 행복한 시간이 되었으리라. 이렇게 키운 우리 둥이들이 5살이 되어 유치원을 가야 할 나이가 되었다. 그래도 전보다 스스로 할 수 있는 것들이 많아지면서 나 역시 친정으로부터 육아 독립이 가능한 상태가 되었다.

부천에 있는 우리 집으로 왔다. 그리고 아이들은 초등학교를 입학하게 되었고 나는 그때 6개월 휴직을 선택했다. 마침 그해가 코로나가 기승을 부려 전 세계를 멈추게 했던 2020년이었다. 엄마의 휴직은 필수였다. 아이들이 학교뿐 아니라 학원도 갈 수 없어 있을 곳이 집밖에 없었기 때문이다.

그래도 이젠 스스로 하는 것이 많아졌고 둘이 노는 시간도 즐겼기 때문에 나에게 나만의 시간을 욕심낼 수 있는 여유가 생겼다. 그때 나는 예전 정목 스님의 명상의 끝자락에 항상 울려 퍼졌던 그 문장인 '내 안의 신성한 빛, 거룩한 불성에게 경배를 올립니다'라는 문장이 떠올랐다.

늘 부족하고 모자라 보이는 내 안에 신성한 빛, 거룩한 불성이 있을까? 있다면 찾아보고 싶다는 생각이 들었다. 6개월의 휴직기간 동안 내 안의 신성한 빛을 찾기 위해 새벽마다 108배를 올리며 기도를 했다. 그만큼 나에게 내 안의 잠재력을 찾아야 하는 것은 절실했고 중요했다. 그렇게 해서 '나다움' 찾기가 시작되었다.

완벽하지 않아서 더 아름다운 것들

2

자식 교육을 통해 만나게 된
자기 계발의 기회

우리 집은 교육에 열심이다. 다른 집도 다 그런 줄 알았다. 그런데 나중에 보니 우리 집이 좀 유별날 수도 있겠구나 하는 생각이 든다. 국민학교 시절 나는 학교 방송부원이라 아침이면 학교 방송실에 들어가 마이크를 잡고 방송을 했다.

글짓기, 미술 관련 상들도 많이 타고 공부도 꽤 하는 편이었다. 그래서 아침 조회 시간에 앞에 나가 교장선생님께 자주 상을 받았다. 한마디로 친구들의 부러움을 사는 존재였다. 어느 날 학교에 준비물을 못 가져가서 친구와 함께 우리 집에 왔는데 마치 못 볼 것을 본 것처럼 놀란 토끼 눈을 하고 우리 집 한 번 쳐다보고 나 한 번 쳐다보는 것이었다.

그 당시 우리 집은 거의 다 찌그러져 가는 한옥이었는데 하도 낡아서 나무판으로 짜인 마루의 한 부분이 보기 흉하게 푹 꺼져서 그것을 돌아서 방으로 들어가야 할 형편이었다. 마루에서 방으로 들어가는 문살에 종이를 붙인 정말 옛날 집이었는데 그마저 문틀이 찌그러져서 자꾸 떨어지는 종이를 반복해서 붙여야 할 정도로 오래된 집이었다. 또한 옛날 집에서나 볼 수 있는 푸세식 화장실이 다 쓰러져 가는 하늘색 페인트칠이 되어 있는 대문 옆에 위치해 있었다.

친구의 그렇게 놀란 눈은 처음 보았다. 평상시 학교에서 보이는 나의 고급진(?) 모습과 달리 반지하보다 못한 우리 집을 본 친구는 평상시 나의 이미지와 내가 살고 있는 집의 이미지의 불균형에 놀란 듯 학교로 다시 돌아가는 길 내내 진짜 아무 말이 없었다.

지금 생각해 보면 그 당시 나 역시 우리 집이 부끄러웠다. 방을 같이 쓰던 여동생과 밤마다 잠에서 깨어나면 우리가 TV에 나오는 침대방에 누워 있길 상상하면서 잠들곤 했다. 우리 집이 부끄럽기는 했지만 수치스럽거나 남에게 보여주기 싫어서 피할 정도는 아니었다. 우리 엄마는 우리를 그렇게 당당하게 키우셨다.

좋은 집은 못 해 주지만 어디 나가서 꿀리지 않게 늘 백화점의 매대에서 할인하는 메이커 옷으로 사 입히셨고 내가 배우고 싶다는 학원은 원하는 대로 다 챙겨서 보내주셨다. 그 당시 우리 엄마는 겨울이면 손을 칼로 찌르는 듯, 살을 파고드는 새벽 추위에 연탄불을 가는 고생을 기꺼이 하시며 집에 드는 보일러 기름값을 아껴 자식 교육에 다 투자하셨다.

당시 우리는 남들 다 타고 다니는 차도 없었는데 차에 들어가는 기름값, 보험료 이런 부대비용을 아껴 우리가 밖에서 남들에게 뒤처지지 않게 보이도록 좋은 옷과 신발을 사주셨고 피아노, 미술 학원 등을 보내주셨다. 그래서 사실 집은 비록 찌그러져 갔지만 돈이 부족함을 느끼면서 살지 않

완벽하지 않아서 더 아름다운 것들

았고, 나는 엄마의 바람처럼 언제나 당당하게 학교를 다녔다.

단지 겨울에 너무 춥고 여름에 너무 더워서 힘들었다. 또 내 방에서 여동생과 나누는 이야기가 마루 반대편의 부모님 방으로 다 들려 잠자리에 누워 동생과 수다를 떨다가도 일찍 자라는 아버지의 잔소리와 야단을 들으며 입을 다물고 억지로 잠을 청해야 했다.

이런 엄마를 닮아 우리 두 자매는 교육에 열심이다. 나보다 먼저 결혼한 내 여동생은 조카가 어릴 때부터 검색의 힘을 빌려 당시에 좋다는 대한민국의 책을 집 안에 옮겨 놓았고, 먼저 결혼하는 덕분에 조카의 좋은 책들은 고스란히 나의 신혼집으로 옮겨졌다.

우리 쌍둥이가 태어났을 때, 이미 친정은 어린 아가들이 읽는 책으로 도배를 해 놓은 상태였다. 친정에서 쌍둥이를 키우기로 결심하고 여동생에게서 받은 책을 아이에게 4개월부터 읽어주고, 갖고 놀게 했다. 여동생에게 받은 음악 테이프와 책 속에서 자란 우리 둥이들은 엄마를 알자마자 책부터 쥐어준 것이다. 친정엄마의 열성 교육 DNA를 물려받은 나는 아이 교육에 늘 진심이다. 공부로 놀아줬다.

그러던 우리 아이들이 자라서 초등학교에 입학할 무렵 나는 상식을 키워주고 세상을 보는 넓은 시야를 갖게 해 주고 싶어서 어린이 신문에 대해 검색을 하고 신문 스터디를 하는 선한영향루씨의 매일성장연구소를 알게 되어 매일 신문을 읽고 스크랩을 하는 활동을 했다. 한 달 동안 해 봤더니 신문을 보는 것이 너무 유익했다. 엄마인 내가 읽어도 도움 되는 것이 많았다.

움직이는 세상을 6쪽의 신문 안에 담아놓은 것 같았다. 나 혼자 하기에는 습관 잡기가 힘들 것 같아서 매일 신문 보는 습관이 만들어질 때까지

해 보자는 마음으로 6개월 정도 회비를 미리 내고 꾸준히 활동을 했다. 신문스터디를 하는 엄마들의 단톡방이 생겼고 이 단톡방을 통해 신문뿐 아니라 책, 박물관, 아이들 체험활동에 대한 정보들을 주고받았다. 그리고 루씨 님은 한 달에 한 번씩 특강을 진행하셨는데 아이 공부에 진심인 나는, 남는 시간을 둥이에게 몽땅 썼기에 시간이 없어서 그 특강을 한 번도 들어보지 못했다.

어느 날 대한민국 최초 고등학생이 쓴 자기 계발서와 관련한 특강을 한다는 말에 눈이 번쩍 떠졌다. 당시에 나 자신의 계발에 대해서는 전혀 관심이 없었다. 그래서 유익해 보이는 모든 특강을 다 패스할 수 있었던 것이다. 그런데 '고등학생'이 책을 썼다고? 그렇다면 우리 아이들도 책을 쓸 수 있겠네? 내 귀에 우리 둥이들을 작가로 만드는 방법이 있다는 소리로 들렸고 그런 방법이 있다면 알고 싶었기 때문에 특강을 신청했다.

이렇게 해서 『나는 공부 대신 논어를 읽었다』의 김범주 작가의 강의를 듣게 되었다. 내가 학교에서 흔히 보는 무기력한 학생과 별다르지 않았던 중학생이었던 작가가 아버지의 권유로 독서모임에 나가게 되었고 그 모임을 통해 책을 읽게 되고 논어 필사를 꾸준히 하게 된다. 이 논어 필사가 미국에서의 외롭고 고독한 유학 생활에 힘이 되어 그 외로운 시간을 견디는 동력이 되었다고 했다.

또한 매일 꾸준히 논어를 필사하고 자신의 생각을 적어가는 과정에서 김범주 작가는 자신만의 철학을 키울 수 있었다. 논어 필사를 통해 생기게 된 자신만의 철학이 바로 자신의 진로를 스스로 선택하게 하는 결정의 힘을 기르게 했고, 캐나다의 토론토 대학의 철학과를 선택하고 시험에 합격했다.

나는 우선 타인에 의해서가 아니라, 자신의 미래를 스스로 만들어가는 모습이 너무 멋지게 와 닿았다. 그리고 내 딸들에게 이런 힘을 길러주고 싶다는 생각을 했다. 무기력했던 김범주 작가를 홀로 당당하게 설 수 있게 해 준 힘이 논어 필사를 비롯한 독서였다는 것은 나로 하여금, 내 딸뿐 아니라 나도 독서를 해야겠다는 생각이 들게 했다.

독서? 독서의 힘이 이렇게 대단한 것이었나? 논어 필사를 해 보고 싶은 사람들을 위한 단톡방의 링크가 소개되었다. 논어 필사가 궁금한 나는 링크를 타고 가서 15일 논어 필사를 함께 했다. 그리고 그 독서모임의 리더인 이재덕 마스터의 단톡방에 들어갔다.

나의 내면에는 늘 제대로 된 진짜 공부를 하고 싶다는 열망이 숨어 있었는데 이 특강은 나의 내면의 욕망을 자극했다. 그리고 이재덕 마스터의 3P 자기경영연구소의 독서기본경영 과정을 듣게 되었다. 이것이 나의 자기계발, 독서의 시작이다. 앞서 내가 내 안의 신성한 빛, 거룩한 불성을 찾고 싶다는 마음으로 한 100일 기도의 부응이 아니었나 하는 생각이 든다.

당시 가장 집중해 있던 사랑하는 딸의 교육을 위해 듣게 된 특강으로 인해 나를 찾고 나를 발전시킬 기회를 만나게 된 것이다. 참 절묘하다는 생각이 든다. 진심으로 사랑하면 통한다는 것이 이것일까? 진심으로 우리 딸을 사랑하고 잘 키우고 싶은 마음이 내가 원하던 것을 이루게 해 주는 기회를 만나게 해 주는 계기가 되었다는 것이 지금 생각해도 감격스럽고 신기하기만 하다.

3

임용고시

그러고 보니 항상 세상의 가장 근본적인 것들을 알고 싶은 호기심이 있었다. 그런데 해야 하는 공부라고 이름 붙인 것들은 항상 본질보다는 껍질에 치중되어 있는 것 같다. 그동안 내가 했어야 하는 공부들은, 내 속을 꽉 채워주는 느낌보다는 항상 겉도는 느낌과 허전함을 느끼게 했다. 임용고사를 준비하는 공부가 그랬다.

뒤늦게 나는 사람의 마음과 정신에 힘을 주는 일을 좋아한다는 것을 발견하게 된다. 그리고 교사가 되기로 마음먹고 늦은 나이에 다시 편입했다. 다시 들어간 대학 생활은 너무나 즐거웠다. 내가 나이가 많기는 했지만 대학에 들어온 목표가 분명했다. 목표가 분명하니 대학에서 배우는 것들이 다 나의 목표를 이끌어주는 공부가 되어 의미가 있었고, 대학에서 만난 어린 동생들도 나를 많이 따랐다.

들어가자마자 나는 과에서 성실한 학생이라는 이미지를 현역인 동생들에게 주었고 임용고사에 대한 목표가 분명한 동생들이 자기 스터디에 들어와서 같이 공부하자고 제안해 주었다. 교수님들도 열심히 생활하는 늦깎이 편입생을 응원해 주셨다. 인간관계를 두려워하며 다니던 예전 대학과는 다르게 맘껏 배우고 공부한다는 것이 이런 것이구나를 느끼며 하루하루 알차고 행복한 시간을 보냈다.

물론 그럼에도 불구하고 자잘한 인간관계의 갈등도 있었고 소소한 문제들이 있긴 했다. 하지만 지금 생각해 보니 그마저도 소중하게 느껴진다. 교육철학이 참 재미있었다. 당시 교육철학 교수님은 학과장이셨는데 시험기간에 집중적으로 책을 읽고 그 내용을 정리해서 페이퍼로 제출하게 하셨는데 그 과정이 참 즐거웠다.

사유하는 여러 철학자들의 이론 속에서 핵심 내용을 이해하고 그것을 내 것으로 정리하는 일이 뿌듯함을 느끼게 해 주었다. 나는 시험기간이 타인의 방해를 물리칠 수 있는 공식적인 이유를 제공해 줌으로써 공부에만 집중할 수 있는 환경을 만들어줘서 고맙다는 생각까지 했다.

그리고 문학 수업이 늘 기다려졌다. 복수전공으로 국문학을 들었는데 한 시간의 강의 그 자체가 한 권의 멋진 책처럼 다가왔다. 내가 다니던 대학 인하대의 국문과 교수진이 훌륭했다. 중학교 교과서에 교수님의 평론이 실릴 정도로 국문학과에서는 이름이 있는 분이셨다. 특히 잘 알고 있는 작가나 소설가들의 생생한 비하인드 스토리를 들을 수 있는 기회는 국문과 학생들의 특권이었다.

그 시절 나는 교수님들의 박식함과 하나의 사건이나 인물에 대한 깊은 이해와 그것을 말로 풀어내는 능력에 감탄하면서 수업을 참 재미나게 들었던 것 같다. 이번 학기에는 어느 교수님의 수업을 들을까? 행복한 고민을 하던 그 시절이 문득 그립다. 내가 좋아하는 공부만 마음껏 하면서 보낼 수 있는 그 시간들이 얼마나 행복했는지…….

사범대 교육학과라는 특성 때문에 다들 졸업 후 교사가 되겠다는 꿈이 있었기에 수업을 마치면 모두들 도서관으로 달려가서 공부를 했다. 공부하는 틈틈이 나누는 수다도 그렇게 달콤할 수가 없었다. 그렇게 편입 시절을 보낸 나는 졸업을 앞두고 기숙사에 있는 방을 빼면서 수없이 오가던 대학 교정의 나의 숱한 발걸음들이 그리워서, 또 함께 수다 떨면서 나누었던 동생들과의 대화가 내 귓속을 행복하게 간지럽혀서, 추억이 쌓여 있는 공간이 주는 낭만에 빠져, 한참을 걷고 또 걸었던 기억이 난다.

그러고 보니 나는 공부하는 것을 참 재미있어하고 즐거워하는 사람이었다. 의무감에서 억지로 하지 않았다. 지금도 공부를 하는 그 자체가 너무나 즐겁다. 새로운 사고방식을 배우는 것, 그것을 통해 새로운 깨달음을 얻을 수 있다는 자체가 너무 소중하다.

졸업할 즈음, 계속 이 즐거운 공부를 하기 위해 대학원으로 갈 것인가, 처음 편입 때 목표로 했던 교사가 되기 위한 임용고시를 볼 것인가 그 사이에서 고민하게 되었다. 처음 편입할 때의 마음과는 다르게 대학원 진학이라는 욕심이 살짝 올라왔다.

그런데 연구라는 것은 혼자만 깨닫고 끝나는 것이 아니라 타인과 나누는 자리가 반드시 있어야 한다. 그런 자리가 부담스럽다는 생각이 들었다. 나는 남들 앞에서 말하는 것에 대한 심한 두려움이 있었기 때문이다. 그리고 내가 원하는 본질을 캐는 공부는 교사가 되어서도 얼마든지 할 수 있지 않을까 하는 생각에, 또 당시 어려운 집안의 경제적 문제를 해결해야 한다는 생각에, 처음 편입할 때 먹었던 마음대로 임용고사를 보는 쪽으로 마음을 굳혔다.

 이렇게 나의 임용 공부는 시작되었다. 첫해에는 미역국을 마셨다. 그 후, 고향인 대구로 내려가서 1년을 임용고사 공부에만 몰두했다. 아침부터 도서관이 문을 닫을 때까지 나는 임용고사책에 얼굴을 파묻고 살았다.

 편입시험 치러 다니다가 면접 때마다 만나서 친해진 동생이 있어서 같이 점심을 먹고 커피를 마시며 수다를 떠는 시간들이 있긴 했지만 규칙적이지는 않았다. 혼자서 밥을 먹고 도서관 벽을 친구 삼아 커피를 마셔야 할 때도 많았다. 진짜 어떤 때는 참 지긋지긋하다는 생각이 들기도 했고 늘 학교와 도서관만 왔다 갔다 하는 내 인생이 언제쯤 끝이 날지 끝이 있기는 한지 한숨만 나올 때도 많았다.

 임용고사를 준비하는 공부는 국어교육학 박사님들이 만들어낸 이론과 개념에 나의 사고방식을 맞추어야 하는 공부라서 시험을 위한 공부라는 생각이 많이 들었다. 나는 세상이 존재하는 이유와 원리와 같은 근본적인 것들을 공부하고 그 속에서 깨달음을 얻는 공부를 하고 싶었기에 1년 동안 국어교육학이라는 개념을 만드신 분들의 사고방식에 맞추는 훈련, 현재의 교육학의 트렌드를 파악하고 그에 맞는 방식으로 생각하도록 노력하는 시간들이 과연 필요한 공부일까?라는 회의가 자주 들었다.

 이것이 시험을 위한 공부의 한계다. 공부의 목적이 시험에 합격하는 것이기에 그 시험을 내는 현재 출제자들의 이론과 방식을 익혀서 문제만 봐도 그 방식에 맞게 답을 풀어내는 연습에 시간을 쏟아야 하는 것이다.

 그래서 그 공부의 효용은 시험지를 받아 답을 제출하는 순간까지다. 딱 그 시험 치는 날을 위한 공부, 그 답을 적어 시험지를 제출하는 순간 1년 동안에 쏟아낸 나의 공부의 열정은 그 시험지와 함께 작별을 고한다. 아무리 외우고 정답을 적어서 제출했어도 학교 현장에 서면 어느새 머릿속은 하얘지고 다시 제로베이스에서 좌충우돌하며 시작해야 한다. 그래야 쌓인 경험을 통해 노하우라는 것이 생긴다.

암튼 그 당시에 나는 좀 더 본질적이고 근원적인 문제들을 파고들어 고민하는 시간이 내 인생에 있기를 기도했다. 그리고 인터넷 카페에서 만난 스터디원들과 일주일에 한 번씩 시내에서 만나서 기출문제를 풀고 어떻게 문제를 풀었는지에 대해 서로의 답을 비교해 보고 의논하는 시간을 가졌다.

그렇게 5일은 혼자서 임용 공부에 몰두했고 5일 동안 공부한 것을 주말에 만난 스터디 동생들과 나누면서 공부하는 스트레스에 대해 수다로 날리는 시간을 가졌다. 그 당시 스터디는 나의 유일한 소통창구였고 많은 힘이 되어주었다.

그렇기는 했지만 한편 임용고시를 준비하는 것에 나의 모든 시간을 쏟아부었던 그 시절이 싫지만은 않았던 것 같다. 나의 모든 시간을 공부하는 것에만 몰두할 수 있다는 것이 너무나 소중하게 느껴졌다. 그 시절의 몰입이 내면 깊숙이 채워지는 포만감을 줬다.

나는 하나의 문제에 몰두해서 그 문제를 깊이 파고드는 것을 좋아하는 성향이 있다는 것을 그 시절에 발견했다. 미련이 하나도 남지 않을 정도로 뭔가에 몰두하는 그 자체를 즐긴다. 시험 날짜가 다가오면서 이 시절과의 이별이 왠지 모르게 아쉬워서 나는 기도했다.

제 인생에 꼭 한 번 다시 제가 하고 싶은 공부에 지금처럼 몰입할 수 있는 기회가 다시 있기를.

그때는 시험을 위한 출제자의 사고방식과 현 교육계의 트렌드가 되는

완벽하지 않아서 더 아름다운 것들

이론에 맞춰서 나의 사고방식을 잠시 바꾸는 단순한 훈련이 아닌 진짜 삶의 원리를 깨닫는 과정을 통해 나와 남이 함께 성장할 수 있는 인생의 진정한 힘을 주는 공부를 하고 싶습니다. 그런 날이 오기를 기도하고 또 기도했다.

4

좌우지간 자신한테만은 진실해야 한다

삶을 위한 진정한 공부에 대한 바람이 내 마음 아주 깊숙한 서랍 속에 꽁꽁 숨겨진 채 인생은 흘러갔다. 교사가 되어 교단에 서게 되었고, 결혼을 했고 아이를 낳았다. 어렵게 생긴 쌍둥이를 낳고 기르는 동안 내 마음속의 인생 공부를 향한 열망은 과거에 있었는지조차 의심스러울 만큼 까맣게 잊혀 가고 있었다.

이 아이들이 자라 8세가 되어 초등학교 가게 되는 날 나는 휴직을 하고 드디어 나만의 숨 쉴 공간이 조금 생겼다. 그때 내 마음속 아주 깊은 심연에 먼지가 쌓여 없어진 줄만 알았던 나의 욕망이 두껍게 쌓여 있던 먼지를 털어내며 머리를 쳐들고 있었다.

마치 신을 받지 않으면 신병에 걸리는 선무당처럼 그때까지의 내 삶은 이유 모를 힘겨움에 늘 무거웠고 누군가에게 쫓기는 듯 불안했다. 그래서 또다시 내 안의 밝은 빛을 찾고 싶다는 생각을 했다. 겉으로 남들 눈에는 아무 문제 없어 보였겠지만 살얼음판이 깨질까 불안하게 한 걸음 한 걸음을 떼고 있는 하루하루가 너무나 힘겨웠다.

부름을 받은 무당이 신내림을 받아야 하듯 나는 내 안의 빛을 찾아야 제대로 숨 쉬며 살 수 있을 것만 같았다. 그래서 나는 이제는 나에게 집중해 보자, 내 안에 있다는 그 빛을 찾아보자는 마음을 먹고 108배를 100일 동안 했다.

그리고 독서를 만났다. 지금까지 내가 해 온 지식을 위한 그저 읽는 독서가 아닌 그 책을 씹고 뜯고 잘근잘근 소화시켜 내 것으로 만들어 나만의 이론을 만들고 그 이론을 실천에 옮기는 독서를 만나게 되었다. 나도 『나는 공부 대신 논어를 읽었다』의 김범주 작가처럼 되고 싶다는 욕망을 안고 3P자기경영연구소의 이재덕 마스터와 함께 하는 독서모임을 1년 정도 함께 했다.

2020년 9월부터 시작된 독서는 코로나로 인해 줌으로 진행되었기에 나에게 더욱 안성맞춤이었다. 아직 어린 쌍둥이가 무조건 우선인 삶이었기에 외부로 나가지 않고 집에서 아이 보는 시간에 방해받지 않으면서 할 수 있는 독서모임이었기에 가능했다.

꽉 막힌 도시의 오염된 공기 속에서 답답함을 느끼며 살던 사람이 어느 날 바다에 나가 시원한 바람과 맑은 공기를 쐬고 숨이 트이는 느낌을 책을 읽으면서 느낄 수 있었다. 살 것 같았다. 내가 유일하게 오롯이 나 혼자만 있을 수 있는 시간이 새벽이기에 새벽 시간에 일어나 혼자서 바다에 놀러 가듯 책 속을 여행했다.

이재덕 마스터가 정해 준 도서들은 대부분 자기 계발 서적이나 부와 관련한 경제서, 혹은 경영 서적이 많았다. 같이 독서를 하면서 책을 어떻게 봐야 할지를 배웠다. 지금까지 책을 깔끔하게 줄 하나 긋지 않고 마치 새 책처럼 다시 중고시장에 팔 수 있을 정도로 우아하게 봐 왔다면 이젠 책 속에 중요한 내용을 내 것으로 만들어 실천하는 것이 진짜 독서라는 새로운 개념을 익혔다.

그럼에도 불구하고 교사이고 아이의 엄마인 나와는 거리가 좀 있는 책들이었다. 물론 4차 산업의 물결이 몰려오는 이 시대에 인생 이모작을 위해 자기경영이나 1인 기업에 대한 생각을 미리 해 보는 것도 좋다고 생각했지만 나는 나에게 더 맞는 책을 읽고 싶었다.

그러던 중 온라인 교보문고에 뜬 광고 중 『탁월한 사유의 시선』이라는 최진석 교수님의 책이 내 시선을 사로잡았다. 최진석 교수가 누군지 몰랐지만 책 띠지에 인쇄된 최진석 교수님의 사진에서 명철하고 혜안을 가진 지성인이라는 생각이 들었고 이분의 지적인 분위기에 매료되었다.

시선의 높이가 삶의 높이라는 문구와 통찰, 철학 등의 단어들이 나로 하여금 구입창을 클릭하게 만들었다. 그리고 우리 집을 찾아온 『탁월한 사유의 시선』, 묘하게 나를 끌어당기는 강력한 힘에 의해 구입은 했지만 바로 읽어지지는 않았다. 바쁜 일상과 이미 이재덕 마스터님과 함께 해야 할 독서 목록들에 밀려 책장 한편을 근사하게 장식하며 자신의 자리를 지키고 꽂혀 있을 뿐이었다.

아마 그냥 그렇게 꽂혀 있기만 했을 그 책을 집어 든 것이, 내 인생을 바꾸는 계기가 될 것이라는 것을, 그 순간엔 전혀 몰랐다.

이 책이 나에게 준 가장 강력한 메시지를 적어보라면 262페이지의 '좌우지간 자신한테만은 진실해야 한다.' 이 한 문장이다.

자신에게 진실하라고? 이런 말은 태어나서 처음 들어본 말이다. 나는 지금껏 부모님 말씀을 잘 들어야 한다, 선생님 말씀도 잘 들어야 한다, 남에게 양보해야 한다, 네가 손해를 보더라도 좀 참을 줄 알아야 한다, 배려해라, 절대 남에게 피해를 주는 삶을 살면 안 된다, 남에게 피해를 주지 않는 삶을 삶의 철칙처럼 여기며 살아왔다.

늘 혹시 남에게 피해 줄지도 모른다는 생각에 조심한 내 삶 속에는 외부에서 요구하는 대로 맞추는 삶이 이상적이라는 전제가 깔려 있었던 것이다. 내 인생에 '나'가 없었다. 물론 있었겠지만 '나'는 누군가를 위해 희생해야 하고 외부의 요구에 맞춰 살아야 이상적이라고 생각했다. 불쑥불쑥 튀어 오르는 '나'를 챙기고 싶은 마음은 이기적인 것이라고 잘못된 것이라고 생각했다.

외부에서 요구하는 대로 하면서 전혀 고려하지 않았던 '내면의 나'는 상처받고 있었던 것이다. 그러고 보니 내 마음속에 늘 꿈틀대며 나를 불안하게 만든 원인이 무엇인지가 깨달아졌다. '나' 아닌 '외부'에 존재하는 그 완벽한 그 무엇에 맞추면서 살아야 하는데 그 완벽한 외부의 절대기준이 뭔지 모르기에 살얼음판을 걷는 듯 늘 불안했던 것이다.

완벽한 절대적인 기준으로 봤을 때 내가 잘못하고 있는 것은 아닌지가 늘 걱정되었다. 평생을 이렇게 살아온 나는, '좌우지간 자신한테만은 진실해야 한다'는 문장을 읽자 내 마음속 깊은 곳에서 그동안 쌓여 있던 핏덩어리가 토해지듯 뭉클하게 올라오는 느낌이 들었다. 독소 덩어리가 밖으로 뱉어진 것이다. 그 독소 덩어리를 뱉으며 눈물이 났다. 좌우지간 자신한테만은 진실해야 한다는 문장이 그동안 힘들었구나, 토닥토닥 달래면서 가만히 가만히 나를 안아주었다.

그 문장은 박웅현 작가님의 『책은 도끼다』처럼 도끼처럼 나의 머리를 찍어 정신을 차리게 해 줬다. 독립적으로 주체적인 삶을 살고 싶었다. 왜 안 될까를 고민했다. 그런데 지금 생각해 보니 이미 외부에 기준을 두고 살아야 하는 삶을 절대적으로 옳다고 여겨왔기에 주체적인 삶이란 불가능한 것이었다. 그 진리가 내 안에 있다는 것은 전혀 모른 채, 외부에 진리가 있다는 전제를 깐 내 수동적인 삶에서는 절대 이루어질 수 없는 바람이다.

그 당시는 그 사실을 전혀 모른 채, 이 모순 속에서 늘 수동적이며 의존적인 나를 탓하면서 하루하루를 버티고 있었다. 나는 나의 전제를 깨부수는 시간이 필요했다. 내가 가지고 있는 세상에 대한 기본적인 시각을 버려야 내가 원하는 주체적인 삶을 살 수 있었던 것이다. 내가 독립적이기 위해서는 좌우지간 나에게 진실한 것에서부터 출발했어야 했다. 이 문장이 나를 내 삶을 바꾸기 시작했다.

완벽하지 않아서 더 아름다운 것들

5

내가 그리는 무늬

'좌우지간 자신한테만은 진실해야 한다'는 이 한 문장이 주는 울림과 각성은 최진석 교수님의 다른 책을 검색하게 했다. 보다 자신에게 진실해야 한다는 강력한 메시지는 왜 그래야 하는지 나에게 진실하다는 것의 의미는 어떤 것이지를 더 알고 싶게 했다. 그리고 발견한 책이『인간이 그리는 무늬』였다.

이 책을 읽으면서 나는 왜 내가 그토록 하루하루 살아가는 일이 불안하고 피곤하며 늘 에너지가 고갈되는 느낌인지 매일 아침, 오늘 하루가 기대되는 것이 아니라 눈을 뜨는 일이 괴롭고 다시 눈을 감고 싶은 일상을 살고 있는지를 깨닫게 했다. 그 이유는 바로 내가 아닌 삶을 살고 있었기 때문이었다. 책 속의 표현을 빌리면 다시 말해서 '나' 아닌 다른 것들의 노예로 살고 있었기 때문이었다.

나는 어린 시절 우선 엄마의 바람과 욕구를 대신하는 존재였다. 사실 엄마도 자기 자신으로 살고 있지 못했다. 마치 옆으로 가는 게가 자기도 옆으로 가면서 자식한테는 앞으로 가라고 말하는 것처럼 말로는 나에게 앞으로 가라고 얘기하면서도 막상 걸어가는 걸음의 방향은 옆이었다. 혹 내가 옆이 아닌 앞으로 가게 되면 부랴부랴 불안한 마음으로 다시 아니라고 옆으로 가야 맞는 것이라고 야단을 쳤다.

자식인 나를 본인 자신보다 더 사랑했지만 당신 역시 '나'가 없는 삶을 살아왔고 '나'가 밖으로 튀어나올 때마다 스스로 억압하면서 살아왔기에 자신이 한 번도 경험해 본 적 없는 걸음을 걸으려는 딸이 불안하기만 했던 것이다.

그런 엄마가 답답했지만 그 엄마의 인정을 받아야 앞으로 걸을 수 있었던 것이 나의 한계였다. 앞으로 걸음을 옮기려면 지금까지 나를 지탱해 준 모든 것을 부정하고 그 부정이 주는 무거움을 감당해야 했다. 어느 누구의 기대와 인정 없이 오롯이 나 자신이 되어 나 자신이 주는 힘으로만 제대로 앞으로 걸을 수 있다.

그런데 엄마의 사랑을 받고 싶은 나는 앞으로 가는 것을 엄마가 허락해 줄 때까지 기다리고 있었던 것이다. 그만큼 내가 처음으로 걸어야 하는 그 걸음의 방향에 대한 믿음이 부족했다. 아니 나 자신을 믿는 마음이 부족했다. 나는 엄마의 허락이나 인정이 있어야 새로운 걸음을 걷는 어린아이였던 것이다. 아이러니하게도 내가 진정한 내가 되려면 내가 가장 사랑하는 엄마가 인정해 주지 않아도 앞으로 걸어내는 용기가 있어야 했던 것이다.

엄마의 인정과 진정한 내가 되는 것은 절대 양립할 수 없는 자석의 플러스극과 마이너스극과 같은 성질의 것이었다. 그럼에도 불구하고 나에 대한 믿음이 부족한 나는, 엄마의 인정을 끝까지 고집했기에 그 시간만큼 내가 '나'가 되어 사는 삶이 늦어졌고 엄마에 대한 원망이 쌓였고, 하루하루의 삶이 두렵고 재미없었던 것이다.

부모의 허락과 인정이 떨어져야 비로소 행동하는 나에게 이 책은 나 아닌 다른 것의 노예로 살고 있지 않은지 물어왔다. 이타적이든 이기적이든 삶의 활동성은 오직 자기에게서만 비롯된다. 최진석 교수님은, 너의 인생의 최고의 멘토였던 엄마, 완벽을 추구하는 엄마의 인정으로 앞으로 가지 말고 너 자신의 판단과 결정으로 앞으로 가라고 했다. 자기 자신을 오로지 자기 자신이게만 하는 것, 타인들과 공유되지 않고 오직 자기 자신에게만 있는 '욕망' 그것에 충실하라고 그것에 솔직하라고 말해 주고 있었다.

엄마와 공유한 가치, 즉 '우리'의 이념에 도달하려는 노력은, '나의 존재'와 양립할 수 없는 성질을 가진 것으로 나를 버려야 가능한 것이다. '우리'에 맞추다 보니 정작 가장 소중한 '나'를 잃게 되어 나는 색깔 없는 존재가 되어 있었다. '우리'라는 단어도 적절하지 않다. 엄마의 색을 살리기 위해 나의 도화지에 내 색을 자꾸만 지워갔다. 어느 순간 엄마의 색을 내 색으로 착각하기에 이르렀다.

그런데 내 색깔이라고 믿고 있는, 엄마의 색깔이 답답하다. 자유로운 나의 색깔이 튀어나오려고 할 때마다 억압을 한다. 자유롭고 싶다. 엄마의 색깔을 털어버리고 나만의 고유한 색을 찾고 싶다. 내 색깔이 너무나 궁금하다. 갑자기 이해가 확 되었다. 내가 왜 친구들과의 관계가 힘들었는지도 연결이 된다.

나 자신의 욕망을 부끄럽게 여긴 나는, 엄마의 인정을 기다리듯 친구들의 인정을 기다리며 나의 욕망을 허락을 받고자 했기에 힘들었던 것이다. 타인의 인정을 끊어버려야 나는 나 자신으로서 서게 되는데 두 마리의 토끼를 다 잡고 싶어 한 나에게, 이 책은 이 두 가지는 절대 함께 있을 수 없다는 것임을 말해 줬다. 이제 더 이상 물러설 수 없는 지점까지 왔다. 이책은 묻는다. 너는 너일 수 있겠냐고.

이성으로 깎이고 정제된 '완벽한 절대 기준'이 아닌 날것의 종잡을 수없어 보이는 너의 욕망을 따라서 살 수 있겠는지를 추궁해 왔다.

나의 욕망을 따라 사는 삶이란 외부의 '완벽한 절대 기준'이 아닌 내가진심으로 바라는 것을 하는 것이다. 해야 할 일보다는 하고 싶은 일로 하루를 채우는 것이다. 좋은 일보다는 좋아하는 일을 해 보라고 외쳤다. '완벽한 절대 기준' 속에는 '나'가 없다. '나'가 없는 삶을 계속해서 살 것인지나의 욕망이 원하는 내가 바라고 좋아하고 하고 싶은 일을 할 것인지를 결정하라고 했다.

그러면서 자기 자신만의 고유한 욕망에서 자기 삶의 동력을 얻을 수 있다고 은밀하게 속삭인다. '완벽한 절대 기준'이라는 관념이 주는 굴레를벗어던지고 스스로의 힘으로 결정을 내리고 선택할 때야 비로소, 내가 나의 무늬를 그리면서 살 수 있다는 것이다.

그러면서 톤을 낮추어 한 번 더 나에게 속삭인다. '나'가 '나'로 사는 것이 거창한 것도 내가 지금 주저하는 깊이만큼 비장한 일도 아니라고. 나를짓누르고 있는 '완벽한 절대 기준'으로부터 떨어져 나와서 마음속에 꿈틀대는 욕망을 밖으로 표출하기만 하면 된다고. 네가 원하는 것을 말하면 되는 것이라고 말이다.

나의 욕망이라는 것을 말과 글이라는 도구를 이용해 표현하기만 하면되는데 그게 왜 이렇게 어려웠을까? 이미 나는 내 욕망을 글로 표현하기시작해 온 것 같다. 이 책을 쓰기 시작하면서 진행되어 온 것이다. 이 생각이 드니, 쓰다 말다를 반복하며 게으르게 이어온 이 글쓰기 작업을 보다 규칙적으로 해야겠다는 생각이 들었다. 이 글이 책이 되어 밖으로 나가게 된다면 비로소 내가 그린 무늬 중 최초가 되겠지? 또한 마음속에 묻어만 온 나의 진짜 마음을 글로만 끄적이며 혼자 느끼지 말고 말로 표현하면서 살아야겠다.

이 표현들이 쌓여서 만들어낸 나란 인간이 그리는 무늬는 어떤 것일까? 내가 그리는 내 삶의 무늬가 궁금하고 벌써부터 신나는 기분이 든다. 외부의 절대적인 기준에 의해 나를 없애는 삶이 아닌 내가 그린 무늬의 주인이 되는 삶, 상상만으로도 에너지가 차오르는 느낌이다.

멋대로 하라, 그러면 안 되는 일이 없다.

― 도덕경 37장

6

우리는 음식을 먹은 적이 없다

　우리는 음식을 먹은 적이 없다. 내가 음식을 먹은 적이 없다니 다이어트를 한다는 말인가? 무슨 소리인가 할 것이다.

　음식이라는 것은 우리가 먹는 김치, 밥, 김, 미역국 같은 요리들을 포함해서 모두를 함께 아우르는 말이다. 최진석 교수님은 구체성을 띠는 요소들을 추상화시켜서 하나의 개념으로 묶어 설명하는 것들은 관념적으로 조작된 세계라고 보았다. 이렇게 관념적으로 조작된 세계는 이 세상에 존재하지 않는 거짓의 세계라는 것이다. 이런 관념적으로 조작된 세계로 구체적이고 변화무쌍한 세계를 지배하려고 하면 안 된다는 구절이 강하게 와닿았다. 그러니 우리는 음식이라는 것을 먹은 적이 없는 것이다.

　구체적으로 막대 사탕이나 쌀밥 한 그릇을 먹은 것이지 음식을 먹은 것은 아니라는 말이다. 관념적으로 조작된 세계는 결국 각각의 구체물이 가지고 있는 개별성을 깎아내고 남아 있는 공통적인 부분을 일컫는 이 완벽한 세계는 사실상, 이 세상에 존재하지 않는 관념의 세계다. 더 쉽게 말하면 환상이다. 존재하지 않기에 거짓이다.

'나'라는 구체적이고 변화하는 존재는 항상 결함 있는 부족한 존재로 간주되어 왔다. 나를 한없이 부족하다고 생각하기 때문에 완벽한 개념의 세계의 지배를 기꺼이 받아들이려 한다는 것이다. 정말 딱 내 모습이다. 그러면서 그동안 그렇게 떨쳐버리고 나로부터 끊어내고자 노력했던 '불안'이 세계의 진상이라고 이 세상에 존재하는 유일한 진리임을 가르쳐 주었다.

이 문장을 읽는 순간 나는 얼음이 되었다. 갑자기 시간이 멈춘 듯, 지금까지의 나의 생각을 뒤집어주는 이 문장이 또 한 번 나를 충격에 휩싸이게 했다. 자석을 아무리 반으로 자르고 자르고 잘라내어도 끊어지지 않는 마이너스 파장처럼 내 삶 속에서 불안을 떼어내고자 노력하면 할수록 더욱 딱 달라붙어 떨어지지 않는 그 불안, 진저리 처지는 그 불안이 진리라니.

또 『책은 도끼다』가 생각났다. 멍했다. 내가 그토록 찾아 헤매었던 '안정'이나 '완벽'은 이 세계에 존재하지도 않는, 거짓의 세계, 죽음의 세계라고 딱 잘라 말하셨다. 죽은 것은 가만히 있는다는 것이다. 불안을 피해 안정으로 나아가려는 꿈 이것이야말로 내 삶의 목표이자 꿈이었는데 최진석 교수님은 한마디로 잘라 불안전을 피해 완전이나 완벽에 도달하려는 꿈은 가능하지도 않고 이루어지지도 않는다고 담담하게 답하셨다.

이유는 이런 것은 이 세상에 존재하지 않기 때문이라는 것이다. 그래서 있지도 않은 안정과 편안함을 추구하려는 어리석음을 버리고 차라리 불안과 불완전을 감당하고 가볍게 다루는 힘을 가지라고 했다. 불안이야말로 이 세계의 진상이고 바로 이치라는 것이다. 절대적인 세계가 아닌 부족한 내가 세상에 존재하는 진정한 진리라는 사실로 머리에 도끼가 찍히는 듯,

강력한 충격을 받았다.

그런데 불안이야말로 이 세상에 존재하는 진짜 모습이라는 문장, 또한 순간 정적이 흐르는 듯 나를 얼어붙게 했다. 완벽하다고 생각해 온 원리가 가상이고 지어진 개념이고 오히려 불안을 감당하며 살고 있는 구체적인 내가 진짜라니! 더 훌륭하게 나를 바꿔야 한다고 생각해 왔는데 이렇게 부족한 현재의 내가 세상에 제대로 존재하는 진리라니 너무나도 놀라운 반전이었다.

문득 우리 반에 내 속을 썩이고 있는 한 학생이 생각났다. 어제도 6교시 시작할 때쯤 학교에 왔다가 수업 시간에는 어디론가 사라졌다 종례에만 나타나서 출석 인정에 필요한 서류를 받아 쥐고는 유유히 사라졌다. 2학기 들어서서 이제 한 달 하고 열흘 정도 넘었는데 벌써 이런 식으로 학교를 제멋대로 왔다 가는 일이 20일 정도가 된다.

나머지 출석으로 체크된 날짜는 질병결석으로 처방전이 있는 날이거나 코로나에 걸려서 학교에 안 와도 인정출석이 되는 경우라서 제대로 학교에 온 날짜는 거의 없다. 이 아이를 제대로 학교에 오게 하려고 학교에서는 미인정 지각, 결과, 조퇴 처리가 10일 이상이면 근태불량으로 선도를 한다든지 하는 등 여러 가지 방법을 써보기도 하고 타일러보기도 하고, 야단을 쳐보기도 하는 등 그 학생이 정상적인 학교생활을 하게 하려고 노력하고 있다.

이 아이의 학부모님과 거의 매일 상담을 하고 있는데 전혀 고쳐지지 않는다. 이 아이의 제멋대로인 모습은 학교의 입장에서 보았을 때 골칫거리다. 불성실한 현재의 불안한 모습을 고쳐 이상적인 학생의 모습으로 만들겠다는 나름의 목표가 있었는데 이 글을 읽는 순간, 그것은 현실에 있지도 않은 도달할 수 없는 거짓이겠다는 생각이 문득 들었다.

그렇다면 일단 현재의 불안하고 불완전한 학생의 모습을 감당하고자 마음먹고 이를 가볍게 다루는 힘을 가지도록 노력하는 것이 더 현실적일 수 있겠다는 생각이 들었다. 일단 이 아이의 이런 모습을 큰 골칫거리이자 큰 문제로 보는 내 시각부터 바꿔야겠다.

이런 모습을 문제라고 보는 시각은 현재의 불안정한 모습을 인정하기 거부하는 나의 감정이 개입된다. 학생으로서 가져야 할 바람직한 태도가 내 마음속에 이상으로 자리 잡혀 있는 한, 이 학생의, 학교가 자기 집 안방인 양 제멋대로 하는 모습은 용납되지 않는 행동이자 반드시 바꿔야 하는 행동이다.

아름다운 학생으로의 자세, 나의 내면에서 상상하고 있는 완벽한 학생으로의 모습이, 현재 이 아이의 불규칙하고 불량한 태도를 더욱 인정할 수 없게 만들었다. 솔직히 왜 그렇게 사는지 모르겠다. 쯧쯧, 혀를 차면서 그렇게 해서 어떻게 고등학교는 갈 거니? 학생이라고 할 수 있어?라는 부정적인 감정부터 올라온다.

평범한 다른 학생들에게까지 물을 흐릴까 걱정되고 학생다움을 벗어난 모습이 영 꼴 보기 싫다. 완벽한 학생상이라는 것이 존재하지도 않는 거짓이며 환상이라고 인정하고 다시 이 상황을 생각해 보니 문득 이 아이가 그럴 수도 있겠다는 생각이 들었다. 이 세상에는 구체적인 다양한 가정환경이 있을 것이라는 생각이 들고 이 아이가 이런 행동을 할 수밖에 없게 만드는 이유가 있겠다.

이 아이의 불안정한 모습을 살아 있다는 증거로 받아들이고 현재 자신의 생명력이 넘치는 자족한 존재라고 인정을 해 보기로 했더니 본인 스스로는, 가장 자신의 생존에 부합하는 행위라고 생각하고 행동하고 있을지도 모르겠다.

그 행동이 다른 학생에게 미치는 영향은 차후의 문제고 일단 이 친구는 감정적으로 정서적으로 뭔가 힘든 상황이 있고 그 상황을 스스로 극복하지 못해 삐뚤어진 태도로 살고 있을 뿐이고 결과적으로 학교에 물의를 일으키고 있는 것이다.

이 친구 내부의 불만과 상처가 아이를 제멋대로 살도록 만들고 있었다. 이 친구 입장에서는 자신의 불만과 아픔을 표현하는 하나의 방법인 것이다. 보편적인 이념의 세계가 아닌 구체적인 개별자들이 아웅다웅 살고 있는 일상이 바로 실재하는 터전이라고 하니 이 아이가 조금은 이해가 될 것도 같다.

그러고 보니 이 아이 말고도 많은 아이들이 떠오른다. 말이 너무 많고 툭하면 친구의 잘못을 고자질해서 미움을 받는 학생, 갑자기 학교가 무섭다며 주기적으로 조퇴하고 싶다고 찾아오는 학생, 하루가 멀다고 몸이 아프다며 보건실에 가겠다고 하거나 조퇴시켜 달라고 교무실을 찾아오는 학생 등.

교사를 비롯한 학부모들 모두가 마음속에 완벽한 학생상이 있다. 마음에 안 맞아도 조금은 참고 견디기를, 내가 나설 때와 나서지 않을 때를 알아서 친구관계가 원만하기를 바란다. 이런 바람들이 현실의 부족하기 짝이 없는, 내 아이를, 내 학생을 더 인정하기 힘들게 만드는 것 같다.

불안하고 바람직하지 못해서 스스로를 아프게 하고 주변 친구들도 힘들게 하는 불안정한 모습을 바람직하게 고쳐야 할 그 무엇으로 보지 말고 그 자체가 진실이며 진상임을 인정하는 마음부터 먹어보아야겠다. 이것이 바로 있는 그대로를 인정하는 태도일 수 있겠다.

아이들의 불완전은 그 아이들이 살아 있다는 증거인 것이다. 불완전이야말로 이 세상에서 인정받아야 할 진리인 것이다. 이런 생각을 가지고 새롭게 아이들을 대해야겠다. 이렇게 대했을 때 내 마음에 어떤 변화가 생기고 아이들에게는 어떤 변화가 일어날지 기대가 된다. 불완전함을 싫어하거나 미워하거나 떨쳐내려고 하지 말고 부족함을 인정하고 이를 감당해 보려고 마음을 먹어본다.

불안이야말로 이 세상에 실존하는 진짜 모습이다. 있는 그대로의 불안을 받아들이자.

7

불안 다루기

최진석 교수님의 『인간이 그리는 무늬』가 주는 충격으로 나는 『도덕경』을 읽게 되었다.

그동안 불완전하고 부족하다고 생각해 온 나란 존재가 너무 부끄러워서 남에게 드러내기 싫어했다는 사실을 깨달았다. 나의 부족함을 드러내는 자체를 굉장한 수치로 생각해 온 것이다. 또한 친구들에게 어쩔 수 없이 나의 부족함과 결핍이 들키게 되면 쥐구멍에라도 들어가 버리고 싶을 정도로 나 자신을 혐오했다. 누가 봐도 부러울 만한 완벽한 사람이고 싶었던 것이다.

그러나 현재의 부족한 모습이 이 세상에 실제로 존재하는 존중받아야 할 대상이라고 생각하는 순간, 나의 부족한 얼굴을 세상에 드러낼 수 있는 약간의 용기를 갖게 되었다. 그리고 부족한 나를 조금씩 말하기 시작했다. 완벽한 기준이라는 것, 내가 갖고 있던 이상적이라고 생각했던 어떤 틀을

완벽하지 않아서 더 아름다운 것들

벗어버리고 세상을 봤더니 나도 모르게 나와 동일시하고 있는 내 자식에 대한 감정도 바뀌기 시작했다.

그전에는 내 아이가 부족하다고 느끼는 순간 화가 났다면, 깨달은 이후에는 같은 모습을 봐도 화가 나지 않았다. 받아들일 수 있는 마음의 여유가 생긴 것이다. 부족한 우리 아이의 저 모습이야말로 존중받아야 할 세상에 존재하는 진리이므로 화를 낼 이유가 없다.

생각의 변화가 무섭다고 느낀 것이, 전에는 같은 상황에서 화가 치밀어 올랐었는데, 지금은 눌러 참는 것이 아니라, 아예 마음에서부터 화가 올라오질 않았다. 신기했다. 생각의 변화가 이렇게 기본적인 감정선을 변하게 할 수 있다니. 부족함이라는 것을 포용하고 있는 그대로 인정할 수 있는 마음의 힘이 생긴 것이다.

어느 날 코칭을 하는데 고객분이 자신이 하는 코칭의 미래가 불안하다는 말씀을 하셨다. 내가 지금까지 불안에 떨면서 살았는데 고객님의 대화를 통해 이분은 나보다 더 치밀한 완벽주의라는 생각이 들었다. 또한 나보다 훨씬 더한 강도로 남에게 피해를 주기 싫어하시는 분이라는 느낌이 왔다. 강적(?)을 만난 셈이다.

과연 나는 타인의 불안을 통제할 수 있을 정도로 내공이 깊어졌을까? 한번 도전해 보고 싶었다. '불안은 살아 있는 것을 증명해 주는 생명력의 일종이다'라는 사실을 깨닫게 되었고 불안함과 불완전은, 피해야 하는 대상이 아니라 이것이야말로 나를 살아 있게 만드는 긍정적인 요소라는 사실을 알았으니 나는 이분의 불안을 제대로 잘 다스리도록 도와드릴 수 있겠지?

자신만만하게 도전한 나의 기대와는 달리, 이분의 불안한 이유를 듣자마자 내가 먼저 그 문제에 압도되어 버렸다. 나는 그분의 불안이라는 감정을 다뤄 주기는커녕 나부터 소위 멘붕이 왔다. 늘 불안했던 내 마음 상태를 그 고객님의 입을 통해 다시 들으면서 몰입이 되어 버리니 그분에게 어떤 질문을 해야 할지가 생각나지 않았다.

고객이 말하는 그 상황을 내가 해결할 수 없을 것 같다는 생각이 들면서 나도 모르게 두려움에 휩싸였다. 어쩌지? 이 문제를 어떻게 해결해 줘야 하지? 솔직히 내 마음은 그 문제를 피해 도망가고 싶었다. 그런데 고객은 내 마음을 예민하게 느끼고 그 코칭을 멈추자고 하셨다. 충격이었다. 불안을 감당하지 못하고 쩔쩔매는 나를 보고 있는 것도 괴로웠지만 형식적으로나마 코칭을 마무리하지 않고 멈추자고 하신 고객님의 솔직한 태도에 당황했다.

그동안 나의 불안한 마음에서부터 도망치려고만 했지 그 불안감과 제대로 정면으로 만나서 그 불안감을 극복해 본 적이 없었다는 깨달음이 왔다. 내 마음속의 불안이라는 감정을 모른 척 외면해 오던 나의 오래된 습관이 고객과의 코칭에서 나도 모르게 불쑥 나와 버린 것이다.

이야기가 겉도는 것을 느낀 고객은 더 이상의 코칭은 시간 낭비라는 생각을 하시고 멈추신 것이다. 이 경험은 나에게 한 번 더 불안에 대해 제대로 파고들어야겠다는 마음을 먹게 해 주었다.

이제 불안이라는 감정과 대면할 시간이 온 것 같다. 나는 인간의 인지라는 과정이 어떤 것인지 과학적인 측면에서 알고 싶다는 생각을 하고 뇌과학자들의 책을 읽기 시작했다. 뇌과학자 아닐 세스의 『내가 된다는 것(being you)』이라는 책에서 보면 우리는 우리의 생물학적인 기재인 뇌를 통해 이 세상의 자극을 받아들이고 해석한다. 우리가 뇌를 통해 받아들인

완벽하지 않아서 더 아름다운 것들

정보는, 살아 있는 세계를 물리적으로 있는 그대로 받아들인 것이 아니라 뇌의 통제를 받아 한 번 걸러진 것이다.

즉 우리가 천동설이 잘못되었다는 것을 알지만 태양과 달이 움직이는 것처럼 보인다. 아무리 그 지식을 알고 있어도 지구가 돌고 있다는 것을 느낄 수가 없다. 이렇게 느끼는 것은, 바로 뇌가 재해석해서 우리에게 정보를 주기 때문이다. 재해석을 거치기에 지구 아닌, 태양과 달이 동쪽에서 떠서 서쪽으로 지는 것처럼 보이는 것이다.

이렇게 느껴지게 만드는 생물학적인 이유가 있다고 한다. 바로 유기체의 생존 가능성을 높이기 위해서라는 것이다. 세상을 있는 그대로가 아닌 우리에게 유용한 것으로 지각하도록 왜곡해서 받아들이게 한다. 그래야 우리가 세상에서 일어나는 일에 더 효과적이고 빠르게 대응할 수 있다.

그렇다면 다시 아까 그 고객의 상황으로 돌아가서 생각해 보면, 내가 그 고객의 불안이라는 감정에 압도되었던 이유는 고객이 불안한 이유라고 말했던 그 상황들과 객관적인 사실들이 더 이상 변화시킬 수 없는 객관적인 사실 진리로 확고하게 느껴져서 나도 모르게 나의 내면의 무력감이 발동한 것이다.

그런데 아닐 세스의 『내가 된다는 것』 책에 따르면 그 불안이라는 감정을 느끼는 고객의 뇌는 고객의 생존 가능성을 높이기 위해 자신의 일에 더 효과적이고 빠르게 대응하기 위해 고객이 원하는 목적의 수준까지 불안하게 느끼게 한다는 것이었다. 그렇다면 그 고객은 불안감을 해소하기 위해 어떤 행동을 취하고 목적을 달성할 것이다. 결론적으로 자신의 생존력을 높이는 결과를 만들어낼 것이다.

여기서 포인트는 고객이 느끼는 불안이 실제 이 세상에 존재하는 물리적 세계를 있는 그대로 느끼는 것은 아니라는 사실이다. 뇌가 가지고 있는 지각을 통해 뇌의 예측이 투사된 세계가 불안인 것이다. 그렇다면 나의 역할은 고객이 느끼는 그 불안이 물리적이고 객관적인 세계가 아닌 환상이라는 것을 깨닫게 해 주고 불안을 느끼고 있는 고객의 내면의 이유를 스스로 느끼게 해 주면 되는 것이다. 그리고 그 세계를 불안하게 느끼고 있는 이유가 그 상황을 극복하고 싶은 강렬한 욕구와 마음에서 나온 것임을 깨닫게 해 주는 것이 나의 역할인 것이다.

왜 불안함을 느끼고 있는지를 스스로 알게 해 주는 것, 즉 불안이라는 감정에 몰입되어 압도된 나머지 꼼짝달싹 못 하고 있는 고객의 모습을 객관적으로 볼 수 있게 하는 것이 코치인 나의 역할이다. 그런데 나는 고객과 같은 위치에서 고객의 지각한 불안에 함께 힘들어하고 있었다.

우리가 불안하다고 지각하는 그 세계는 물리적이고 객관적인 세상이 아닌 자신의 시각이 투영된 하나의 환상이라는 사실을 명심하자. 이런 일련의 과정들은 나로 하여금 우리의 눈앞에 펼쳐지는 하나의 상황들이 진짜 리얼 세상이 아닐 수 있다는 생각을 갖게 해 주었다. 물리적으로 존재하는 세상은 느낄 수도 볼 수도 없다는 것이다.

그러고 보니 나는 내가 사는 동네 전체를 내 눈을 이용해서 직접 본 적이 한 번도 없다는 사실이 떠올랐다. 내비게이션을 통해 구글의 AI가 단순화시키고 압축된 지도로 보았지 진짜 리얼 세계를 볼 수 있는 눈이 우리에게는 없다. 즉 우리의 뇌는 내비게이션과 같은 한 번 해석을 거친 세계를 우리에게 제공한다. 그래야 길을 찾는 것이 빠르고 효율적이기 때문이다. 우리는 그 해석을 한 번 거친 지도를 보며 객관적이며 물리적인 리얼 세계를 보고 있다는 착각을 하면서 산다.

그리고 그 지도는 사람마다 다 다를 수 있다. 각자의 욕망과 원하는 수준에 따라 아주 정교한 세상 지도를 가진 사람도 있을 것이고 지도가 그다지 필요하지 않은 사람에게는 희미하게 지도의 존재 정도만 느낄 수 있기도 하고 말이다.

그렇다면 내가 해야 할 역할이 분명해진다. 지도가 왜 그렇게 보이는지 자신의 뇌가 투사한 지도를 보며 왜 그런 감정을 느끼는지를 깨닫게 해 주면 되는 일이다. 혹은 그 욕구를 위해 보다 더 선명하게 볼 수 있도록 도와주면 되는 것이다.

그러고 보니 내가 보고 있는 세상도 나라는 존재도 다 하나의 해석이고 환상이구나 하는 생각이 든다. 물리적이고 객관적인 리얼 세상이 아니라는 뜻이다. 그 환상을 지각하는 주체의 의도와 목적이 투영된 세계라는 의미이다. 그 세계를 어떻게 보고 있느냐는 그 인식 주체의 세상을 보는 세계관, 시각이 기본이 된다. 거기서 느끼는 감정은 그 인식 주체의 욕망을 의미한다.

각자가 보고 있는 세계를 스스로 이해하게 하는 것, 어떤 욕망으로 세계를 보고 있는지만 깨닫게 해 주는 것으로 충분하다. 왜? 사람이 보고 있는 그 세계는 결코 물리적이고 객관적인 리얼 세상은 아니기 때문이다.

즉 불안은 물리적이고 객관적인 사실이 아닌 내 마음이 만들어낸 환상이라는 것, 그리고 세상이 불완전하고 나 역시 불완전하기 때문에 확실한 결과를 보기 전까지는 불안할 수밖에 없다는 점, 그 점은 너무나 자연스러운 현상임을 명심하고 오늘을 시작해 본다.

8

멋대로 하라, 그러면 안 되는 일이 없다

세상 사람들이 모두 아름답다고 하는 것을 아름다운 것으로 알면 이는 추하다.

세상 사람들이 모두 좋다고 하는 것을 좋은 것으로 알면 이는 좋지 않다.

― 도덕경 2장

최진석 교수님의 책에서 『도덕경』의 이 구절을 읽고, 세상 사람들이 아름답다고 인정하는 것만 아름다운 것으로 알고 살아왔구나 하는 생각이 들었다. 남들이 인정해야 비로소 나도 인정할 수 있었다. 어떤 것을 내가 취하고자 할 때 많은 사람들에 의해 합의된 사실 여부, 권위 있는 기관에 의해 공인된 사실인지 그 여부를 따졌다.

보편적으로 합의해야 하는 특정한 기준을 정하고 그 기준에 합당한 것만 수용해야 한다고 생각했다. 또한 독서하는 목적, 공부해야 하는 이유도 모든 사람이나 이 세계를 관통하는 어떤 기준이 되는 본질이나 원리를 파

완벽하지 않아서 더 아름다운 것들

악하는 것이라고 생각했다. 그래서 그 보편적 기준을 찾기 위해 나는 내 인생의 많은 시간을 쏟아부었다.

또한 내가 하는 말이나 생각이 그 보편적 기준에 맞지 않다는 생각이 잠깐이라도 머릿속에 스쳐 지나가면 불완전한 자신이 너무나 부끄러워서 얼굴이 빨개지고 숨고 싶은 생각이 들었다. 왜 난 늘 이렇게 부족한지 그 부족함에 더욱더 자신감이 없어졌다. 늘 보편적이고 완벽함을 요구하는 절대적인 기준이 나를 감시하고 평가하고 비판했다.

이런 내 모습을 최진석 교수님은 공자의 철학에 매여 있다고 표현했다. 인간들 가운데 가장 훌륭한 인간인 성인들이 만든, 사회적 합의에 의해 공인된 '바람직한 틀', '반드시 그래야 한다는 원칙' 그리고 '좋다고 하는 것'을, 모든 사람들이 따르고 수용해야 한다는 것이 공자의 주장이다.

그런데 이런 '바람직한 틀', '반드시 그래야 한다는 원칙' 이런 것들은 이 세상에 존재하지 않는 허상이라고 했다. 내가 지금까지 쫓아다닌 멋진 파랑새가 바늘 한 번 찌르면 터져버리는 풍선과 같은 헛된 환상이었던 것이다.

이 글을 읽었을 때의 충격을 말로 다 표현을 못 하겠다. 그동안 믿고 있었던 사람에게 뒤통수 한 대를 맞고 멍한 느낌이라면 적당할까? 누군가에게 속은 것 같은 느낌이 들었다. 그동안 내가 그토록 애타게 찾아다녔던 진리라는 것이 사실은 존재하지도 않는 헛것이라는 깨달음은 말로 표현이 안 되는 너무나도 깊은 허탈감을 줬다.

동시에 완벽하지 못할까 봐 사람들을 피하고 완벽하지 못한 내가 실수를 하거나 남에게 피해를 줄까 봐 내 이야기를 내뱉지 못했던 나에게, 내 눈에 한없이 부족하고 초라한 너야말로 현실에 실제로 존재하는 진실의 존재, 사랑받아야 할 존재라는 문장은 알 수 없는 감동이 몰려들면서 내 눈을 촉촉이 젖게 했다. 인정받고 존중받고 사랑받아야 할 것은, 이 세상에 있지도 않은 그 완벽한 그 무엇이 아닌 그동안 불완전하다고 생각해서 한없이 초라하게 여겨 온 나 자신이라니!

한없이 부끄럽게 여긴 불완전하고 미숙한 나란 존재가 이 세상에 존재하는 진실한 사실이라는 말씀은 그동안 완벽한 잣대에 비춘 평가와 비판으로 너덜너덜해진 나 자신을, 있는 그대로 인정하게 하고 존중하게 해 주는 따뜻한 사랑, 그 자체였다. 내가 찾던 그 파랑새는 바로 있는 그대로의 부족한 나를 인정해 주고 사랑했을 때 만날 수 있었던 것이다.

그동안 비판과 평가로 상처받아 왔던 나 자신을 토닥여주고 인정해 주는 그 문장이 포근하게 나를 안아주었다. 그리고 힘을 주었다. 공자가 말한 예란 전체 사회 모두가 따라야 하는 보편적인 기준이었고 이 기준을 삶 속에서 실현하는 것이 공자가 건설하려 한 '인간의 길'이라면 노자는 바로 이 점을 공격한다.

보편적인 기준이라는 것, 이 세상에 존재하지도 않은 헛된 망상을 좇지 말고 실존하는 나를 보라고 한다. 자신만의 인간의 길을 가라고 충고한다. 각자 자신의 현실이라는 토대 위에서부터 시작한 사유를 기반으로 자신만의 비전과 메시지를 만들고 자신의 욕망을 들여다보라고 했다.

박웅현 님의 '책은 도끼다'라는 표현이 바로 이런 것일까? 이것을 깨달은 순간을 기점으로 나는 변했다. 완벽하지 못할까 봐, 실수할까 봐 혼자 몰래 쓰던 나의 이야기를 블로그에 적기 시작했고 부족한 나를 있는 그대로 사람들에게 말하기 시작했다.

처음 블로그를 쓸 때 조금 망설여지긴 했지만 있는 그대로의 나야말로 표현해야 할 대상이고 존중받아야 할 존재라고 생각하니 용기가 났다. 처음 시작이 어려웠지, 한번 쓰기 시작하니 동력이 붙었다. 솔직하고 날것의 내 글에 공감해 주는 이웃들도 늘어났다. 아무도 나에게 완벽하지 않다고 비판하지 않았다. 오히려 많은 것을 생각하게 해 주는 글이라고 칭찬하면서 서로이웃을 많이들 신청해 오셨다.

블로그 이웃들의 호응에 나는 더욱 자신감이 생겼고 나를 표현하는 일이 점점 재미있다고 느끼기 시작했다. 내 마음속 욕망을 표현하는 것이 나쁜 것이 아니구나. 오히려 즐거웠고 삶의 활력을 얻었다. 글쓰기보다 더 어려운 것은 말하기였다. 글쓰기는 나란 존재가 전면에 드러나지 않은 채로 할 수 있었지만 말하기는 나를 드러내는 보다 더 적극적이고 확실한 방법이기에 조금 더 용기가 필요했다.

처음 나 자신을 표현할 때, 여전히 얼굴이 붉어지고 부끄러워 목소리가 기어들어 갔다. 그럴 때마다 생각했다. 있는 그대로의 부족한 나야말로 존중받고 인정받아야 할 존재라고, 이젠 나를 구속할 완벽이라는 잣대가 없으니 부끄러울 것도 부족할 것도 없다. 있는 그대로 드러내자.

현재의 내가 마음속에서 시키는 대로 멋대로 하자. 떠오르는 대로 말하고 느끼자. 이것이야말로 나를 진정으로 사랑하는 방법이란다. 이렇게 나를 다독이자 점점 용기가 차올랐다. 나만의 존재가치를 스스로 느끼려면 내가 가진 욕망을 표현하는 나의 현재의 위치에서 시작해야 한다. 그 욕망은 욕된 것이 아니다. 감추어야 할 대상이 아니라 솔직하게 인정하고 표현해야 할 진실인 것이다.

노자의 말씀처럼, 일정한 틀에 매이지 않고 멋대로 나의 생명력에만 의지해서 글을 쓰고 말을 했더니 오히려 잘한다고 칭찬을 해 왔다. 보편적인 누군가가 되려는 노력은 나를 항상 옥죄고 눈치 보게 하고 위축된 삶을 살게 했는데 현재의 부족한 나를 인정하고 솔직하게 내 마음 가는 대로 멋대로 했더니 마음이 편해졌다. 또한 나도 조금은 괜찮은 사람이었네? 하는 생각이 드는 일이 생긴다.

나의 설명을 들으니 내용이 쉽게 이해되고 몰입할 수 있었다는 말도 들었다. 급기야 내가 말을 잘한다며 칭찬해 주시는 분까지 있었다. 요즘 멋대로 했더니 삶이 재미있어진다. 앞으로 어떤 일이 생길지 기대가 될 정도다.

나만이 이런 경험을 하는 것은 아닌가 보다. 이지성 작가의 『스무 살 클레오파트라처럼』 책에 안젤리나 졸리의 이야기가 나온다. 특별한 삶을 사는 여자가 되려면 특별한 외모를 가져야 한다고 속삭이는 텔레비전으로 대표되는 세상의 거짓말에 귀를 기울인 안젤리나 졸리는 외모와 돈에 대한 고민으로 불면증과 우울증이 생겼고 자살만이 유일한 해결책이라는 위험한 생각까지 하게 되었다.

자신을 불완전하게 바라보고 나를 초월한 어딘가에 완벽한 미모라는 것이 존재한다는 관점은 세계적인 미모를 가진 안젤리나 졸리 역시 열등감에 빠지게 하는 파괴적인 힘을 가지고 있었던 것이다. 하지만 그녀는 지옥의 끝에서 있는 그대로의 자기 자신을 긍정하고 감사하고 사랑하라는 영혼의 목소리를 듣게 되었고 자기 자신의 내면의 속삭임에 귀를 기울이기 시작한 이후 마침내 우리가 아는 안젤리나 졸리가 되었다.

있는 그대로의 나를 인정하고 사랑하는 것, 내가 하고 싶은 욕망을 비판하거나 평가하지 않고 더욱 긍정하는 것, 이것이야말로 바로 성공을 위해 반드시 필요한 요소이다. 나의 욕망을 긍정하자. 나에게 더욱 솔직해지고 솔직한 나를 인정하자. 멋대로 해 보자.

완벽하지 않아서 더 아름다운 것들

9

내가 나인가?

나만의 무늬를 그리라는 메시지를 전해 준 최진석 교수님의 『인간이 그리는 무늬』에서 '내가 나인가?'를 항상 물어보라고 했다. 그러면 도대체 '나'는 뭐지? '나'를 오로지 '나'일 수 있게 하는 것이라…… 사실 '나'의 생각이라는 것도 그 실체를 자세히 들여다보면 부모를 통해, 사회적인 관념에 의해, 주변 사람들의 의식에 의해 형성된 것들이 더 많을 수 있다.

사실 '나'만의 고유한 존재라는 것도 어찌 보면 허상일 수 있다. 이미 우리의 유전자 속에는 인류가 생겨난 이후 축적된 많은 정보들이 우리의 DNA에 입력되어 있고 또 그중 아시아, 한국의 조상들이 겪었던 많은 역사적 사실들이 문화적 배경이 되고 우리의 기억 정보가 된다. 우리도 모르는 사이에 타 문화와 구별되는 인식과 편견들이 나를 움직이는 무의식이 되어 나의 의식적 생각과 행동들을 지배하고 있는 것이다.

우리 남편을 봐도 그렇다. 어떤 물건을 살 때 반드시 검색을 한다. 특히 물건을 구입한 사용자들이 쓴 후기를 많이 참고한다. 많은 사람들이 산 제품이라는 것, 이게 그 물건을 사는 판단 기준이 된다. 구매율이 높은 물건이니까 남들이 많이 산 물건이기 때문에 그 물건이 괜찮을 거라는 판단으로 그 제품을 구매한다.

사람들은 자기를 매우 중요하게 여기면서도 결정적인 상황에서는 우리 남편처럼 남의 결정에 따른다. 많은 사람이 결정한 것이 옳다고 믿는 이유는 뭘까? 사실 알고 보면 이유는 간단하다. 내가 무엇을 좋아하는지 어떤 것을 사야 하는지 모르기 때문이다. 그래서 음식점에 가면 메뉴판에 '아무거나'라는 메뉴가 있고 뭘 시킬 때 먼저 시킨 사람과 '같은 것으로' 주문한다. 그런데 이건 비단 우리나라 사람들에게만 국한된 이야기는 아닌 것 같다.

뇌과학자인 매튜 D. 리버먼의 『사회적인 뇌 -인류 성공의 비밀』 책에 보면 1984년 10월 21일 로널드 레이건과 그의 도전자 전임 부통령 월터 먼데일의 대통령 선거를 앞둔 두 번째 후보 토론회 이야기가 나온다. 이미 3주 전에 있었던 첫 번째 토론회에서 형편없는 모습을 보여 레이건 후보자의 일흔세 살이라는 나이가 너무 많다는 의견과 함께 대통령 후보자로 건강이 염려된다는 여론이 일어나고 있을 때였다.

이러한 부정적인 여론을 두 번째 토론회에서 깨끗하게 씻어내게 되었는데 그것은 레이건의 시의적절한 재담에 대한 청중들의 웃음소리 때문이었다고 한다. 그중 가장 재치 있었던 재담은 사회자가 나이 때문에 걱정되지 않느냐는 질문에 대한 레이건 대통령 후보의 대답이었다.

"저는 나이를 이번 선거의 이슈로 삼고 싶지 않습니다. 제가 정치적인 목적을 위해서 경쟁자의 젊음과 미숙함을 이용하는 일은 없을 것입니다."

완벽하지 않아서 더 아름다운 것들

당시 경쟁자였던 쉰여섯의 먼데일은 햇병아리는 아니었지만 바로 그 순간에 자신이 선거에서 졌다는 사실을 직감했다고 한다.

이후 레이건이 고령인 탓에 실수를 저지를지도 모른다는 우려가 크게 줄어들었다. 이런 결론에 도달하게 되기까지 가장 큰 역할을 한 것은 바로 레이건의 재담 자체가 아닌 그 재담을 듣고 일어난 청중들의 웃음소리였다.

사회심리학자인 스티브 페인은 이 토론회를 보지 않은 사람들을 대상으로 두 가지 실험을 했다. 한 그룹의 사람들에게는 생중계 때와 똑같은 방식으로 시청하게 했고 다른 그룹은 청중들의 반응을 제거하고 재담 장면만 볼 수 있게 설정을 한 것이다. 웃음소리를 들은 사람들은 레이건이 먼데일보다 토론을 더 잘했다고 평가했지만 청중의 웃음소리를 듣지 못한 사람들은 부통령 먼데일이 토론을 더 잘했다고 평가했고 먼데일의 확실한 승리라고 결론을 냈다.

이 실험의 결론으로 볼 때 레이건이 익살맞다고 생각한 것은 그의 재담 능력 때문만은 아니었다. 청중 속의 몇몇 낯선 사람들이 그가 익살맞다고 생각했기 때문에 그 생각의 영향을 받아 레이건이 익살맞다고 생각하게 된 것이다. 아마 레이건 대통령을 투표한 많은 미국인들은 자신의 판단으로 레이건을 찍었다고 생각할 것이다. 그 청중의 웃음소리에 의해 영향 받았다는 생각을 1도 하지 않을 것이다.

이처럼 우리는 매일 우리가 미처 깨닫지도 못하는 무수한 방식으로 다른 사람들의 영향을 받고 있고 그 영향들을 '나'의 생각과 판단이라고 착각하면서 살고 있는 것이다. 그렇다면 그 무수한 영향들 중에서 과연 '나'라는 것은 어떤 것일까? 이런 궁금증을 가지고 권민의『자기다움』이란 책을 읽었다.

이 책에서는 자기다움이란 자신을 세상에서 오직 하나만 있는 원본으로서 자신의 가치를 인식하는 것이라고 한다. 그래 그 자신의 가치라는 것은 무엇이며 어떻게 찾는 것일까? 이 책에서는 자기다움의 시작은 자신이 숨기고 싶고 애써 기억하고 싶지 않은 부분을 '직면하는 것'에서 출발할 수 있다고 했다. 그러면서 나의 가장 자기다운 모습은 '혼자 있을 때'의 모습이라는 것이다.

그래서 권민 작가는 새벽에 혼자 자신이 간절히 갈망하는 것이 무엇인지를 계속 스스로에게 질문했다고 한다. 이 부분에서 최진석 교수님의 말씀과 상통하는 면이 있다. 아내의 노래를 예로 들면서 아무도 없을 때 혼자 흥얼거리는 노래 바로 그 노래가 자기 자신이자 진정한 의미의 자신이다.

'노래를 부를 때는 이렇게 해야 해'라는 노래의 이론이나 남들의 시선 따위를 다 벗어나 그저 흥이 나서 음이 맞든지 안 맞든지 박자가 빠르든 늦든 개의치 않고 감정을 솔직하게 표현하고 허밍하는 순간, 바로 그때의 그 허밍이, 진짜 자기의 노래이자 모습이라는 것이다.

즉 자기가 자기로 사는 방법은 별다른 게 아니라 반드시 따라야 할 것으로 나에게 자리 잡고 있는, 그리고 나를 짓누르기까지 하는 그 어떤 무언의 압력이나 체계로부터 일단 벗어나는 것이다. 나를 짓누르고 나를 억압하고 있는 그 생각을 벗어나야 진정한 '나'를 만나게 된다. 그렇다면 아무도 없는 혼자만의 시간에 만나는 나는 어떤 존재인가?

나를 둘러싸고 있는 여러 가지 규범과 규칙으로부터 자유로운 상태, 즉 내가 원하는 나야말로 진짜 '나다움'이라는 생각이 들었다. 지금까지 환경

완벽하지 않아서 더 아름다운 것들

에 의해 형성되어 온 수동적인 내가 '진짜 나'가 아님을 알고 '되고 싶은 나'를 상상하고 계획해서 지금부터 '나다운' 것을 하나하나 '나'의 힘으로 만들어가는 것, 그 과정과 결과를 통해 만들어지는 것이야말로 진정한 '나다움'이다. 이것이야말로 내가 나 자신의 주인이 되는 과정일 것이다.

그렇다. '나다움'은 이미 형성된 나만의 고유한 특성을 찾는 것이 아니라 내가 만들어가야 하는 것이었다. 이 새로운 깨달음은 나를 기쁨의 순간으로 이끌어줬다. 일상생활에서 되고 싶은 나를 설정하고 되고 싶은 '나'를 만들기 위해 하나하나의 습관을 형성해 가는 것이라니! '나답고 싶은 모습'을 상상하는 것만으로도 얼굴에 미소가 가득 지어진다.

권민의 『자기다움』에 이런 구절이 있다. 내 안에서 어설픈 '자기다움'을 찾는 대신에 '자기답고 싶은 것'을 선택해서 내 것으로 만들기로 했다. 내가 나답기 위해서 받아들인 가치로 나의 모든 것을 그 기준에 맞춘 후 일을 통한 실패와 성공을 반복해 가면서 조금씩 앞으로 나아갔다. 이것이야말로 일상의 일들을 훈련으로 여기고 최종 결과물을 위한 마지막 노력을 기울이는 방법이다. 수술로 생각하면 된다. 나답고 싶은 나를 생각하면서 일로써 나를 조정하며 최종 모습인 나를 만들었다. 이것은 남이 칭찬하는 얼굴을 갖는 성형수술이 아니라 나의 얼굴을 찾는 영적인 수술이다.

제4장

'나다움'을 만들어가다

1

죽기 전에 내 책 쓰기

2022년 초에 이지성 작가님의 폴레폴레 카페에서 독서코칭 준비반을 들었다. 이 수업은 자신의 삶의 목적을 찾아주는 3주 학습으로 이루어져 있다. 따로 영상이나 수업을 들을 필요가 없이 카페에서 제시해 준 도서를 읽고 느낀 점을 적고 해야 할 과제를 제출하는 방식으로 이루어진 수업이었다.

내가 경험해 온 다른 스터디랑 다른 점은 내가 제출한 과제에 피드백이 있다는 점이다. 내가 시간이 될 때 내 시간에 맞춰서 할 수 있다는 점이 좋았고 내가 제출한 과제에 부족한 점을 보완해 주는 코멘트를 보고 보다 내용을 알차게 채울 수 있다는 점이 장점이었다. 매주 카페에서 제시해 주는 책들을 읽고 느낀 점들을 기록하게 했다. 주로 자기 계발과 관련된 책들이었다.

3주 과정이 끝나는 마지막 주에 읽는 책이 모치즈키 도시타카의 『나의 꿈을 이뤄주는 보물지도 무비』였다. 이 책을 읽고 자신의 꿈을 이뤄주는 보물지도를 그리게 하는 것이 이 과정의 마지막이다. 나의 꿈? 내 삶의 목표? 내가 제일 하고 싶은 것이 뭘까? 질문을 던졌더니 제일 먼저 생각나는 것이 작가가 되고 싶다는 것이었다. 그리고 내 책을 쓰고 싶다는 마음이 불쑥 떠올랐다.

이런 내 마음의 욕구를 찾아서는 이에 맞는 이미지를 찾아, 가운데 내 사진을 놓고 내 사진 주변에 나의 꿈과 관련한 이미지들을 붙이면 되는 것이다. 나는 작가 되기와 관련된 이미지를 캡처했다. 그 캡처한 이미지 중의 하나가 '죽기 전에 내 책 쓰기'라는 이미지였다.

그 문구를 본 순간 마치 내가 쓴 문장인 양 내 마음속에 쏘~옥 들어왔다. 아마도 내 마음속에는 죽기 전에 내 책을 쓰고 싶다는 간절한 마음이 있었던 것 같다. 이 이미지를 찾고는 흐뭇해하면서 교보문고 베스트셀러 책들만 모아놓은 곳의 이미지를 캡처했다. 잠시 내 책이 베스트셀러라고 적힌 알록달록 화려한 야광 네온사인이 장식된 책장의 책들과 함께 당당하게 자리를 빛내는 모습이 상상되었고 내 얼굴에 행복한 미소가 절로 지어졌다.

그러고는 원고지 위에 검은색 뿔테 안경과 고급스러워 보이는 굵은 검은색의 만년필이 놓여 있는 이미지를 골랐다. 그 이미지는 한참 글 쓰는 일에 몰입하고 있다가 잠깐 쉴 때 글을 쓰는 사람의 책상 위에 있을 법한 상황을 나타낸 사진이다. 글쓰기에 몰입한 순간을 담은 이미지였다. 이렇게 세 개의 이미지를 찾아놓고 보니 마음이 저 깊은 곳으로부터 꽉 차오르는 느낌이 올라왔다.

그러고 보니 누가 나에게 글을 쓰라고 말한 적도 없는데 나는 항상 글

쓰고 싶다는 내면에 은밀한 욕망이 있었다. 그 이유는 앞에서 지금까지 말했던 것처럼 완벽주의 성향으로 남에게 부족한 내 모습을 드러내기 싫어하고 남에게 내 이야기를 함으로써 상대의 시간을 낭비하게 한다든지 하는 피해를 주기 싫은 나는, 내 이야기를 하는 자체에 대해 피해의식을 갖고 있었기 때문이다. 그래서 나를 표현하는 방법으로 말하기 대신 글쓰기를 하고 있었다.

나를 말로 이야기하는 동안에 그 이야기 자체가 남에게 피해를 줄 수도 있다는 생각을 너무 깊게 가지고 있었다. 이 때문에 내 마음속 생각을 말하는 것을 너무 무겁게 생각했던 것이다. 그런 상황에서 내가 나를 표현할 수 있는 가장 안전한 방법은 글이다.

혼자서 글을 쓰는 동안에는 타인의 시간을 뺏지 않아도 되고 어떤 생각을 글로 적더라도 남에게 영향을 주는 일이 없기에 안전하다고 느낀 것이다. 또한 말할 때는 내 말을 하는 자체가 남에게 시간 낭비가 될 수 있다는 것, 내 말이 진실이 아닐 수 있다는 것, 내 이야기를 들어주는 친구가 지금 딴생각을 하고 내 말에 집중을 안 하고 있는 것을 보니 내 말이 친구에게 필요한 말이 아니구나, 듣고 싶지 않구나 등 말을 하면서도 동시에 떠오르는 생각들 때문에 내 말에 나 스스로 집중이 안 되었다.

의식이 분열된 사람처럼 말하면서 동시에 말하는 상황과 타인의 입장과 내 말의 진실성 따위를 생각하다 보니 말을 하는 중 이런 다른 생각이 끼어드는 순간 말이 꼬이거나 목소리에 힘이 빠져 우물쭈물하기 일쑤였다. 그러면 나는 또 그 결과를 가지고 역시 나는 말을 못하는 인간이구나 하는 생각에 자괴감까지 밀려드는 악순환의 고리에 빠지곤 했다.

이야기를 마치고 집에 돌아와 아까 내가 말하던 상황을 생각하면 너무 부끄러워 혼자 있을 때조차 얼굴이 새빨개질 정도였다. 이상한 세계로 들어가는 문 앞에 놓인 약을 먹은, 앨리스처럼 다른 사람들 눈에 띄지 않게 작아져서 이 세상에서 사라졌으면 좋겠다는 마음이 들었다.

하지만 글쓰기는 이런 문제로부터 자유롭다. 특히 글을 쓸 때는, 동시에 여러 가지 상황을 고려할 필요가 없었다. 머릿속에 다른 생각이 떠오르면 그 생각을 주제로 그 생각의 원인과 결과를 파헤쳐 새롭게 몰입할 수 있었다. 그리고 그 생각에 대한 결론이 나오는 과정 속에서 복잡했던 마음이 정리되어 마음이 차분해지는 결과를 얻었다.

그리고 그 결과는 나의 새로운 깨달음을 주고 그 깨달음으로 마음이 가뿐해지거나 새로운 각오를 다지게 해 주었다. 그래서 어린 시절 내가 적은 일기장의 마지막 문구는 항상 김현지, 나는 너를 사랑한다. 파이팅! 이런 문장으로 마무리를 했다.

글을 쓰면서는 말할 때와는 달리 나 자신에게 몰입할 수 있었다. 나의 내면에서 올라오는 진짜 목소리를 들을 수 있다는 점이 행복했다. 내 마음 깊은 곳에서 나를 응원하는 목소리를 듣는 것으로 글쓰기를 마무리할 때 마음 깊은 곳으로부터 만족감이 차올라 나의 영혼이 영양이 듬뿍 들어간 밥을 먹은 듯이 든든해진다.

글쓰기의 시작은 나에게 안겨준 불안감이나 불편함에서였지만 마무리 시점에서는 그 불안감이나 불편함을 새로운 관점에서 바라볼 수 있는 전환이 일어났다. 그리고 나를 응원해 주는 내면의 목소리를 듣고 인생의 다음 단계로 나아갈 힘을 얻어왔다. 그래서 나는 안전하고 충만함을 안겨주는 글쓰기가 감사하고 감사하다.

그러다 보니 나를 제대로 표현하는 일은 글쓰기를 통해 가능하다고 생각한다. 그래서 막연하게 글을 쓰는 삶을 살고 싶다는 생각을 하고는 있었던 것이다. 그렇지만 책 쓰기는 다른 차원의 일이라고 생각해 왔다. 사회에 이름 있는 명사나 개인의 삶이나 국가적인 삶의 차원 혹은 인류적인 차원에서 거룩하고 모두가 인정할 만한 업적을 남긴 사람들이나 쓰는 것이라고 생각했다. 그래서 감히 나처럼 인생의 많은 순간에 이상한 나라의 앨리스처럼 작아지기를 수시로 하는 부족한 사람은 절대 할 수 없는 일이라고 여겨왔던 것이다.

그런데 내가 3P자기경영연구소에서 이재덕 마스터와 독서를 1년 이상 같이 하면서 그 독서모임을 통해 많은 저자들을 만나고 그들이 쓴 책을 읽어보았는데 결코 그 작가들이 처음 책을 출간한 상황들을 보면, 내가 가지고 있던 선입견처럼, 이미 유명해져 있거나 대단한 업적이 있어서 책을 낼 수 있었던 것이 아니었다. 오히려 나보다 더 어린 경우의 작가들도 있었다.

대학 합격 후 입학을 앞둔, 고3인데 자기 계발서를 쓴 김범주 작가도 있었고, 전대진 작가님은 인스타의 인플루언서로 사람들 마음의 아픔을 어루만져 주고 함께 고민해 준 글들을 모아 책으로 출간했는데 나보다 나이가 어렸다. 그리고 그렇게 쓴 책으로 인해 유명해진 것이지 결코 처음부터 유명했기 때문에 글을 쓴 작가가 된 것이 아니었다.

그리고 이재덕 마스터가 소속된 3P자기경영연구소에서 자기 계발한 분들이 쓴 책들이 단톡방에 수시로 업데이트되는 것들을 보면서 책 쓰기가 보통 사람에게 불허된 일이 아니라는 사실을 깨닫게 되었다.

그렇다면 글쓰기를 좋아하는 나도 내 이름이 박힌 책이란 것을 낼 수 있지 않을까? 하는 새로운 꿈이 새싹처럼 올라왔다. 나도 내 이름이 박힌 책

완벽하지 않아서 더 아름다운 것들

으로 나란 존재를 나타내고 싶다.

내가 책을 읽으면서 삶의 새로운 관점을 배우듯이 누군가 내 책을 읽으면서 그들이 생각도 해 보지 못했던 어떤 부분에 있어 자극을 받아 나의 관점을 통해 그들의 삶을 변화시킬 수 있지 않을까? 나도 그런 책을 쓸 수 있지 않을까? 사실 이 욕망이 책 쓰기를 꿈꾸게 된 계기가 되었다. 그리고 그 꿈을 2022년 2월 처음 만드는 비전보드라고 불리는 나의 꿈 보물지도에 이미지를 찾아 붙이며 꿈을 현실로 만들기 위한 활력을 불어넣기 시작했다.

이번 4장에서는 완벽함에 대한 막연한 상상을 글쓰기와 책 쓰기를 통해 무너뜨리고 진짜 나를 찾아가는 과정을 적어보고자 한다. 이 과정에서 내가 만든 보물지도가 현실이 되는 마법이 일어날 것이다.

2

보다 더 큰 나

막연하게 책을 쓰고 싶다는 은밀한 욕망을 품게 된 나는, 어떻게 해야 책을 쓸 수 있을까 방법을 찾기 시작했다. 이재덕 마스터의 독서모임을 열심히 듣고 평생회원이 되어 1:1 코칭을 받은 것도 지금 생각해 보면 책을 쓰고 싶다는 나의 욕망이 시킨 일이다.

어느 날 이재덕 마스터가 쓴 책의 2쇄가 나오는 기념으로 무료 특강이 있었다. 그 무료 특강의 플랫폼이 이재덕 마스터가 책을 쓰도록 도와주신 이은대 작가의 방에서 추진하는 것이라고 했다. 재덕 마스터님이 책을 쓰고 싶어 할 때, 아는 지인분이 소개해 준 작가라는 말에 귀가 번쩍 뜨였다.

재덕 마스터님의 책을 쓰도록 도와주신 분은 어떤 분이실까? 나도 그분의 가르침을 받는다면 내 욕망을 현실로 만들어줄 책을 쓸 수 있지 않을까? 정말이지 너무 궁금했고 그분을 빨리 보고 싶었다. 이은대 작가님의 카톡 예비 작가방에 초대되었고 그 초대된 방에 재덕 마스터의 저자 특강

완벽하지 않아서 더 아름다운 것들

의 링크가 걸렸다. 그 링크를 타고 '어쩌다 도구'에 대한 저자 특강을 들을 수 있었다.

저자 특강이 끝난 후 특강을 듣고 난 자신의 문하생(?)의 저자 강의에 대한 이은대 작가님의 피드백이 있었다. 아주 분명하고 정확한 발음으로 간결하고 깔끔하게 구사하는 언어에는 하나로 모아지는 강력한 에너지가 있었다. 그리고 그 의미가 내 귀에 선명하게 박혔다. 인상적이었다.

이재덕 작가의 저자 특강의 핵심을 한 번 더 짚어줬고 이재덕 작가의 책 쓰기로 인한 성장에 대한 칭찬을 매우 날카롭게 했다. 이 한 번의 무료 저자 특강은 이은대 작가님의 강의를 더 듣고 싶다는 생각을 하게 했고 다행히 서평쓰기와 관련한 이은대 작가님의 무료 특강이 있어서 이 강의를 들어보고 나도 예비 작가방에 합류할 것인지 말 것인지를 결정하기로 마음먹었다. 바로 2020년 한참 코로나가 터져서 외부 활동보다는 내부에서의 활동이 활발하게 일어나던 시기에 있었던 일이다.

독서서평과 관련한 이은대 작가님의 무료 특강을 신청했다. 서평이란 타인에게 이 책을 읽게 만드는 목적을 가지고 쓰는 글이라고 깔끔하게 정의해 주셨다. 내가 이 책의 한 줄을 읽고 감동을 받았고 삶의 일부가 바뀌었기 때문에 그것이 감사하고 고마워서 나에게 성장이 일어났듯이 타인에게도 그런 성장이 일어나기를, 그리고 그로 인해 인생이 바뀌기를 기도하면서 그런 엄청난 일을, 거룩하고 신성한 일을 하기 위해 서평을 쓰는 것이라고 했다.

서평쓰기에 관한 이은대 작가님의 강의에서 한마디로 대상을 명중시키는 화살촉처럼 날카롭고 힘차면서도 목표를 향해 정면 돌파해서 목표물을 깨부수어 버리는 강력한 힘이 느껴졌다. 이 강의를 들으면서 내가 얼마나 이기적인 사람인지를 되돌아볼 수 있었다.

나는 대학 시절 시험기간에 내 노트를 빌려달라는 친구들이 얄미웠다. 수업 시간에 내가 온 정신을 모아 집중해서 적어놓은 내 자식 같은 노트를 쉽게 빌려달라고 말할 수 있는 뻔뻔함은 어디서 오는 걸까? 내가 들인 공력을 생각할 때, 빌려주기가 너무 아까웠다. 내가 영혼을 갈아 정리한 노트를 아무 노력 없이 공짜로 거저 얻어가는 거라는 생각이 들어서 얄밉기까지 했다.

이럴 정도로 내가 만든 기록물에 대한 애착이 강하다. 속마음은 빌려주기는 싫었지만 그 친구와 불편한 관계가 되는 것이 싫어서 아무렇지도 않은 듯 마지못해 노트를 빌려주곤 했다. 이런 이기적인 내 마음을 돌아보게 하는 강의였다.

나는 왜 책을 쓰고 싶어 하는 걸까? 이은대 작가님의 강의를 듣고 가만히 생각해 보니 진짜 좋은 책은 나 혼자만 읽고 싶다. 남들보다 내가 더 성장하고 성공해서 독보적인 존재로, 특별한 사람으로 인정받고 싶은 마음이 내면에 있었던 것이다.

책을 쓰는 작가는 특별하고 독보적인 존재라고 생각했기에 그것 때문에 책이 쓰고 싶었다. 그러고 보니 나는 '나'에게 무게중심이 쏠려 있는 사람이다. '내'가 제일 중요하고 '내'가 제일 잘나가고 싶고 '내'가 가장 멋진 모습이고 싶다. 완벽한 '나'를 만들어 남들보다 훨씬 뛰어나고 탁월한 존재가 되고자 하는 마음이 너무 강렬하다. 그래서 내가 얼마나 멋진 사람인지를 뽐내면서 살고 싶었던 것이다.

그 마음의 근원이 나를 향한 것이기에 내가 내 발에 걸려 넘어지듯 삐끗거리며 휘청거렸고 그 휘청거림을 느낄 때마다 불편하고 부끄러웠던 것이다. 정말이지 탁월한 나를 만들고 싶은 마음이 강하면 강할수록 내가 초라하게 느껴졌다. 내 기대치에 미치지 못한 내가 그렇게 부끄럽고 마음에 들지 않았던 것이다. 마치 남의 자식은, 같은 행동을 해도 용서가 되는데 내가 낳은 내 자식은 용서가 안 돼 화가 나는 마음과 같은 것이었다.

내가 나에 대한 집착이 강하면 강할수록 나는 초라하게 느껴졌고 비참했다. 그런데 이은대 작가님은 진정으로 잘나고 뛰어나고 지혜롭게 보일 수 있는 방법의 열쇠를 강의를 통해 알려주셨다. 그 방법은 바로 내가 아닌 남을 그렇게 만들어주라는 것이다.

서평을 그런 마음으로 써야 한다는 것이었다. 누군가가 내가 쓴 서평을 읽고 내가 하는 말을 듣고 내 생각을 통해 인생이 바뀌고 삶이 달라졌을 때 그들의 인생이 한 단계 업그레이드되었을 때, 그때야 비로소 '나'는 독보적인 존재, 특별한 사람이 될 수 있다는 것이다.

지금도 여전히 나는 내가 중요한 사람이다. 어쩌면 남을 향한 배려마저도 결국 나를 위한 것인지 모르겠다. 타인을 위한 배려가 그 사람의 마음을 기쁘게 해서 나를 따뜻하게 대해 주게 하기 때문이다. 이제는, 진짜 남을 위하는 마음을 가지는 습관을 들여야겠다. 그 뒤에 결과적으로 나에 대해 호의가 생기면 감사한 일이지만 그 결과를 염두에 두고 나에게 무게중심을 두고 일을 진행하기보다는, 타인을 위하는 진정 어린 마음에 무게중심을 두고 일을 하자.

내가 그 순간 그 역할에 충실했는가, 얼마나 멋진 나를 마음껏 보여줬는가를 벗어나, 내가 잘되고 싶은 만큼 내가 만나는 학생을, 내가 독서모임으로 함께하는 동료들을, 내 주변의 지인들을 현재 의식에서 삶을 한 단계 업그레이드시키는 데 도움이 되기 위해 마음과 시간을 써야겠다.

단순한 서평쓰기에 대한 강의를 신청했을 뿐인데 내 인생 자체를 어떤 태도로 임해야 할지를 성찰하게 해 준 큰 강의였다. 보다 더 큰 '김현지'를 만나고 싶다는 생각에 이은대 작가님의 강의를 신청했다. 그날의 나의 결정이 얼마나 더 큰 나를 만들게 될지 기대되고 설렌다.

3

나에게 묻다. 대나무 숲 글쓰기

마음속에 큰 포부를 가지고 시작한 책 쓰기는 마음처럼 쉽게 되지 않았다.

이은대 작가님의 1주 차 강의를 듣고 2주 차에 어떤 책을 쓰고 싶은지 그 책의 목적이 무엇인지를 적어서 제출해야 하는데 어떻게 써야 할지 너무 막연하기만 해서 끙끙거리다 결국 제출하지 못했다. 쉬운 일이 아니었다.

책을 쓰고 싶다는 마음만 있다고 해서 되는 일이 아니다. 뭐가 문제일까? 처음 등록했을 때만 해도 그 시간이 방학이라 1, 2월 2달 동안은 수요일 오전에 꾸준히 강의를 들을 수 있었다. 하지만 개학하고 출근하게 되니 글을 쓰는 일은 고사하고 강의를 듣는 것마저도 나에게는 힘겨운 일이 되었다.

수요일 오전, 오후 그리고 토요일 오전 3차례의 수업이 있었는데, 수요일 오전 강의는 출근해야 하니 당연히 들을 수가 없었고 퇴근 후 수요일 오후 강의 때는 강의를 틀어놓고 있으면 아이들이 다가와 숙제를 봐 달라, 물 달라, 배고프다면서 챙겨 달라는 요구 때문에 처음에는 모니터 앞에 앉았다가 아이들 부름에, 어느새 화면을 꺼놓고 아이들 씻기고 숙제 봐주고 하는 상황이 반복되었다.

토요일 7시 강의는, 아이들이 목동으로 학원을 가는 일정이 이미 작년부터 정해서 있어서 오전 8시부터 아이들 깨면 밥 먹이고 차에 태워 운전해서 데려가야겠기에 강의에 집중할 수가 없었다. 처음에는 아이들이 깨는 8시 전, 7시부터 8시까지 1시간은 제대로 책상 앞에서 들었다. 그런데 8시에 깨면 일단 내 정신이 강의에서 빠져나와 아이들 밥 먹이고 챙기는 일에 집중할 수밖에 없다.

중간에 주차장으로 이동해서 아이들 태우고 가는 차 안에서, 처음에는 야심 차게 운전하면서 강의를 듣겠다고 마음먹었다. 그런데 곧 지루해진 우리 딸들이 강의 듣고 있는 내 휴대폰을 가지고 간다. 지들이 듣고 싶은 음악을 검색해서 신나게 노래 부르며 가는데 차 안에서 얼마나 지루할지 알기에 차마 엄마 강의 들어야 한다고 핸드폰을 다시 돌려받을 수가 없다.

8시 이후에는, 틀어놓기는 했어도 내 정신은 아이들에게 있었다. 강의에 집중할 수가 없었다. 이런 상황이 계속 반복되자 결국엔 강의와 멀어지게 되었고 책 쓰기는 먼 나라 이야기가 되어 버렸다. 무엇이 책 쓰기를 못 하게 하는 걸까? 나는 무엇에 대해 책을 쓰고 싶지? 목적은? 누구에게 들려주고 싶은 이야기일까? 머릿속에 온갖 의문들이 떠돌아다니고는 있었지만 하나도 분명한 윤곽을 잡지 못한 채 머릿속에 물음표만 가득한 상태가 계속되었다.

완벽하지 않아서 더 아름다운 것들

그러던 어느 날 블로그에서 '나에게 묻다. 대나무 숲 글쓰기'라는 이름으로 100일 글쓰기를 모집한다는 홍보 글을 보게 되었고 나는 알 수 없는 힘에 이끌려 함께 하겠다는 댓글을 남겼다. 함께 글 쓰는 시간이 새벽 5시부터 6시까지여서 아이들 방해 없이 가능한 시간이어서 바로 신청했다. 나에게 가장 중요한 것은 아이들의 방해가 없는 시간대였다.

알고 보니 이 스터디 방장은 육아가 시작되면서 일을 그만두신 경력단절 전직 KBS 라디오 작가였다. 이분 역시 글쓰기와 방송을 너무 좋아하시는 분이신데 그 당시 5살짜리 딸을 키우면서 그 일을 계속할 수 없어 직장을 그만둘 수밖에 없었다. 자신의 일에 대한 열정이 불쑥불쑥 올라와 강제적으로 글을 쓸 환경설정이 필요했다.

같은 엄마라는 사실, 그리고 글쓰기를 좋아한다는 두 가지 사실만으로도 한마음이 되었고 이분과 함께 쓰는 시간이 즐거웠다. 처음으로 모집하는 글쓰기 스터디라서 일주일에 커피 한 잔 정도를 스터디 신청료로 받으셨다. 사실 처음으로 모집하는 글쓰기 스터디라서 나는 기대가 전혀 없었다. 함께 줌을 열어놓고 글 쓰는 습관을 기르는 스터디로만 생각하고 루틴을 만드는 것에 의미를 두려고 신청했는데 예상을 뒤집었다.

라디오 작가답게 새벽 시간을 충만하게 만들어주는 평온한 음악을 틀어놓고 함께 그날 쓸 주제를 떠올릴 수 있는 간단한 에피소드나 스토리를 감미로운 목소리로 15분 정도 들려주셨다. 이 스토리를 듣고 있으면 머릿속에 과거의 기억들이 하나둘 막 떠오른다. 글을 쓸 동기유발을 위한 시간이다.

그러고 나면 그 주제에 대한 질문을 던져주신다. 질문을 받아 적고는 함께 5분 정도 초집중해서 그 질문에 대한 답을 함께 썼다. 쓰고 나서 5분이

지나면 다음 질문을 또 던져주고 그 질문에 대해 또 5분 정도를 집중해서 쓰는 식으로 진행이 되었다.

질문이 주로 '나'에 관한 비밀스러운 경험과 관련된 것들이 많아서 혼자만 갖고 있던 비밀을 아무도 없다고 생각하는 대나무 숲에서 외치듯, 남에게 말하지 않았던 나의 은밀한 기억들과 경험들을 글로 쏟아낼 수 있었다.

그 과정을 통해 뭔가 그동안 숨겨놓았던 비밀을 폭로하면서 이상하게도 기쁨이 느껴졌다. 마치 지금까지 하지 못했던 것을 몰래 하게 된 성취감이라고 할까? 내 맘속 이야기를 꺼내면서, 조금씩 변화하는 내가 느껴져 기분이 좋았다.

작가님이 직접 만드신 3가지 정도의 질문들은 나의 어린 시절의 기억을 끌어올리는 것에서부터 시작해서, 어떤 특정한 사건 속에서 내 마음이 어떠했는지를 다각도에서 생각할 수 있도록 도와주었다. 음악과 함께 들려오는 작가님의 감미로운 목소리와 그날의 주제에 대한 동기부여 글은 정말이지 라디오 방송을 듣고 있는 듯, 너무 편안했다. 내 기억 저편의 경험들이 머릿속에 마구 떠오르면서 나 자신에 몰입된 상태, 말 그대로 나 자신으로 돌아가게 해 주는 충만한 시간이었다.

새벽에 진행된 이 꿈같은 글쓰기 시간도 녹록지 않았다. 작가님의 딸이 새벽에 깨서 울고 보채는 바람에 글쓰기가 중단되기도 하고 다음 날로 미뤄지기도 해서 작가님의 계획대로 진행하지 못하기 일쑤였다. 나 또한 새벽에 업무적으로 해야 할 일이 있을 때는 나의 유일하게 집중할 수 있는 시간이 새벽밖에 없었기에 글쓰기 시간에 참여하지 못하는 일도 생겼다.

그럼에도 불구하고 우리는 글 쓰는 작가를 욕망하기에 그 새벽에 안 떠지는 눈을 비비고 일어나 작가님이 틀어주는 명상 음악과 던져주는 질문

완벽하지 않아서 더 아름다운 것들

의 바닷속에서 내 속에 숨겨진 차마 남에게 말 못 하고 마음속에만 꼭꼭 담아두었던 내 안의 나를 찾는 시간을 보냈다.

나를 발견하게 하는 질문 중에는 나에게 심오한 깨달음을 준 최진석 교수님의 질문도 있었다. 당신의 욕망을 부추기는 것에는 무엇이 있나요? 이것만큼은 꼭 가져야 한다고 유난히 욕심을 내는 물건이 있다면 무엇인가요? 그 이유는 무엇인가요?

이렇게 작가님께서 던져주시는 질문을 따라 그에 맞는 답을 5분 타이머가 멈추기 전까지 생각하다가 보면 어느새 나 자신 속에 푹 빠져 마음 밑바닥까지 충만한 나를 만난다. 내가 몰랐던 나를 만나는 시간은 너무 행복했다.

아마 이 글쓰기를 신청한 분들이 10명 정도 되었던 것 같은데 그중에서도 매일 새벽 시간에 만나는 분들은 5명이 안 되었던 것 같다. 그날 함께 쓴 글을 나는 웬만하면 블로그에 바로바로 올렸고 내가 쓴 글의 링크를 카톡방에 보내고 피드백을 받았다. 작가님은, 매일 내가 쓴 글을 읽고 나의 성실함에 대해 칭찬을 많이 해 주셨고 글솜씨가 이미 작가라며 인정해 주셔서 이제 시작한 걸음마에 자신감이 많이 붙었다. 아마도 글쓰기 멤버 중에서 내가 제일 부지런히 그리고 열심히 글을 썼던 것 같다.

글쓰기에 대한 내면에 꿈틀대는 욕망을 쏟아내기만 할 수 있도록 멍석을 깔아주시니 그동안 내 안에 방법을 몰라 헤매던 글쓰기의 물줄기가 말 그대로 봇물이 터지듯 콸콸 솟아나는 경험을 했다. 내가 5분 동안 생각해 낸 글이 때로는 스스로도 기대 이상이라 놀라웠고 내 안에 얼마나 하고 싶은 말들이 많았는지 그제야 알았다.

그래서 그 주에 가장 성실하게 글을 쓴 사람에게 부여하는 상을 거의 내가 받았던 것 같다. 그래서 내가 드린 커피 쿠폰이 다시 나에게로 돌아와서 거의 공짜나 다름없는 글쓰기 수업이었지만 이 시간을 통해 함께 글을 쓰는 행위가 내 안의 나를 발견하고 돌아보게 하고 나 자신에 대한 새로운 발견의 성찰을 이끌어 나를 다시 재정립할 수 있도록 도와주는 멋진 도구임을 깨달았다.

한 30일 정도 함께 했다. 그러다 작가님의 따님이 코로나에 걸려 열이 나고 아프고 작가님이 또 셋째가 생기는 바람에 새벽 글쓰기의 여정이 마무리되었다. 약속된 100일을 채우지 못해 너무 아쉽고 안타까웠다. 나에게 질문을 하고 내가 답을 하는 경험은 질문이 주는 강력함을 몸소 느끼게 해 주었고 이 질문이 나를 찾게 해 주는 강력한 도구라는 사실을 깨닫게 해 주었다.

이 새벽의 여정은 나중에 작가님이 다시 평범한 일상으로 돌아오면 다시 열겠다는 약속을 한 채 끝이 났지만 새벽에 함께 자판을 두드리던 그 소리가 그리운 나는, 아직도 신청 대기 중이다.

4

만들어가는 나다움

'나에게 묻다. 대나무 숲 글쓰기'를 통해 책 쓰기는, 마음만 있다고 해서 되는 것이 아니라는 사실을 뼈저리게 깨달았다. 물론 책을 쓰고 싶다는 마음이 있어야 시작이 가능하겠지만 덧셈과 뺄셈을 하지 못하는 사람이 곱셈과 나눗셈을 할 수 없는 이치와 같았다.

일단 나와 직면해서 만나는 시간이 필요했다. 물론 나와 직면하는 글을 아예 안 썼다고 할 수는 없지만 어쩌다 서너 달에 한 번씩 감동 있는 책을 만나 가끔 글을 쓰는 나는, 책을 쓸 정도의 내공을 갖춘 것이 아니었다.

책을 쓰려면 그전에 글쓰기 습관이 어느 정도는 잡혀 있어야, 그리고 써 놓은 여러 편의 글들이 있어야 가능했다. 마치 이제 걸음마를 배워야 하는, 걷지도 못한 아이가 마라톤에 참여하겠다는 것처럼 하룻강아지 범 무서운 줄 모르고 책 쓰기를 하겠다고 덤빈 격이다. 그래서 무력감을 많이 느꼈다.

예비 작가 카톡방에는 하루가 멀다고 출간하는 작가님들의 축하 글들이 올라왔다. 저 작가님들은 되는데, 나는 왜 글쓰기가 안 되지? 뭐가 문제일까? 계속 질문했다. 고민하는 와중에 다행히 30일 동안, 대나무 숲 글쓰기를 통해, 내 안에 있는 나와 만나고 나를 직면하는 경험을 쌓을 수 있었다. 이 과정을 통해 내가 가지고 있는 완벽해야 한다는 환상이, 나를 얼마나 가로막고 있는지, 나의 성장을 방해하고 있는지 다시 한번 더 제대로 볼 수 있었다.

덕분에 하나 더 얻은 것이 있다면 새벽에 글을 꾸준히 쓰는 습관을 만들게 된 점이다. 지금 쓰고 있는 이 책의 각 챕터들은, 나에게 묻는 새벽 글쓰기 시간에 적었던 글들을 모티브로 다시 쓴 글들이 대부분이다. 책을 쓸 정도가 되려면 이미 써놓은 글들이 있어야 한다. 습작으로 적어놓은 글들을 재료 삼아 비벼야만 제대로 된 한 권의 책이라는 비빔밥이 만들어질 수 있다.

나에게 묻는 시간은 비빌 재료를 만드는 시간이 되어 주었던 것이다. 권민의 『자기다움』 책에 보면, 새벽 시간을, 자신이 생각하는 단어를 재정의하는 시간으로 활용하라는 부분이 있다. 매일 새벽마다 진행한 '나에게 묻다' 시간을 통해, 내 마음속에 아로새겨져 있는 '완벽'이라는 단어의 의미를 제대로 들여다볼 수 있었다.

똑똑하고 멋져 보이는 나를 만들어 남들이 우러러보고 감탄하는 내가 되고 싶다는 뜻을 가진 단어였다. 내가 사용하는 '완벽'이라는 단어 내면에는 이기심, 탐욕, 위선, 우월감들이 꽉 차 있었다. 그 단어 속에 들어 있는 내용물을 내 눈으로 분명하게 확인했다. 완벽함을 뽐내고 나를 드러내기 위한 장식품으로 책을 쓰고자 했던 것이다. 이 사실을 깨달았을 때 참 부끄러웠다.

내가 사용하고 있었던 완벽이라는 것은 말 그대로 완벽한 허상이었다. 완벽이라는 허상이 제일 싫어하는 말이 평가가 아닐까 싶다. '결점이 없다'는 뜻을 가진 완벽이라는 단어는, 스스로 완벽하다는 착각을 일으켜 결점 없는 상태 유지를 최고의 가치로 보고 있다. 그래서 자신과 직면하기를 두려워하고 누군가에게 나의 모습을 보여주는 것에 거부감이 있었나 보다.

누가 '너는 이런 문제점이 있어'라는 말은 곧, '너는 더 이상 완벽하지 않아'라는 말로 들려서 듣기가 괴로웠다. 내가 설정한 목표에 대한 누군가의 간섭이나 평가를 싫어했다. 평가를 통해 수정 보완하고자 하는 마음이 없으니 잘했다는 우월감이 아니면 자책으로 갈 수밖에 없는 상태였다.

결과로서의 완벽함보다 과정에서 나를 고치고 다듬고자 하는 태도가 중요한 것인데 완벽함이라는 프레임에 갇힌 나는, 인생에서 진짜 중요한 것이 무엇인지를 보지 못했다. 나라는 존재는 만들어가야 하는 존재인데 이미 완성된 완벽한 존재라고 생각하고는, 내가 가진 것, 이미 내 안에 있는 것만을 뽐내고 싶어 했다. 그런데 사실 내 안에 뽐낼 만한 그 무엇이 없음을 '나에게 묻다. 대나무 숲 글쓰기'를 통해 제대로 알게 되었다.

이런 허탈감에 빠져 있을 때, 권민의 『자기다움』을 만났다. 다행히 이분도 수년 동안 '자기다움'이 무엇인지를 질문하고 그 끝에 자신에게 답이 없다는 결론을 만났다고 한다. 오히려 부족함과 위선만 깨달았다고 했다. 너무나 공감했고 나만 그런 것이 아니라는 점에서 큰 위로를 받았다.

이 책에서 새롭게 배운 것은 '자기다움'이라는 것은, 되고 싶은 나를 스스로 만들어가야 한다는 사실이다. 그동안 '자기다움'이란 남에게 없는 나만이 가지고 있는 특별함을 찾아내는 것이라고 생각하고 나만의 스타일은 무엇인지 내 안에 있는 특별함을 찾으려고 애를 써왔다. 그런데 이 책에서는 내가 전혀 생각지도 못한 새로운 개념을 던져주었다. '되고 싶은 나를 만들어가라' 멋진 말이다. 고치고 싶은 내 모습을 정리해 보고 수술해 가듯 자기다움을 자신이 원하는 '나다움'으로 장착해 가라고 했다.

나의 부족한 점들을 기록해 보았다. 끝까지 해내는 끈기가 부족한 점, 생각이 너무 많아서 실행이 느린 점, 타인에 대해 갖고 있는 피해의식 등…….

어린 시절, 내가 하고 싶은 대로 하지 못하고 늘 타인에 이끌려 살다 보니 타인은 그들의 일에 나를 이용하려고 한다는 피해의식이 내 안에 뿌리 깊게 박혀 있음을 알게 되었다. 나에게 가장 잘해 주는 사람들일수록 더 그렇다고 생각했다. 엄마 역시도 내가 하고 싶은 대로 하도록 두지 않고 늘 내가 당신의 뜻대로 해 주기를 바랐기에 어느 누구도 나를, 있는 그대로의 모습으로 인정해 준 사람이 없었다는 원망이 늘 있었다.

타인에게 맞춰줘서 사랑받기보다 나라서 나 자체를 좋아해 주길 간절히 바랐다. 먼지처럼 작은 의도도 느껴지는 투명한 존재라 그 작은 의도에서조차 상처받았다. 그리고 어린 시절 나와 가장 친했던 친구들 역시 나를 인정해 주고 존중해 주기보다 그녀가 하고 싶은 대로 끌고 다녔다는 생각에, 사람이란 다 이기적인 존재라고 생각해 왔다. 이용당하지 않기 위해 긴장하고 경계하고 있는 나를 만났다.

그래서 사람을 만나면 늘 피곤했나 보다. 처음에는 나를 배려해 주는 위하는 마음으로 다가오긴 해도 결국 친해지면 자신의 관점을 강요하고 자신의 세계에 나를 넣어서 그들의 틀에 맞지 않으면, 즉 그들의 입맛에 맞는 행동을 하지 않으면, 나란 존재는 여러 번 무시받고 배척당했다.

처음부터 나를 자신의 틀에 맞는 존재라 착각했기에 좋아한 것이지 사실 그가 생각한 것과 다른, 역동적이고 호기심 많고 늘 변화하는 존재라는 것을 알게 되면 어느새 거리가 멀어지는 것이 어쩌면 너무 당연한 일인지도 모르겠다.

그들의 틀에 맞는 존재일 것이라 착각하고 있을 때는 정말 너무나도 따뜻하게 나를 대한다. 그러다가 나의 본질을 알게 되면 어느새 거리가 생기고 그 공간에는 차가움이 깃들게 된다. 자신의 틀에 맞지 않더라도 나라는 존재 그 자체로 인정받고 존중받고 싶은데 그런 존중을 받아본 경험이 없다 보니 결국은 버림받을 것이라는 생각이 들고, 상처받을 것만 같다.

그런 이유로 타인과 심적으로 가까워지는 것이 두렵다. 이 두려움은 처음부터 타인과의 거리를 두게 하고 은연중에 거부감을 표현한다. 그렇다면 거꾸로 나는, 타인의 존재 자체를 인정하고 존중하는가?

나를 좋아한다고 생각한 동료가 있다. 어느 날 함께 모임을 하고 있었는데, 우연히 나만 빼고 그들끼리만 만나고 있다는 사실을 알게 되었다. 처음에는 이 말을 듣고 나한테 같이 가자고 한번 물어보지도 않았다는 사실에 섭섭했다. '우리 이 정도밖에 안 되는 사이였나?'라는 생각이 불쑥 올라왔다. 그러다가 내가 그들에게 불편함을 줬던 모양이다.

나도 사실 그에게 약간의 불편한 마음이 있다. 그녀는 여행 다니고 함께 노는 것을 좋아하는 성향이 있는데 나는 그 시간이 아깝고 나를 키우는 나만의 시간이 필요했기 때문에 자주 거절했다. 바로 이 부분에서 그녀 역시 불편함을 느꼈나 보다. 충분히 그럴 수 있다. 이해된다. 그래도 나에게 시간이 되는지 한번 물어는 볼 수 있었는데 아예 처음부터 나를 제외시켰다는 사실이 좀 섭섭하긴 하다.

하지만 여기서 섭섭한 마음에 그녀를 배척하면 나 역시 결국 예전에 나를 자기 말을 안 듣는다고 혼내던 엄마나, 하기 싫은 나를 결국 자기 하고 싶은 대로 끌고 가서 내 마음에 상처를 준 그 친구와 똑같은 인격인 것이다. 그토록 싫다고 말하면서 나 역시 같은 종류의 사고방식을 갖고 있었던 것이다.

이제는 나를 새롭게 만들어가자. 그녀의 성향을 존중해 주고 인정해 주자. 예전과 변함없는 마음으로 그녀의 존재를 받아주자고 마음먹었다. 내가 마음을 바꿔먹었으니 그들과 다른 나의 성향까지 포용해 주고 받아들여 줄 수 있는 진심으로 아껴주는 새로운 인연들이 만나지겠지.

새벽에 자기다움을 결정하고 그날 오후에 실천하고, 저녁에는 감사의 마음으로 내가 생각한 자기다움이 실천되었는지를 반성하는 의식을 오늘부터 가져야겠다. '만들어가는 나' 너무 멋진 발상이다.

이렇게 글쓰기는 나의 모습을 객관적으로 보게 하고 새로운 가치를 가지게 만들어주는 힘을 가지고 있다. 이렇게 오늘 새벽 나에게 묻는 시간을 가짐으로써, 지금의 나를 만나고 새로운 가치를 불어넣을 수 있는 힘을 얻었다. 이제는 타인이 물어주지 않아도 나 스스로 질문해서 나의 가치로 나를 만들고 새로운 나를 창조할 수 있는 진정한 나다움을 만들어가는 힘이 생긴 듯하다.

완벽하지 않아서 더 아름다운 것들

5

도덕경 필사

타인의 존재 자체를 있는 그대로 이해하고 받아들여야겠다는 생각은 이상하게 깊은 외로움을 느끼게 했다. 이 깊은 고독감과 외로움의 존재는 무엇일까?

그동안 익숙했었던 동료들의 따뜻한 배려, 함께한 마음, 고마웠던 순간들이 한꺼번에 썰물처럼 쑥 쓸려 나간 느낌이랄까? 내가 한 번도 겪어보지 못한 새로운 에너지가 밀려오고 있기 때문일까? 그러고 보면 나는 너무 많은 배려와 이해를 받아왔다는 생각이 든다. 어쩌면 내가 너무 받아오기만 해서 감사한 줄을 모른 것이었을까? 그래서 나를 알아달라고 지금 투정을 부리고 있는 것은 아닌지…….

어제 아침 그동안 해 왔던 도덕경 필사가 마무리되었다. 작년 2021년 11월 3일 시작한 도덕경 한글 필사를 22년 1월 5일경 한차례 끝냈다. 도덕경 필사는 최진석 교수님의 『인간이 그리는 무늬』라는 책에서 자연의 입장에서 바라본 개인의 독자성에 대한 긍정적인 평가가 너무나 신선해서 더 자세히 알고 싶어 시작한 것이다.

도덕경을 통해 최진석 교수님의 철학을 피력하는 부분이 너무나 멋지게 와 닿아서 『도덕경』을 맨얼굴로 만나고 싶다는 생각을 했다. 최진석 교수님의 『나 홀로 읽는 도덕경』을 사서 그 책의 한글 부분을 필사하면서 나의 느낀 점과 그날의 깨달은 것들을 기록하기 시작했다.

필사를 하면 할수록 개개인의 독자성을 살리고 개성을 발휘하게 하는 것이 전체를 더욱 건강하게 하고 발전시키는 방법이라는 노자의 철학에 더더욱 빠져들게 되었다. 그 과정을 인스타에 올렸다. 너무 좋아서 누군가와 나누고 싶었기 때문이다.

매일 내가 올리는 필사를 읽고 좋아요를 해 주시던 인스타의 팔로워분이 '도덕경'을 해석해서 책으로 출판하신 바이즈 작가님과 연결시켜 주셨다. 너무나 반가웠던 나는 『나를 잃어버려도 괜찮아』의 저자인 바이즈 작가의 책을 당장 구입했고 그 책도 같이 읽으면서 한글 필사를 이어갔다. 같은 도덕경을 해석했음에도 최진석 교수님의 도덕경과 관점이 많이 달랐다.

바이즈 작가는 진정한 자아는 무아의 발현이라는 '나'란 존재는 결국 편견과 아집으로 이루어져 있을 수도 있으니 이런 '나'를 버리고 무아가 되는 것이 진정한 나를 찾는 것이라는 관점으로, 주로 개개인의 자아성찰 측면에서 생각을 이어가셨다면, 최진석 교수님은 노자가 이 책을 구성하게 된 목적인 군주가 나라를 다스릴 때 어떤 관점으로 세상을 이해하고 보아야 하는가 하는 관점에 무게중심이 실려 있었다. 다소 개인의 내면적인 성찰과 그 부분을 인정하는 것이 전체 사회에 어떤 영향을 미치는지, 즉 외부적인 관점으로 글을 이어가고 있었다.

즉 식물들 하나하나의 독자성을 인정하고 잘 발현할 수 있도록 도와주는 것이, 자연이라는 보다 큰 차원에서 보았을 때 숲이 더 건강하고 전체의 성장과 발전을 이어갈 수 있다는 관점이었다. 이런 관점을 자유 민주주의와 연결해서 설명하셨다. 관념적이거나 다소 경색된 정치색을 강요한다는 것, 세뇌와 선동으로 사람들의 생각을 같은 색깔로 만들어가는 교조주의적 사상의 위험성을 경고하고 그 경색된 분위기를 만들기 위해 내 편과 네 편을 가르는 태도를 경계했다. 이러한 태도가 전체적인 관점에서 세상의 발전을 얼마나 퇴보하게 만드는지 전체 사회의 건강성을 어떻게 해치는지를 깨닫게 해 주셨다.

이 책을 읽으면서 언론을 통해 어떤 분위기가 만들어지고 선동하게 되는 과정들이 내 눈에도 조금씩 들어왔다. 거창하게 들리지만 건강하고 함께 성장하는 사회를 만드는 것, 그 시작은 개개인 각각의 독자성과 개성을 인정하고 잘 발현하도록 도와주는 것에서 출발한다.

기시미 이치로의 『불안의 철학』이라는 책에서 보면, 분노와 증오에 대해 구별을 한다. 분노는 정의감에서 나올 수 있기에 다소 긍정적으로 파악하고 필요한 감정이라고 했다. 분노로 인해 사회의 긍정성을 찾을 수 있기 때문이다.

그러나 증오는, 개개인을 보지 못하고 '○○인'이라는 추상화된 이미지로, 더구나 잘못 추상화된 국가의 이미지를 머릿속에서 제멋대로 만들어내고서는 증오한다. 전쟁이나 괴롭힘, 또는 차별을 없애기 위해 할 수 있는 일은 개개인을 보는 것이다. 전쟁에서는 개인을 보지 않는다. 개개인이 얼굴을 보이면 원자폭탄을 투여할 수 없다. 미사일도 발사하지 못한다.

전쟁이나 괴롭힘, 또는 차별을 없애기 위해 할 수 있는 일은 개개인의 구체적인 삶의 모습을 보는 것이다. 대상이 분명하지 않은 추상화된 개념으로 '○○인'은 특정 대상이 아니기에 잔인하게 굴 수 있다. 최진석 교수가 말한 '관념적이거나 다소 경색된 정치색으로 선동하는 것이 가능한 것'이 추상적인 이미지이기 때문이다.

여기에 구체성이 빠져 있고 전체를 하나로 보기 때문에 증오가 증폭될 수 있다. 구체적 특성에 주목하면 이 전체성은 바람 빠진 풍선처럼 의미가 없어진다. 이런 점이 개개인의 건강성에 주목하는 도덕경의 내용과 일맥상통한다.

1년 가까이 도덕경을 필사하면서 두 분의 철학이 가랑비에 옷 젖듯이 서서히 나에게 흡수되었고 내가 세상을 보는 하나의 관점을 이루는 데 큰 도움을 받았다. 이렇게 두 분의 책을 읽으며 도덕경을 한글로 필사하는 과정에서 두 분 작가처럼 나도 도덕경의 한문 부분을 읽고 나만의 철학과 색깔을 찾고 싶다는 생각이 들었다. 그리고 나는 어떤 철학을 갖게 될지 궁금했다.

사실 1차 한글 필사가 끝나는 시점에서 1년을 필사했지만 여전히 잘 모른다는 생각이 들어 아쉬웠다. 그래서 이번에는 2차로 한문으로 필사해보자는 마음을 먹었다. 그래서 2022년 1월 7일 다시 도덕경 한문 필사를 시작했다. 한문을 네이버 한자 사전에서 찾아서 내가 직접 해석하는 것이 쉬운 일이 아니었다.

바이즈 작가는 한문 한 글자의 해석이 될 때까지 며칠이고 두고두고 고민하고 또 고민하면서 책을 썼다고 했다. 거의 4년을 고민하고 성찰한 결과 도덕경을 주제로 한 『나를 잃어버려도 괜찮아』라는 책이 한 권으로 탄

생했다는 말씀을 하시며 중간중간 어려운 한자 해석에 숨 막혀 힘들어하
는 나를 인스타 댓글을 통해 격려해 주셨다.

나는 그 경지에 미치지 못했다. 며칠 한자 해석에 시간을 뺏기다가 그
시간이 아깝다는 생각이 들었고 빨리 그 의미가 알고 싶었다. 그래서 작가
님들의 해석을 힐끗힐끗 훔쳐보면서 한문 필사를 이어나갔고 그 과정에서
우연히 교보문고에 들러 발견한 중국 고전의 대가라는 장치정 교수의 『도
덕경 완전해석』이라는 벽돌 책을 구해 한문 필사에 도움을 받았다.

시간이 없다는 핑계로 나중에는 그냥 베껴 썼다. 베껴 쓰면서도 그 시간
이 아깝지 않은 것이 도덕경 한 장 한 장의 내용이, 마치 빛나는 보석처럼,
삶을 어떻게 살아야 하는지를 일깨워주는 귀한 내용이 많았기 때문이다.
처음 한문 필사를 시작할 때와 마찬가지로 도덕경이라는 고전에 비친 내
모습과 나의 철학을 찾는 것에는 실패했지만, 그럼에도 불구하고 또 한
번 더 도덕경 한문 필사를 마쳤다는 그 사실만으로 나에게 박수를 쳐주
고 싶다.

어제 도덕경의 마지막 장인 81장의 내용이 마음에 무한한 감동의 파동
을 일으켰다. 바로 이 구절이다.

> 既以爲人(기이위인) 己愈有(기유유)
> 본래 남에게 베풀면서 자기가 더욱 가지게 된다.
> 既以與人(기이여인) 己愈多(기유다)
> 본래 남에게 모두 주어도 나는 더욱 많아진다.
> 天地道(천지도) 利而不害(이이불해)
> 천지의 도는 이롭게 하고 해하지 않는다.

聖人之道(성인지도) 爲而不爭(위이부쟁)
성인의 도는 베풀 뿐 다투지 않는다.

남에게 주면 내 것이 없어지는 것이 아니라 내 것이 더 많아진다는 도덕경의 구절처럼 지금까지의 보호받고 인정받고 도움을 받는 것에 익숙한 나와 이별할 시점이 온 것 같다. 이제는 내가 남을 보호해 주고 인정해 주고 도움을 주려는 삶을 살자는 마음을 먹으며 기존의 나를 보내는 것에 섭섭해하는 나에게, 도덕경의 노자는 이렇게 말해 주고 있다.

괜찮다. 베풀어라. 네가 베풀면 니 것이 없어지는 것이 아니라 더 많아지는 것이란다. 믿기지는 않겠지만 한번 해 보렴. 그러면 베풀 때 네가 더 풍부해지는 경험을 하게 될 거야. 타인이 너를 배척하는 그 부분까지 인정해 주고 받아들이는, 남을 있는 그대로 존중해 주는 태도가 너의 삶을 어떻게 변화시킬지 나도 기대가 되는구나. 지금까지의 너의 모습과 달리 진정으로 옳다고 여기고 살아보고 싶은 나. 되고 싶은 나로 한번 살아보렴. 앞으로 만들어갈 너의 모습이 너무 기대되는구나.

명심하렴. 주면 줄수록 너는 더 풍부해진단다.

완벽하지 않아서 더 아름다운 것들

6

있는 그대로 인정하기 - 긍정

아침 출근 시간, 정신이 하나도 없다. 초등학교 3학년인 쌍둥이 두 딸에게 잔소리를 퍼붓는다.

"미치겠네. 지금 뭐 하는 짓이야? 엄마가 양치하라고 했지?"

"알았어! 양치하면 되잖아!"

"야! 너 지금 뭐 하는 거야! 벌써 세 번째 말하잖아! 만화책 전부 다 찢어버린다!"

"안 돼! 지금 막 주인공이 시간여행 떠나려고 한단 말이야!"

"지랄하고 있다, 아주. 시간여행 같은 소리 하고 있네! 너희 진짜 죽을래?"

"알았어! 지금 양치하러 가잖아!"

"빨리하라고! 아우, 진짜! 이빨 다 뽑아버리기 전에!"

양치하러 가면서도 엄마가 가면 읽은 부분에서 다시 이어서 읽으려고

책을 덮지 않고 바닥에 뒤집어 놓는 딸을 보며

"오늘도 7시 50분까지 준비 안 하면 니들끼리 걸어가. 엄마 바빠서 차 못 태워줘."

매일매일 반복되는 아침 풍경이다. 도대체 이 바쁜 시간에 왜 만화책을 들고 있는지 나로서는 도저히 이해 불가다.

집에 돌아왔다. 몸이 너무 피곤하다. 이제 겨우 해야 할 일을 마치고 바로 누워 자고 싶다는 생각뿐이다. 오늘은 좀 일찍 자야지…… 하고 안방에 들어갔더니 훌라후프 두 개랑 공 세 개가 뒹굴고 여기저기에 흩어져 있는 만화책들, 아무렇게나 던져놓은 아이들의 옷가지들, 특히 뒤로 뒤집혀 나뒹굴고 있는 양말 두 짝을 본 순간 속에서 불덩이가 솟구친다.

"야! 엄마가 자기 전에 정리해 놓으라고 했지? 이게 뭐야?"

밤이 되면 몸이 더 피곤해서 나의 목소리는 한 톤 더 높다. 사실 여러 번 얘기해도 늘 바뀌지 않는 딸들이 얄밉기까지 하다. 그래서 있는 힘껏 고함을 지르며

"다 정리해 놔! 안 그러면 이 방에서 엄마랑 같이 못 자."

협박을 하면 그제야 울면서 우리 딸들이 정리하겠다고 일어나서 치우고 있다. 나 역시 피곤한 몸을 이끌고 이것들을 정리해야 한다는 생각에 억울함이 밀려온다. 이 역시 매일 반복되는 일상이다.

이러고 나면 나도 마음이 안 좋다. 나는 왜 이렇게 화를 내는 걸까? 애들은 왜 이렇게 내 말을 안 들어주는 걸까? 화를 내지 않고 이 문제를 해결할 수는 없을까? 정리를 대충 마치고 온 우리 딸이 옆에서 속삭인다.

"나는 엄마가 너무 좋은데 또 너무 무서워."

이 말을 듣는 순간 너무 아이에게 미안하다. 어느 정도 화가 누그러진

완벽하지 않아서 더 아름다운 것들

나는 그래도 너무 피곤해서

"그래 알았어. 엄마는 왜 자꾸 화를 낼까? 일단 자자. 엄마는 밤에 바로 자고 싶은데 이렇게 엉망으로 되어 있음 너무 화가 나. 엄마 지금 너무 피곤해서 말할 힘도 없어."

그리고 다음 날 아침에 곤히 잠자고 있는 딸을 보면 왜 그랬을까? 후회한다. 너무 미안하다. 눈에 넣어도 안 아플 것 같은 사랑스러운 딸인데 나는 왜 자꾸 딸에게 화를 내고 후회하기를 반복하는 것일까? 내 입장에서는 미리미리 준비하지 않고 만화책을 보고 있다가 출근 직전 집의 현관문을 열고 나가는 순간 필통이 없다고 찾아내라고 하는 딸을 도저히 용납할 수가 없다. 그때는 화가 머리끝까지 난다.

나는 불교 신자이면서 뇌과학자인 박문호 박사님의 유튜브 강의를 종종 듣는다. 불교의 철학을 과학적으로 증명해 내는 박사님의 강의가 너무 재미있어서 한번 이분의 유튜브를 접한 순간부터 종종 출퇴근길에 운전하면서 이분의 영상을 틀어 듣는다. 이날도 이 박사님의 마크 브래킷의 『감정의 발견』이라는 책에 대한 강의를 들으며 출근하고 있는데 이런 말씀을 하셨다.

있는 그대로 받아들이는 것, 이것이 서양철학의 위대함의 시작입니다. 해석이나 평가나 당위나 철학이 빠진, 있는 그대로를 받아들여야 발전합니다. 인류역사상 제일 나중에 나온 것이 기술적 사고 아주 지루한 사고입니다. 이것이 바로 프랜시스 베이컨의 경험주의에서 시작해서 갈릴레오 갈릴레이의 사고를 거쳐 과학적 혁명을 일으킨 사고방식입니다. 여기에는 철학이 없습니다. 철학을 빼고 단순하게 있는 사실 그대로를 '쟀'기 때문에 종교를 벗어나 우리는 우주까지 나갈 수 있었습니다. 그것의 핵심은 그냥 잰다는 것입니다. management한다는 것입니다.

아인슈타인의 위대함은 딱 하나밖에 없습니다. 아인슈타인은 시간과 공간을 철학적으로 사고하지 않았기 때문에 위대했던 것입니다. 시간? 시계로 잰 것, 공간? 자로 잰 것, 이 이상도 이하도 없었습니다. 끝입니다. 이것이 바로 기술적 사고 기계론적 사고이고 이렇게 철학을 빼고 종교를 뺐기 때문에 인간은 우주로 나가게 됩니다. 지금 현재의 사고의 흐름에는 철학적 사고는 없습니다. 철학을 빼고 그냥 쟀기 때문에 우리의 발전이 가능했던 것입니다.

아…… 있는 그대로를 인정하고 기꺼이 받아들여라. 나에게는 이렇게 들렸다.

즉, 자연의 법칙을 신비적 믿음으로 대체하지 않고 자연 세계를 있는 그대로 받아들였기에 지금의 발전이 가능했다는 말이다. '아! 그렇구나, 있는 그대로 받아들인다는 것이 이렇게 위대한 것이구나. 이것이 나의 내면에도 적용되지 않을까?' 아이의 현재 상태를 있는 그대로 보고 본성을 인정하기보다, 이런 상황에서는 특정한 행동을 해야 바람직하다는, 나만의 당위로 아이를 보기 때문에 화가 난 것이다. 아이의 본성과 감정을 무시하고 내가 이러이러해야 한다는 당위에 젖어 아이를 보고 있기 때문에, 즉 정해 놓은 기준과 맞지 않다는 생각이 들어서 수용하기 힘들었다.

우리 딸의 본성을 있는 그대로 파악해 본다면, 즉 시간에 대한 개념이 없고 순간순간에 집중해서 그전에 엄마가 말한 것 따위는 생각도 나지 않는 아이라는 사실을 인정하고 나면 다짜고짜 화를 내기보다는 아이에 맞게 지도할 수 있을 것 같다는 생각이 들었다. 나와 다른 딸의 성격이나 본성을 있는 그대로 받아들이는 그 선에서 시작하면 훨씬 편안한 집이 될 것

완벽하지 않아서 더 아름다운 것들

같다는 생각이 들어서 딸을 가만히 관찰했다.

내가 생각하는 아침 시간은 지각하지 않도록 최대한 빨리 준비해야 하는 시간이다. 당연히 딸들도 그렇게 생각하고 있다고 여기고 있는데 이것부터가 나의 판단 착오였다. 아침 시간에는 출근 준비나 등교 준비를 빨리해야 한다는 사실보다 우리 딸들에게는, 현재의 느낌과 재미가 더 중요하다. 그래서 학교 가다가도 예쁜 꽃을 보면 한참을 쳐다보고 사진 찍으며 세월 가는 줄 모르고 놀고 있다.

현재를 사는 아이들이기에 아침마다 일찍 가야 한다는 사실이 잘 와 닿지 않고, 알지만 순간순간 잊어버리는 것이다. 한편 생각해 보니 사랑스럽기도 하다. 이렇게 있는 그대로 아이의 상태를 이해하니 왜 같은 상황이 반복되는지 수긍이 갔다. 있는 그대로 인정하기가 모든 이해의 출발이다.

만화책이 너무 재미있어서 놓고 싶지 않은 네 마음은 이해한다. 하지만 이 시간은 밥을 먹고 옷을 입고 책가방을 챙겨서 시간에 맞춰서 학교에 가는 것이 더 중요한 일이란다. 이것을 우선순위라고 하는데 우리가 남과 함께 살아가려면 이 우선순위에 맞게 행동을 조절해야 하는 거란다.

그러고 보니 이제 사회를 알고 배워가야 하는데 이미 사회생활에 몇십 년을 젖어 당연하게 살아온 나처럼 똑같이 해야 한다고 생각하고 있었다. 그래서 아이들도 당연히 알고 있을 거라고 착각하고 있었던 것이다. 아이들에게 친절하게 가르쳐주지 못했구나. 결국 엄마 잘못이었네.

엄마 품을 벗어나 세상과 사회와 만나게 되는 첫발의 의미를 하나하나 가르쳐주는 친절한 엄마가 되어야겠다는 생각이 들었다. 가르쳐주지도 않아 놓고 왜 모르냐고, 왜 눈치껏 못 하냐고 화를 내는 꼰대가 되지 말고 차분히 아이를 살펴 안내해 주는 친절한 엄마가 되어야겠다.

있는 그대로의 상태를 인정하고 받아들임으로써 보다 편안하고 풍요롭고 충만한 삶을 살아갈 수 있을 것 같은 기대가 생긴다. 완벽하지 않다는 나의 부족함을 인정했기 때문에 딸들을 보다 객관적으로 바라볼 수 있었고 이렇게 관찰함으로써 나와 다른 아이의 사랑스러움을 발견하는 신선한 시간이 될 수 있었다.

완벽하지 않아서 더 아름다운 것들

있는 그대로 인정하기 - 경청

어제 있었던 일이다. 수업 시간에 아예 시작할 때부터 두 팔을 책상 위에 겹쳐 올려놓고 쿠션 삼아 머리를 처박고는 잠잘 준비를 한다. 이 친구가 눈에 거슬린 나는 아이의 잠도 깨우고 수업에 참여시키기 위해 아이를 불러 칠판에 문제를 풀게 했다.

4명 정도 불러서 나오게 했는데 이 친구는 단골이다. 이 친구가 앞에 나와서는 갑자기 돌발 행동을 했다. 칠판에 낙서하는 것이 아닌가? 그러고 나서는 답을 보고 적어야 하는 문제인데 글씨가 쓰기 귀찮다는 듯이 성의 없는 태도로 본문에 쓰여 있는 글자에 동그라미를 쳐서 답안을 적어야 하는 칸으로 화살표로 찍 연결시키는 모습은, 내가 그 자리에 서 있기가 불편할 정도로 불손했다.

어라? 뭐지? 그 칠판에 낙서는? 마음이 불편해서 당장이라도 야단치며 따지고 싶었지만 이런 문제를 오래 잡고 왈가왈부하는 것이 그다지 도움이 안 된다는 사실을 아는 나는, 낙서를 가리키면서 차분히 말했다.

"왜 이걸 그렸니? 이 신성한 수업 시간에?"

그 정도로만 언급하고 칠판지우개로 지운 후 나중에 따로 얘기해야겠다고 생각하고 수업을 이어갔다.

이 낙서한 친구 인혁이는 남학생 중에서 힘이 세고 매우 강한 아이다. 봄에 있었던 체육대회에서 우리 반이 3등을 하게 된 것도 이 친구의 괴력이 한몫했다. 우리 반에 이런 막강한 힘을 가진 남학생이 이 친구 포함 2명인데 이 2명이 앞뒤에 서서 줄을 당기면 상대편 학급 학생들이 맥을 못 추고 질질 끌려오기 일쑤였다.

연속해서 줄다리기에 온 힘을 다 쏟는 바람에 두 친구 다 발목에 부상이 생겼고 결승에서는 다리 부상으로 힘을 쓸 수 없어서 결국 졌다. 비록 결승전에서 우승하지는 못했지만 체육대회를 통해 이 친구의 저력을 발견했다. 힘이 세고 운동신경이 좋은 아이였던 것이다. 평상시 장난도 많이 친다.

그런데 어떤 아이가 인혁이가 자기를 괴롭힌다고 자주 제보했고 그래서 불러다 물어보았다. 얘기를 해 보니 인혁이에게 나름대로 납득할 만한 이유가 있어서 딱히 야단치기도 애매한 상황이 많았다. 그래서 나는 단지 그 친구가 힘들어하니 아무리 그 친구의 말이 마음에 안 들어도 굳이 신경 쓰지 말고 반응하지 않는 것이 좋겠다는 말을 전하는 것이 전부였다.

사실 제보한 아이보다 인혁이의 말이 더 설득력이 있고 현실적으로 들렸던 것이 사실이다. 그런데 나의 조언이, 아이들에게는 비현실적인 이상적이기만 한 조언일 수 있다. 한참 타인의 반응에 예민하고 그것에 목숨을 거는 청소년기 혈기왕성한 남학생에게 무반응이라니 그래도 달리 다른 방

완벽하지 않아서 더 아름다운 것들

법이 없어서 이것을 지켜주기만을 바랐다.

내가 조언을 하면 며칠 괜찮았다. 그러다가 3일 후 제보한 친구가 반복된 상황을 또 제보해 왔다. 그러면 또 인혁이를 불러서 이야기해야 하는 비슷한 패턴이 반복되는 것이 짜증스러웠다. 인혁이의 태도에 변화가 있어 이 문제가 해결되기를 바랐는데 고쳐지지 않았기에 같은 상황이 계속 반복되고 있었던 것이다. 사실 제보한 학생이 타인에게 공감하는 능력이 부족해서 다소 맥락 없는 돌발적인 행동을 했고 원인을 제공한 부분이 분명히 있었다. 그래서 제보한 학생에게도 원인이 있다는 부분을 계속 언급해 주면서 주의를 줬다. 그러면서 서로 조심할 것을 당부했다.

그런데 습관적인 돌발 행동이 잘 고쳐지지 않았고 그러다 보니 인혁이는 며칠은 선생님 말씀을 듣고 참고 있다가 자제력이 떨어지는 시점에 오면 또 예전의 방식대로 언어폭력을 날리거나 마음속으로 미운 마음을 어떻게든 표출했다. 그것이 괴로운, 당하는 아이는 나에게 또 고자질을 했다. 다시 이야기를 들어보니 또 타당한 이유가 있었고 나는 그것을 들어주고는 다시 한번 더 상대하지 말고 그 아이의 행동에 개입하지 말라고 당부하고 교과 선생님들께는 이 두 아이를 조별활동 시 한 조에 묶지 말아달라고 부탁했다.

이때 이후로 인혁이의 행동 하나하나가 눈에 거슬렸다. 며칠째 계속 지각하는 것, 수업 시간에 잠자는 것, 실내외화 구분하지 않고 신는 것 등 자꾸만 잔소리하게 되었고 계속된 잔소리에도 행동을 바꾸지 않는 이 친구를 어떻게 해야 할지 모르겠다는 생각이 들었다.

나는 내가 코칭에서 배운 기법으로 질문을 통해서 일시적으로는 이 친구에게 원하는 답을 듣기는 했지만 근본적인 행동은 고쳐지지 않았다. 급기야 잦은 지적에 마음이 뒤틀렸는지 수업 시간에 소심한 반항을 시도하기까지 한 것이다.

나는 왜 카리스마가 없는 것일까? 고민하기 시작했다. 선생님 앞에서 조심하지 않고 친구들 앞에서 하는 행동처럼, 긴장감 없이 함부로 교사를 대한다는 것은 내가 문제가 있다는 뜻 아닌가? 어떻게 해야 이 친구가 내 말을 들을까. 여기에서 다시 완벽주의 성향이 있는 나는 교사로서의 역량이 부족한 것이 아닐까 하는 자책이 들었다. 이 문제를 어떻게 해결하면 좋을까.

'나이는 숫자에 불과하다', '사람을 향합니다', '생각이 에너지다' 등 짧고 인상 깊은 카피로 많은 소비자들의 마음을 움직였던 박웅현 카피라이터의 『문장과 순간』 책을 읽고 있다. 그분의 회사에 '주니어 보드'라는 프로그램이 있는데 이것은 열다섯 명의 대학생을 선발해서 다양한 방식의 창작활동을 독려하고 현업경험도 해 보게 하는 사회 공헌 프로그램이다.

여기에서 나이 차가 나는 선배들은 대학생들을 분석하려 하지 않는다. 그저 그들이 자기 이야기를 할 수 있도록 자기만의 장점을 발견할 수 있도록 도와준다고 했다. 그러면 언제나 여섯 달의 시간이 지나고 나면 학생들의 표정과 눈빛이 바뀌어 있다는 것이다. 프로그램이 끝날 때쯤 그들의 표정에는 기성세대에 대한 친밀감이 스며 있고 눈빛에서는 전보다 단단해진 자존감이 보인다는 구절을 읽으니 문득 이것이 바로 경청의 힘이라는 생각이 들었다.

내가 잘못된 행동을 지적하고 지도해서 아이를 바꾸려고 하기보다 스스로 자신의 행동이 어떠한지를 말하게 해서 스스로 깨닫게 되면 아이가 바뀌지 않을까? 아이가 스스로 바뀌어야 하는데 나의 힘으로 아이를 바꾸려

완벽하지 않아서 더 아름다운 것들

고 했기에 힘든 것이 아닐까. 이것 역시 완벽주의에서 오는 잘못된 생각이구나, 내가 해결해 줘야 한다는 생각, 나의 완벽한 지도로 아이를 올바르게 이끌 수 있어야 한다는 오만함이 나 스스로를 더 괴롭게 했던 것이다.

내가 아이를 바꿔야 한다는 부담감이 이 아이와의 관계를 힘들게 느끼게 만들었고 반복되는 아이의 같은 행동을 볼 때마다 화가 났다. 그 화는 왜 이 아이는 내 말을 들어주지 않는 거지? 내가 그렇게 우습게 보이나? 나를 무시하나? 하는 생각을 하게 했고, 나는 교사로서의 자질이 부족하구나로 옮겨가고 나의 역량 부족을 자책하게 되는 흐름으로 이어졌다.

나는 역시 '부족한 사람이야'라고 결론을 내리고 있으니 나의 부족함을 느끼게 하는 그 아이를 볼 때마다 마음이 불편했던 것이다. 내가 완벽하게 아이를 바꿔야 한다는 생각이 결국 나에게 마음의 고통을 주고 있었다. 내가 바꿀 수 없는 부분이라는 것을 인정하고 나는 알려줄 뿐이고 아이 스스로가 변화해야 한다는 생각을 하니 마음이 훨씬 가벼워졌다.

그리고 이 『문장과 순간』이라는 책에서 읽은 구절은 아이 스스로 변화할 수 있는 방법으로 '말하기'를 사용해 보라고 권유했다. 그렇다면 나는 나의 힘을 조금 빼고 아이에게 자신의 행동에 대해서 스스로 술술 말하도록 적절한 질문만 던져준다면 충분히 이 친구도 자신의 행동을 되돌아보고 반성할 수 있을 것이다.

학생이 변화하기 위해서는 세 가지가 필요하다. 첫째, 있는 그대로의 모습을 인정해야 한다. 둘째, 자신의 행동을 객관적으로 볼 수 있어야 한다. 셋째, 질문하는 습관을 통해 잘못된 태도를 스스로 알아차릴 수 있어야 한다.

결국 경청도 '있는 그대로의 모습'을 인정하는 데에서 출발해야 효과를 볼 수 있다. 오늘 학교에 가면, 그 아이의 모습 그대로 보고 들을 수 있도록 경청해 보아야겠다.

세계 SF계의 신화가 된 작가 테드 창의 『네 인생의 이야기』 중에 '미지의 언어를 습득하기 위한 유일한 방법은 그 언어를 모국어로 사용하는 이와 직접 교류하는 것뿐입니다. 여기서 교류하는 건 질문을 하고 대화를 나누는 일 등을 의미합니다'라는 구절이 있다.

미지의 언어, 즉 나에게 반항하는 학생의 언어를 습득하기 위한 유일한 방법은 그 언어를 쓰는 학생과 직접 교류하는 것뿐이다. 질문을 하고 대화를 나누어 그 친구의 언어를 이해하는 시간을 가진다면 그 시간이 주는 교훈이 있을 것이다. 이 시간을 통해 이 친구의 언어를 이해하는 시간을 가져보아야겠다.

8

쓰레기 더미에서 거름 찾기

네이버 국어사전을 찾아보니 완벽주의란 결함이 없이 완전함을 추구하려는 태도를 말한다. '결함이 없이 완전한 것?' 과연 이런 것이 이 불완전한 세상에서 존재하기는 하는 걸까?

원동연 박사님의 5차원 전면교육 시간에 아주 재미난 과제를 내주셨다. 자신의 장단점 분석표를 작성해 보는 과정을 통해 내가 어떤 사람인지를 정의해 보는 시간이었다. 단점을 적어보고 그 단점을 장점으로 바꿀 수 있는 부분이 어떤 점인지를 적어보라고 했다. 그러면 내가 어떤 사람인지를 알게 된다는 것이다. 내가 어떤 사람인지 알고 싶어서 적극적으로 과제를 했다.

먼저, 단점을 적어보았다.

첫째, 나는 구체적이고 디테일 있는 단계적인 사고가 부족하다. 그러다 보니 어떤 사실을 설명할 때 조목조목 상대가 알아듣게 단계적으로 설명을 잘 못 하고, 내 마음은 그게 아닌데 상대가 내 마음과 다르게 알아들을 때가 있다. 그러면 속에서 짜증이 난다. 개떡같이 말해도 찰떡같이 알아들어야지. 왜 못 알아듣는 거지? 답답할 때가 많았다. 그래서 항상 체계적 프로세스가 부족하다는 점이 부끄럽고 속상하다.

이런 단점을 장점으로 바꾸라고? 실제로 나는 타인의 세세한 단점들이 눈에 잘 들어오지 않는다.

다른 사람은 그들의 단점으로 힘들어해서 부정적으로 보더라도 나는 그다지 그들의 단점이 부각되지 않고 힘들지도 않은 편이다. 구체적인 지적은 잘 못 하니까 상대가 나를 편안하게 느끼기도 한다. 또 구체적인 사실은 잘 안 보이지만 전체적인 아웃트라인이나 의미를 잘 찾아내는 통찰력은 비교적 좋은 편이다. 나무보다는 숲을 보는 안목을 가진 것 같다. 그래서 간혹 내 이야기를 듣고 깨달았다는 피드백은 자주 받는다.

둘째, 사교성이 부족하다. 우리 딸이 어느 날 우리 엄마는 다 좋은데 너무 재미가 없어. 우리 ○○ 선생님처럼 유머러스했으면 좋겠다는 말로 나를 슬프게 했다. 실지로 나는 재미없고 진지한 편이다. 남편은 말장난을 잘 치는 편인데 남편의 말장난을 들으면 왜 저렇게 쓸데없는 말로 시간과 에너지를 낭비하지? 하는 생각이 들고 가끔은 짜증도 난다. 그래서 회식이나 사교적인 모임에 가면 말이 없고 조용하게 있는 편이다.

사실 나도 그 시간과 공간이 좋기는 하지만 내가 입을 떼는 순간 차가워지는 분위기를 감당하기 싫어 자발적으로 조용히 듣고 있다. 그런 내 모습이 싫을 때가 많다. 나도 다른 사람들을 즐겁게 웃게 만들고 싶다. 유머가 있는 사람이면 좋겠는데 왜 이렇게 재미가 없을까.

그럼에도 불구하고 이런 나의 단점에서 장점을 찾아본다면 진지한 것을

완벽하지 않아서 더 아름다운 것들

좋아하는 면 덕분에 다른 사람의 힘들어하는 재미없는 이야기도 진심으로 잘 들어준다. 또한 진지한 책이나 무게감 있는 책 읽기를 좋아해서 독서에 많은 시간을 쏟는다. 또한 남들이 재미없어서 싫어하는 공부도 진지하게 잘 하는 편이다. 또한 혼자서 나를 돌아보는 시간을 자주 갖는다. 그래서 지루한 임용고시를 준비하는 그 지루하고 고독한 시간도 잘 견뎌내고 2년 만에 합격할 수 있었다.

셋째, 여러 가지에 신경을 쓰지 못하고 한 가지에 빠져 집중하고 있으면 다른 것들을 자주 잊어버린다. 주변의 내 친구는 나와 전화로 얘기하면서도 저녁도 차리고 동시에 다른 가족에게 잔소리까지 해 가면서 동시에 일을 처리하는데 나는 정말 한 번에 한 가지밖에 안 되는 사람이다. 그래서 내가 강의를 듣고 있는데 딸내미가 숙제를 봐달라고 한다든지 우유를 갖다 달라고 한다든지 하면 화가 난다.

학교에서 일할 때도 마찬가지다. 지금 마쳐야 할 일이 있는데 또 다른 일을 얹어주면 마음에서 굉장히 불편한 감정이 올라온다. 구체적인 사고가 잘 안 되는 습성과 만나서 불편한 마음에 집중이 안 될 때도 있다. 대신 한 가지에는 꽤 깊이 있게 파고드는 집중력을 가진 편이다.

넷째, 말을 잘 못 한다. 일상의 자연스러운 대화가 오히려 어렵다. 어떤 일의 40%만 알아도 재미있게 잘 말하는 사람이 있는가 하면 나는 80%를 알아도 나머지 모르는 20%가 더 크게 느껴지고 누가 내가 모르는 부분인 20%를 지적하면 어떡하지? 하는 불안한 마음에 말이 제대로 나오지 않을 때가 많다. 이럴 때는 앞뒤 문맥이 안 맞은 채로 억지스럽고 어정쩡하게 말이 마무리되어 상대와 내가 서로 어색한 분위기에 놓이게 된 경우도 종종 있었다.

여기서는 어떤 장점을 찾을 수 있을까? 말을 잘하고 싶다는 간절한 마음이 들어서 말을 해야 하는 상황에 놓이면 준비를 철저하게 하는 편이다. 발표해야 하는 표면적인 내용에 그 내용이 나올 수밖에 없었던 근본적인 부분까지 이해해야 자신 있게 발표가 가능하기 때문에 한번 하면 제대로 발표를 하는 편이다. 그리고 근본적인 부분을 짚어주니 듣는 사람들이 이해를 쉽게 하도록 만드는 부분도 있다.

마지막으로 나의 가장 큰 단점은 사소한 일에도 굉장히 불안해하는 편이다. 나의 부족한 점에 너무나 크게 주목하기 때문에 그런 것 같다. 내가 잘 못 한 부분 때문에 타인이 나를 능력 없는 사람으로 보고 있는 것은 아닐까? 특히 누가 나를 챙겨주지 않을 때 보호받지 못하거나 안전에 위협을 받을까 봐 강한 불안감에 휩싸인다. 그래서 타인의 감정선을 섬세하게 느끼고 반응한다.

많은 분들이 나와 이야기하면 편하다고 하는데 이것은 그분에게 보호받고 인정받고 싶은 기본적인 욕구가 강하기 때문인 것 같다. 내가 접해 보지 못한 안전을 위협받을 것 같은 상황에 처하면 나는 타인이 보이지 않는다. 순간 싸인 불안감의 강도가 지나쳐서 이 순간을 빨리 모면하고 싶다는 생각만 들 뿐이다.

특히 얼마 전 우리 집에서 비교적 먼 곳에서 회식을 했다. 우리 집은 이 동네 중앙에 자리 잡고 있어서 학교에서 회식을 하더라도 늘 우리 집 근처에서 한다. 그래서 술을 늦게까지 먹었더라도 집으로 늘 걸어가는 것이 가능했기에 안심하고 다녔는데 이번 회식은 걸어갈 수 없는 곳에서 하게 되었다.

우리 동네는 택시 잡기가 힘든 곳인데 2차가 끝나고 나니 11시쯤 되었

완벽하지 않아서 더 아름다운 것들

고 3차를 갈 몇몇 분을 제외하고 차를 가진 분 2명과 나처럼 차를 놓고 온 3명이 남게 되었다. 나는 갑자기 생긴 낯선 경험에 순간 불안감에 휩싸여서 차를 가져온 한 분에게 냉큼 나를 태워달라고 했다. 그리고 이분을 놓치면 집에 못 가겠다 싶은 나머지 다른 차가 없는 분들을 챙길 생각을 전혀 하지 못하고 나를 태워주기로 한 분을 냉큼 따라 나와 그분의 차를 타고 집에 안전하게 도착했다.

막상 집에 와서 잠을 자고 다음 날이 되니 갑자기 어제 택시를 타고 가겠다고 말했던 그래서 콜택시를 부르던 선생님이 생각나면서 미안한 마음이 드는 것이었다. 집에는 안전하게 가셨을까 하는 생각이 들면서 내가 좀 더 마음의 여유가 있었더라면 콜택시를 불러서 샘과 같이 택시를 잡아타고 우리 집에 내리고 그러고 나서 그 선생님 집까지 갈 수도 있었을 텐데 나밖에 모르는 행동을 했구나 하는 생각이 들었다.

이렇게 안전이 위협받는다는 생각, 불안하다고 느낄 때는 그 상황을 입체적으로 보지 못하고 한쪽 방향에서만 부정적으로 보고 심하게 불안감을 느끼는 경향이 있다. 내가 다른 선생님을 챙길 생각을 전혀 못 했다는 것에 내가 진짜 이기적이구나 하는 생각이 들었고 미안했다. 아마 그 선생님도 그렇게 느끼셨겠지.

이럴 때 어떻게 해서든 여러 가지 방법이 있다, 해결 방법이 있다는 여유를 가지려고 노력해야겠다. 이런 불안에서 장점을 찾을 수 있을까? 불안하다 보니 무언가를 준비할 때 남들보다 긴 시간을 두고 철저하게 준비하려고 노력한다는 점이다.

혹은 최악의 순간을 늘 염두에 두고 마음의 준비를 한다는 점이다. 내가 알고 있는 80%보다 모르는 20%에 마음이 더 가 있다 보니 그 모르는

20%를 해결하려고 애를 쓰게 되고 그것을 보충하게 되면 보다 탁월한 결과물을 얻을 수 있다. 이런 점은 나를 더 성실하고 부지런한 사람으로 만드는 장점이 되는 것 같다.

그러고 보니 단점이 단순히 부정적인 면만 있는 것은 아니었다. 순수 100%의 부정이며 결점이라고 생각한 나의 결점 속에 나의 장점들이 숨어 있었다는 생각이 들고 나의 단점을 통해 나를 더 정확하게 돌아보게 되는 시간이 되었다.

완벽주의 관점에서 보면 결점은 순도 100%로 부정적이어야 진정한 결점일 텐데 말이다. 특히 불안은 나를 움직이는 원동력이 되었구나 하는 생각이 드니 결점이 나쁘기만 한 것은 아니었다는 생각이 든다. 아무리 자석의 S극을 잘라 순도 100%의 N극을 만들고 싶어도 자른 만큼의 S극이 계속해서 생겨나듯이 완벽히 나쁜 것은 존재할 수 없겠구나.

관점을 달리해서 보면 그 안에 부정적인 만큼의 긍정성도 함께 존재하는구나를 깨달을 수 있는 과제였다. 완벽하게 나쁘기만 한 것은 이 세상에 존재하지 않는다. 쓰레기가 거름으로 쓰일 수 있듯이 나의 단점이라고 생각한 부분에도 나를 성장시키는 동력이 존재한다는 것을 깨닫게 해 준 유익한 과제였다.

완벽하지 않아서 더 아름다운 것들

9

장점에서 약점 찾기를 통해
나의 본질 이해하기

사람들이 단점으로 열등감을 느끼는 것도 문제지만 장점을 너무 우월하게 생각해서 우쭐하거나 교만하게 생각하는 것도 문제이다. 그래서 내가 장점이라고 생각되는 부분에 어떤 약점이 있는지를 살펴 우월감을 버리고 자신의 진짜 모습 찾아보기를 했다.

일단 단점은 여러 가지가 떠올랐지만 장점은 생각하는 데 시간이 훨씬 많이 걸렸다. 나의 장점은 과연 무엇일까, 별로 없는 것 같다. 아마도 완벽주의 성향이 있는 나로서는 내가 잘한다고 느끼는 것보다는 못한다고 느껴온 것들이 많았기 때문일 것이다. 이 부분에서도 또 한 번, 부정적인 면에 치중된 나를 느낄 수 있었다. 그럼에도 불구하고 장점을 한번 생각해 보자.

첫째, 직감을 많이 따르는 편이다. 그리고 직감을 따라 내가 선택한 일이 기대 이상으로 좋은 결과를 가져온 적이 많았다. 불안 반 기대 반으로 나의 직감을 따라 어떤 일을 선택했다가 결국엔 나의 선택이 옳았다고 생각되는 경우가 많았다. 그냥 끌려서 했는데 결과적으로 나에게 도움이 되는 경우들이 많았던 것이다.

직관에 따르는 선택의 단점을 찾아본다면, 이렇게 느낌을 따라 일을 결정하고 판단하다 보니 논리에는 약하다. 왜 그렇게 했냐고 물으면 설명을 잘 못 한다. 그냥 느낌이 좋아서 왠지 나랑 맞을 것 같아서 한 거라서 내가 좋다고 선택한 일을 남에게 같이 하자고 설득해야 할 때 곤란하다. 그래서 남에게 뭔가를 홍보하거나 함께 하자고 말하는 설득력이 상당히 부족하다는 것을 많이 느낀다. 그래서 나 스스로 답답할 때가 많다.

이은대 작가님의 글쓰기 반을 수강할 때도 쿵쾅거리며 설레는 내 마음의 소리를 듣고 마음이 원하는 대로 수업을 신청했을 뿐이다. 그러다 보니 그 수업이 왜 좋았어?라고 누군가가 묻는다면 상대를 설득할 정도로 조곤조곤 설명하지 못하고 느낌이 있어! 진짜 좋아! 이렇게 말하면서 무료 특강을 소개시켜 주는 정도다. 직접 느껴보라고. 이러다 보니 나의 직감을 따를 때 생기는 이익으로 인한 장점이 부각되기보다는 왜 나는 설명을 제대로 못 하는가 하는 단점으로 나를 탓할 때가 많다.

둘째, 공감을 굉장히 잘 하는 편이다. 그러다 보니 친구들이, 자신을 잘 알아봐 주는 나를 자신들의 절친으로 여기고 많이 좋아해 주었다. 그런 반면 타인에게 나의 주도권을 줘버려서 내가 없어지고 남에게 끌려다닌다는 느낌을 많이 받아서 힘들었다. 그래서 나의 공감력이 장점이라는 생각을 하지 못했다. 이 공감력 때문에 내가 힘들다고 생각해서 일부러 공감을 못 하는 척하면서 살아오기도 했다.

완벽하지 않아서 더 아름다운 것들

난 모르고 싶은데 왜 자꾸 느껴지는 건지. 문득 나의 공감력이 불안이라는 마음에서 온 것이 아닐까 하는 생각이 든다. 나란 존재는 너무 부족하고 또 불안해 보이기 때문에 나 자신을 잘 못 믿는다. 그래서 나를 지키고 보호하기 위해서는 누군가의 도움이 필요하다. 타인의 마음을 얻어 나의 안전을 보호받고 싶어서 무의식중에 공감력이 발달한 것이 아닐까. 공감을 해 주면 타인은 자신을 쉽게 내어준다. 나를 보호해 주고 아껴준다.

아마도 나 스스로가 불안해서 누군가의 보호와 인정이 필요한 나는, 타인을 공감해 줌으로써 나의 불안에 대한 결핍을 타인의 보호로 채우고 있지 않나 하는 생각이 들었다. 즉 불안을 많이 느끼고 안전에 대해 두려움을 갖고 있는 나의 단점의 또 다른 모습이 바로 공감인 것이다. 일부러 의식하지는 않았지만 불안한 자신을 지키기 위해 무의식중에 공감력이 발달했다니 인간의 적응력이 놀랍다는 생각이 든다.

셋째, 해야 한다고 생각되는 것에 대해서는 매우 성실하고 열심히 한다. 내가 해야 할 것들을 다 해내지 못하면 불안하다. 이 역시 불안의 또 다른 표현이다. 가끔 할 일을 안 하고도 느긋하게 있는 친구들이 있는데 참 부러웠다.

진심으로 어떻게 저렇게 느긋할 수가 있는지 나로서는 절대 따라 할 수 없는 경지다. 난 늘 안절부절못한다. 안 하고 있으면 누군가에게 혼날 것 같고 또 나 스스로도 열심히 하지 않고 게으름을 피우는 나 자신이 용납이 안 된다. 결국 나의 성실함과 충직스러움의 근원이 불안에 있었던 것이다. 사실 이런 불안이 원동력이 되어 일하기보다, 일에 즐거움을 느껴서 내가 만들어내는 성과가 즐거워서 열심히 하는 사람이고 싶다.

넷째, 혼자 하는 일을 잘한다. 누군가와 같이 있으면 나의 건조하고 재미없는 성격 때문에 타인이 싫어할 것 같은 느낌, 어색한 느낌이 든다. 그래서 그렇게 불편한 감정을 느끼면서 함께 하느니 오히려 혼자 하는 것이 더 편하다. 새벽 시간에 혼자 책 읽기, 글쓰기가 크게 어렵지 않다.

그러고 보니 늘 새로운 분야를 공부하는 것을 좋아한다. 누군가 정해 준 책을 읽는 것보다는 내가 당장 읽고 싶은 책을 읽는 것이 더 즐겁다. 그래서 작년까지 하던 많은 독서모임들을 다 정리하고 내가 읽고 싶은 책들 위주로 내 마음속 호기심을 따라 읽고 있다.

특히 새벽에 혼자서 책을 읽고 있을 때 가장 행복하다. 오히려 누군가와 같이 있을 때가 더 힘들다. 그러다 보니 자기 계발을 시작한 이후로 인간 관계가 많이 좁아졌고 그나마 있던 친구들과도 더 간간이 연락하다 보니 요즘 들어 좀 외롭다는 생각이 든다. 그렇기는 해도 견딜 만하다.

그럼에도 불구하고 나는 혼자 있는 시간을 사랑하고 좋아한다. 그래도 인간관계의 폭을 넓히고 보다 성장하는 사람이 되기 위해 사람들과 어울리는 시간을 늘려야겠다.

다섯째, 나는 한 가지를 파고드는 성향이 있다. 이렇게 파고들어서 내가 깊이 연구해 온 것에 대해 강의를 할 때는 그런대로 잘 하는 것 같다. 타인과 평풍식의 즐거운 대화는 잘 못 하지만 일방적으로 내가 파고든 내용을 가지고 수업 시간에 말을 할 때는 학생들이 비교적 몰입해서 잘 듣는 편이다. 그리고 이렇게 고심해서 본질까지 이해를 해야 말이 조리가 생기고 제법 설득력 있는 문장이 만들어진다.

여기서 볼 수 있는 약점은 두루두루 아는 것에 대해서는 말을 제대로 잘 못 한다는 점이다. 적당히 알아서는 앞뒤 문맥이 어색하고 일단 내 말에 스스로가 자신이 없다. 그래서 평범한 일상의 대화에서는 입을 닫는 편이다.

이렇게 나의 단점 속에 숨어 있는 장점을 찾아보고 나의 장점 속에 숨어 있는 나의 단점을 찾다 보니 내가 어떤 사람인지 좀 정리가 된다. 나는 불안이라는 에너지를 동력으로 살아가는 사람이었다. 불안함을 극복하기 위해 인간관계 면에서는 공감력을 키워왔고 일에 대해서는 성실하고 충실한 사람으로 성장했다.

그리고 현실에서 문제가 생겼을 때는 그 문제가 가져올 불안을 극복하기 위해 문제의 본질을 파고들어 끝까지 제대로 이해하고 직면하려고 했다. 그래서 문제가 제대로 이해되고 크게 위험한 일이 아니라는 사실이 인정되어야 비로소 안심할 수 있었다.

그 불안 때문에 그렇게 새벽에 108배를 하면서 당시 현실의 문제를 해결하기 위해 간절하고 꾸준하게 기도를 해 왔다. 불안을 극복하기 위한 나의 몸부림들이 나의 장점으로 승화되어 나타난 것이다. 사실 현실의 문제에 대한 불안한 마음을 해결하기 위해 100일 동안 기도하고 간절하게 바라는 과정을 매번 겪으면서 현실 속에서 문제해결과 원하는 결과를 얻게 되는 경우를 반복적으로 경험했다.

노산으로 불임 판정을 받고 3년이란 시간 동안 인공수정과 시험관시술로 몸과 마음이 다 지치고 힘들었지만 간절하게 바라고 바란 결과로 39살에 너무나도 소중하고 사랑스러운 쌍둥이 딸을 얻었을 때 간절하게 원하면 이루어지는구나 하는 믿음이 생겼다. 보다 디테일한 믿음이 생겼을 때는 쌍둥이 육아를 통해 긴 휴직 후 다시 학교로 돌아간 첫해였다.

5년의 긴 휴직 후 복직했을 때 친정인 대구에서 부천인 우리 집으로 와서 육아와 일을 병행해야 하지만 아무도 나를 도와주는 사람이 없다는 불안이 나를 힘들게 했다. 누군가 아이를 맡아줄 사람이 필요했다. 도와줄 사람이 아무도 없는데 과연 육아와 직장 생활이 가능할까? 누군가의 도움을 바랄 수 없는 상황이었다. 아무것도 안 하고 손 놓고 있기에는 마음이 너무 불안했다.

부천인 집으로 올라가야 하는 날짜가 다가오니 점점 더 불안해졌고 생각하다 못해 복직 전에 새벽에 일어나서 집 근처 가장 가까운 절에 가서 이 상황을 잘 이겨내게 해 달라고 7일 동안 기도라도 해야 살 것 같았다.

새벽 5시 차가운 새벽 공기를 뚫고 대구 동성로의 관음사로 가는 길에 가끔 새벽에 술에 만취한 사람들이 길거리에 쓰러져 있어도 전혀 무섭지 않았다. 오로지 앞으로 닥칠 일을 어떻게 처리하면 좋을지 방법만 해결할 수 있다면 술 취한 사람들이 길거리를 덮고 있어도 헤치면서 얼마든지 지나갈 수 있다고 생각했다. 그렇게 간절한 마음으로 새벽마다 7일 동안 기도하고 부천으로 올라왔다.

드디어 복직했고 업무를 맡게 되었는데 내가 복직하게 된 학교에 작년까지는 없었던 순회업무가 생겼다. 아이들을 새로운 부천에서 외할머니 없이 적응하게 할 시간이 필요했고 나도 그동안의 친정엄마의 도움을 벗어나 육아독립을 해야겠기에 1학기는 휴직하기로 결정했다. 1학기 휴직 후 2학기에 복직 예정인 나에게 담임의 책임이 없는 순회업무가 주어졌다.

우리 집과 내가 출근해야 하는 본교는 1시간 이상 걸리는 거리에 있었는데 공교롭게도 순회학교가 본교보다 집에서 더 가까운 차로 10분 거리에 있는 곳이라서 너무 감사했다. 다행스럽게도 일주일에 이틀은 아이를 내가 직접 유치원에 맡기고 출근할 수 있는 여건이 되었다.

집에서 한 시간 거리가 되는 본교로 출근하는 나머지 삼 일은 가까이 사는, 대학 때부터 알던 동생이 아이들 등원을 도와주기로 했다. 이 동생 역

완벽하지 않아서 더 아름다운 것들

시 내가 아이 등원문제로 고민하자 전혀 생각지도 못했는데 흔쾌히 자진해서 도와준다고 해서 얼마나 감사했는지 모른다. 나중에 물어보니 자기 집 바로 옆에 유치원이 있어서 쌍둥이들이 이 유치원을 다니게 되지 않을까. 그건 어렵지 않지, 생각했다는 것이다.

밤늦게까지 학원수업을 해야 하는 강사였기에 아침 일찍 일어나는 일 자체가 얼마나 힘든 것인지 너무나 잘 알아서 생각지도 못했는데 도와주겠다고 한 동생에게 미안했고 또 너무나 감사했다. 지금도 그 시절을 생각하면 정말 신기하기만 하다.

본래 순회업무는 같은 교육청 안에서 돌도록 되어 있다. 나는 서부교육청 소속이므로 서부 쪽 학교끼리 순회업무를 해야 정상인데 우리 집에서 가까운 북부교육청에 속해 있는 학교로 순회업무를 가게 돼서 사실 학교 측에서는 너무 먼 학교끼리 순회업무를 도는 나에게 되려 미안하게 생각했다. 그렇지만 내 입장에서는 천만다행이었다.

죽으라는 법은 없구나. 하늘이 무너져도 솟아날 구멍이 진짜 있구나. 나는 순회학교 덕분에 개인적으로는 육아와 일을 병행할 수 있었고 아이들은 남의 손을 덜 탈 수 있었다. 지금 생각해도 너무 감사하고 감사하다. 그리고 나는 다음 해에 학교 근처로 이사를 했다.

일주일 내내 내가 아이들 등원과 출근을 동시에 할 수 있는 곳으로 집을 옮겼고 신기하게도 순회업무는 그해에 없어졌다. 두 학교 다 순회를 하지 않아도 수업 시수를 수용할 수 있는 상황이 된 것이다. 지금 생각해도 우연의 일치라고 보기에는 너무나 신기한 상황이었다. 나로서는 나의 기도의 힘이 만들어낸 상황이라고밖에 생각되지 않는다.

더 깊게 들어가 보면 나의 불안함의 에너지가 원동력이 되어 만들어낸

상황인 것이다. 단점인 나의 불안이 오히려 나에게 간절히 원하면 이루어
진다는 기적을 만들 수 있다는 소중한 경험을 선물했다. 단점은 그냥 단점
이 아니었다. 나를 성장시키는 거름이었고 기적을 경험하게 해 준 보물이
었다.

제5장

완벽하지 않아 더 아름다운 나

1

에니어그램 강의

에니어그램 강의를 들었다. 강의를 들은 이유는 여러 가지가 있지만 나 자신에 대해 더 알고 싶다는 이유가 가장 컸다. 에니어그램은 우리가 알고 있는 MBTI와 같은 성격유형 검사와는 달리 어떤 사람의 이론을 발전시킨 것이 아니라 고대로부터 구전되어 내려오는 비서(祕書)와 같다고 강의 첫머리에서 소개되었다. 왠지 더 신비롭게 느껴졌고 더 믿음이 갔다.

이상하게도 과학이 발전하지 않은 고대의 어떤 방법들이 우리가 합리적이라고 생각하는 의학보다 더 맞을 때가 있다. 과학이나 철학과 같은 생각과 현실을 증명할 사고의 틀이 없던 시대에 만들어진 것들이 지금까지도 유지되어, 현대 과학의 도구로 진실임이 밝혀진 경우를 많이 보아왔다. 그래선지 누군가 탁월한 사람의 이론이 아니라 예전부터 내려왔다는 점에 더 흥미를 갖고 에니어그램 강의를 들었다.

에니어그램을 처음 접하게 된 것은 나를 코치의 길로 이끌어준 서성미 코치님을 처음 만났을 때였다. 에니어그램에서는 사람들이 기본적으로 갖고 있는 생각과 감정, 행동의 습관의 패턴에 따라, 사람들을 9가지 유형으로 나누어 설명한다. 다양하고 복잡한 사람들을 9개의 유형으로 나눈다는 전제가 처음에는 조금 억지스러운 주장이 아닐까 느꼈지만 가만히 생각해 보면 나도 모르게 친구들을 볼 때 유형이 있다고 생각하고 나름대로 무의식적으로 분류를 했었던 것 같다.

적어도 나와 비슷한 유형, 나와 다른 유형의 친구들이 있다고 생각해 왔다. 그리고 생김새와 성격이 비슷하게 들어맞기도 했다. 그래서 무엇이 그 두 부류의 친구들을 가르는 원인인지는 몰랐지만 무의식적으로 사람들은 비슷한 유형이 있을 것 같다는 생각은 막연하게 해 온 것 같다. 그래서 이 이론의 전제도 약간의 고민을 한 후에 흔쾌히 받아들였다.

나는 최근 들어서 시간을 쓰고 나를 나누는 일에 대해 많이 '인색'해졌다고 생각했기 때문에 나는, 좀 더 개인적이고 분석적이며 내향적인 성향을 가진 5유형에 속하지 않을까 생각했다. 상당한 부분, 맞기도 했다.

나는 사람들을 싫어하는 것은 아닌데 사람들과 시간을 보내는 일이 좀 피곤하게 느껴지며 남의 눈에 띄는 상황을 만들려고 하질 않으며 사교모임이 많이 어색하다. 사람을 만나고 오면 에너지가 많이 고갈되는 느낌이 들고 힘들다. 그래서 나는 내 문제를 타인과 함께 머리를 맞대고 고민하기보다 혼자 해결하는 편이며 혼자만의 시간과 공간이 필요하고 그 시간만큼은 누구에게도 방해받고 싶지 않은 마음이 있다.

또한 아무리 친한 사람이라도 나에게 너무 가까이 다가오는 것에 대한 두려움을 가지고 있다. 그래서 나는 5유형인가 보다 생각하고는 서성미 코치님께 에니어그램 강사과정을 들었더니 나의 유형이 5유형인 것 같다고 말했다. 서성미 코치는 본인이 알고 있는 5유형하고는 좀 거리가 있다고 하시면서 왜 5유형이 아니라고 생각하시는 이유에 대해 나에게 설명을 해 주셨다.

한참 서성미 코치와 대화를 나누다 보니 나는 일어나지도 않은 일에 대한 두려움을 갖고 있는 '불안'의 습관적인 사고방식을 보다 더 근본적으로 가지고 있음이 떠올랐다. 나는 사실 누구나 다 인정하고 받아들이는 사실에 대해서조차 의심하고 불안해하는 경향을 가지고 있다.

어린 시절 노력이 쌓인다는 사실, 착한 일을 하면 복을 받는다는 누구나 그냥 받아들이는 사실조차도 믿을 수가 없었던 시기가 있었다. 엄마 말을 잘 듣는 모범생으로 살던 고등학교 시절까지는 아무 생각 없이 살았지만 대학교에 들어가면서부터 불안증이 제대로 윤곽을 드러내기 시작했다.

친구와 약속을 하면서도 입으로는 약속을 굳게 다짐했지만 마음속으로는 저 친구가 약속을 깰 수도 있을 것이라는 불안이 동시에 들었다. 마치 자석의 양극이 늘 존재하듯이 한 측면에 대한 긍정적인 양상과 부정적인 양상이 동시에 떠올라 그 어떤 것도 선택하지 못한 채 우유부단하게 고민할 때가 많았다. 지금도 좀 그런 경향이 있다.

특히 대학생이 되었을 때 제일 심했는데 아주 심할 때는 나를 포함해서 세상 모든 것들을 다 믿을 수가 없어 굉장한 불안증이 신체적인 두통과 심한 수전증으로 나타날 때가 있을 정도였다. 어느 순간 사람들의 말이 다 믿어지지 않았다.

사람들은 기본적으로 전제하는 것들이 있다. 예를 들어 공부를 할 때 내가 하는 공부와 학습이 축적되어 시험을 치를 때 좋은 점수를 받게 되는 기초가 된다는 생각이나 일상에 도움이 될 것이라는 믿음을 가지고 있기 때문에 공부를 하는 것이다.

그 당시에 나는 내가 한 노력이 쌓인다는 증거가 어디 있어? 이 학습이라는 것도 그냥 순간일 수 있는 거지. 이런 노력에 대한 부정적인 생각이 있으면 노력하고 싶어지지 않는다. 그냥 그 자체가 소모품이 되기 싫다는 생각에 기초적인 노력조차도 안 하게 된다.

이런 불안을 극복하게 된 것은 종교 덕분이었다. 간절한 기도로 내가 원하는 일들을 하나씩 하나씩 성취하게 되면서 마음먹은 일이 현실의 결과로 나타나게 된다는 사실을 믿게 되었고 이런 경험들이 쌓이면서 마음먹는 일과 생각이 가진 중요성을 깨닫게 되었다. 나에게 마음의 존재와 노력의 축적에 대한 믿음이 생겼다.

같은 일을 하더라도 평상시 가지고 있는 불안한 생각을 가지고 하게 되면 모래성처럼 흩어져버리는 느낌이 드는데 기도하는 마음으로 간절하게 일을 하다 보면 하나하나의 과정이 다져지고 쌓여서 결과를 만들 수 있었다. 이것은 나의 근본적인 불안을 극복하게 하는 힘이 되어 주었다.

사실 어떤 일이 이루어지게 해 달라고 기도했던 것은 아니고 불안하고 두려운 마음을 극복하게 해 주십사 새벽에 기도했던 것인데 이런 기도가 이루어지는 경험은 일단 세상에 대한 근본적인 불안을 잠재울 수 있는 힘을 주었다. 나 또한 내가 마음먹은 일을 간절하게 바란다면 이루어질 수 있는 것이라는 것을 깨닫게 되었다.

그러고 보니 그 근본적인 불안을 잠재운 그 이후부터 나는 다시 내가 좋아하는 것이 무엇일까 고민하고 타인의 마음과 영혼에 영향을 미치는 일을 하고 싶다는 생각을 했다. 그 고민 끝에 교사가 되기로 결심하고 오늘의 나에게 이르게 했다. 나를 움직이는 가장 강력한 원동력은 불안이었다.

에니어그램 강의 시간에 나를 지배하고 있었던 습관적 사고방식인 '불안' 을 떠올리지 않았다는 사실이 나에게 고무적이라는 생각이 든다. 어느 정도 나의 불안을 다스려가고 있었던 것이다.

현재는 나의 불안이 어느 정도 통제가 되다 보니 불안으로 인한 불편함을 크게 느끼지 못해서 내가 불안을 기본으로 하는 6유형이라는 생각을 하지 못했던 것이다. 어느 정도 커다란 불안이 조금씩 잠재워진 상태에서, 에니어그램 강의를 통해 과거의 나를 다시 돌아볼 수 있었다. 그러고 보니 불안은 나를 성장시킨 가장 큰 원동력이 된 것이다.

모든 일에 잠재워져 있는 부정적인 요소가 제일 먼저 떠오르는 바람에 두려워하고 주저하기도 했지만 그 부정적인 요소를 해소하기 위해서는 남들보다 더 노력하고 준비해야 했다. 비록 남들보다 더 많이 철저하게 대비하기 위해 준비를 했어도, 준비한 만큼 다 표현하지도 못한 채 무대에서 내려와야 해서 아쉬울 때도 참 많았다. 그럼에도 불구하고 불안을 극복하기 위해 애쓰고 노력한 시간들이 결국 나를 이만큼 성장시켜 준 것이 아닐까 하는 생각이 든다.

또한 나와 같은 불안을 습관적인 사고방식으로 살아가는 사람들에게 도움을 줄 수 있는 사람이 되고 싶다. 나는 6유형의 불안을 근본적인 사고 습관으로 가지고 세상을 살아가고 있는 분들 그래서 머릿속에 부정적인 생각이 먼저 불쑥불쑥 떠오르는 그분들에게 내가 극복한 방법들을 나누고자 인생을 살아야겠다는 생각이 들었다. 그래서 이 책도 쓰고 있다.

2

나 자신을 사랑하라

마지막 5장에 들어가기 전에 다시 이 책의 첫 장을 읽어보았다. 첫 장은, 이 책을 쓰고 있는 지금의 시점에서 열 달 전, 어느 날 교무실에서의 나의 모습을 그려놓았다. 1-1의 모습은 어느 심하게 불안했던 하루를 적어놓은 것이 아니라 평상시 일상적인 내 모습을 그려놓은 것이다.

우리 가족과 함께하는 안전하고 편안한 보금자리인 집에서 현관문을 열고 나서면 밖에서 기다렸다는 듯, 불안이라는 친구가 나에게 찰싹 달라붙어서는 팔짱을 척 끼고는 일거수일투족을 함께했다. 그 친구는 주로 지적질과 평가를 많이 했다.

그 날카로운 비판의 목소리를 들을 때마다 긴장되고 주눅이 들었다. 심할 때는 마음속에서 요동치는 쿵쾅거리는 심장 소리에 사람들이 없는 안전한 내 집으로 슬그머니 도망 오기도 했다. 그러다 보니 밖에 나가면 아무도 없는 공간에서조차 불안하고 안심하지 못한 상태로 쫓기는 기분을 느끼면서 살아왔던 것이다.

2022년 2월 25일 무슨 계기에서였는지 드디어 책을 쓰겠다는 결심을 하고 꾸준히 글을 쓰기 시작했다. 마지막을 향해 달려가는 지금 시점의 나는 어떠한가? 지금의 나는, 열 달 전에 비해, 교무실에서 일할 때 집중이 된다. 그래서 집으로 일을 싸서 오는 일이 줄었다.

그리고 타인과의 대화를 나누는 장면에서 내가 잘못 말하거나 실수를 했을 때 부끄러운 정도가 많이 줄어들었다. 충분히 실수할 수 있다는 사실을 인정할 수 있게 되었고 그 실수가 세상이 무너질 만큼 결정적인 잘못이 아니라는 것을 알게 되었다.

문득 더 이상 다른 사람들과의 모임에서 남들과 함께 대화를 즐기고 있을 때 혼자 불안해하면서 눈치를 보지 않고 있는 나를 발견하고는 기뻤다. 내가 바라는 모습이 바로 이것이었다. 불안이라는 친구를 떼어내고 대화 자체에 몰입해서 나의 생각을 편안하게 말할 수 있게 되는 것, 그래서 생산적인 사람이 되는 것 이것이 나의 바람이었다.

이런 평범해 보이는 모습을 이루기까지 내 평생이 걸렸다. 내 나이 48세가 되어서야 마음의 평화를 찾았다니 기쁨과 동시에 안타까움도 느껴진다. 그동안 힘들었던 나를 되돌아보니 토닥여주고 싶다. 장재형의 『마흔에 읽는 니체』에 보면 커다란 고통이야말로 정신의 최종적인 해방이라는 문장이 있다.

불안이라는 커다란 고통을 이겨내고자 애써 온 시간들이 오늘의 내면 깊은 곳까지 시원한 산들바람을 불게 하는 해방감을 선물해 주었다. 독일어의 열정이란 단어 'Leidenschaft' 속에 'Leiden'은 고통을 뜻하는 단어다.

열정은 피할 수 없는 고통을 전제로 하는 것이며 곧 삶에 대한 열정은 삶이 아무리 고통스럽고 힘들더라도 극복하려는 태도를 뜻한다. 불안이라는 고통을 극복하기 위해 나는 열정을 가질 수밖에 없었다. 새벽에 독서를 하고 글을 쓰고 책을 내려고 마음먹은 것들, 결국 알고 보면 다 '불안'을 극복하기 위한 몸부림, 열정의 표현이다. 이런 변화를 이끌어낸 것은 무엇이었을까? 갑자기 정리를 해 보고 싶어진다.

오늘은 같은 해 2022년 12월 13일이다. 거의 열 달 동안 책 쓰기라는 이름으로 나와 늘 함께하는 불안이라는 친구를 제대로 만나기로 했다. 시작할 때 마음은 나를 알고 싶다는 생각으로 했는데 글을 쓰다 보니 나를 늘 안정되지 못한 마음으로 나 자신에게 집중하기를 방해하는 존재가 바로 나 자신임을 알게 되었다. 그 친구가 나에게 들려주는 목소리에 집중을 해 보았다.

주로 나를 탓하고 지적했다. 그리고 나의 잘못으로 크게 혼날 것 같은 기분을 만들어 죄책감을 느끼게 했고 그 영향으로 인해 한없이 부족해 보이는 내가 너무 싫었다. 가만히 생각해 보면 나 자신에게 내가 가장 무서운 회초리였다.

예전에 학창 시절에 내가 해야 할 공부를 제대로 못 하고 있을 때 내가 나를 때리기도 했다. 빨리 정신 차리지 않을 거냐며 내 팔을 때리면서 나를 혼내는 존재는 다름 아닌 바로 나 자신이었던 것이다. 내가 남에게 기대하는 것에 비해 나 자신에게 너무 높은 잣대를 들이대며 엄격하게 굴었다는 것을 발견했다. 친구가 실수를 하거나 나처럼 불안해하면 이해해 주고 그럴 수 있다며 토닥이고 안아주면서 정작 내가 같은 실수를 하면 무슨 큰 대역죄라도 지은 듯이 그렇게 나를 죄인 취급을 한 것이다.

어릴 때부터 들어온, 남에게는 너그러워도 나 자신에게는 엄격한 사람이 되어야 한다는 말이 나에게 주문이 되어 왔다. 그러나 타인에게 너그럽 듯이 나에게도 너그러울 수 있어야 했다. 이런 성찰을 이끌어준 것은 탈 벤 샤하르의 『완벽의 추구』라는 책이다.

이 책에서는, 우리가 늘 이야기하는 '남이 자신에게 해 주기를 바라는 것을 자신이 먼저 다른 사람에게 해 주라' 혹은 '우리 자신이 싫어하는 일 을 다른 사람들에게 강요하지 말아야 한다'는 황금률만 강조할 것이 아니 라 '다른 사람에게 기대하지 않는 것을 나 자신에게도 기대하지 말라'라는 새로운 규칙, 백금률을 추가해야 한다고 했다.

남에게 기대하지 않는 것을 나에게도 기대하지 말아야 했다. 남에게 너 그럽듯이 나에게도 너그러워야 한다는 것을 일깨워준 것이다. 이 책에서 달라이 라마의 티베트 전통에서는 동정심은 다른 사람뿐 아니라 우리 자 신 스스로에게 베푸는 마음가짐이나 태도라고 했다. 우리가 흔히 말하는 동정심이라는 것은 타인만을 향한 것이 아니라 나 자신에게도 해당되는 것이라는 새로운 개념이 너무나도 신선하게 와 닿았다.

사실 내가 가장 고민하는 것도 바로 이것이었다. 남들이 추천해 주는 좋 은 책들을 읽으면 항상 황금률을 강조한다. 타인을 사랑하라고 말하고 늘 베풀라고 한다. 그 말을 실천하고 싶어서 해 보면 마음이 행복하지 않았 다. 남에게 끌려가서 나 자신이 없어지는 느낌이 들고 에너지가 고갈되는 듯했다.

내가 자기 계발을 시작하면서 알게 된 전대진 작가가 있다. 이분의 블로 그에 가서 글을 읽어보면 진정한 사랑은, 진정한 나 자신의 가장 좋은 모 습을 타인에게 선물하는 것이라는 메시지를 받을 수 있다. 이분의 강의를 듣고 타인을 향한 사랑을 실천하시는 분이라는 점이 진실하게 느껴져서 감동스러웠고 저절로 존경스러운 마음이 들었다.

나보다 훨씬 젊은데도 뱉어내는 말 속에서 숭고함이 느껴졌다. 아마도 종교적인 색채가 강한 분이다 보니 봉사, 나눔과 같은 사랑을 강조해서 그런 것 같다. 이분은 실제로 자신이 생계가 힘들 때, 자신보다 어려운 학생이 안타까워서 자신의 생계유지를 위해 막노동판에서 벌어온 돈을 그 학생의 학원비로 준 적이 있다.

이러한 경험 이야기를 적어놓은 블로그 포스팅에 댓글을 달았다. 전대진 작가님의 선행이 너무 숭고하고 아름답게 느껴집니다. 존경스럽네요. 그런데 타인을 위한 행동을 하는 것이 저는 왜 행복하지 않고 나를 더 힘들게 하는 것같이 느껴지는 걸까요? 저도 다른 사람의 힘든 것들을 도와주는 인생을 살고 싶은데 그것이 왜 나를 뿌듯하고 행복하게 만들지 못하는 걸까요?

참 답답했다. 남들이 다 옳다고 하는 베풀고 나누는 삶을 살고 싶은데 정작 나는, 베푸는 삶에 수반되는 고통이 먼저 떠올랐다. 머릿속의 이성적인 생각과는 달리 막상 내가 누군가를 위해 시간을 쓰거나 노력을 하려고 하면 나 자신이 소모되는 것 같고 손해 보는 느낌이 들어서 실천하고 싶지가 않았다.

왜 그럴까? 어떻게 해야 나도 타인을 돕는 일이 행복하게 느껴질까? 질문하고 그 답을 찾기 위해 노력해 왔다. 이제는 나만의 답을 찾은 것 같다. 그 당시 나는 나를 사랑하지 못하고 있었기 때문에 나를 타인에게 제공하는 일이 괴로운 일이었던 것이다.

나 스스로에 대한 완벽을 요구하는 높고 엄격한 잣대로 나를 평가하고 질책하는 일이 일상인 나를, 타인에게 제공한다는 것이 양쪽 모두에게 괴로운 일이었다. 나 자신을 사랑하는 일이 우선이다. 현재의 내 모습을 인정하고 사랑할 수 있을 때, 내가 설사 어떤 실수를 하더라도 토닥여줄 수 있는 여유가 있는 마음으로 나를 대할 수 있을 때, 그 마음을 타인에게 돌렸을 때 진정으로 아끼고 사랑하는 마음을 베풀 수가 있었던 것이다.

나 자신을 향한 마음의 에너지가 결국 타인을 대하는 마음의 원동력이 되는 것이었다. 남을 사랑하기 위해서는 내가 나부터 사랑할 수 있어야 했다. 나를 바라보는 시선이 곧 타인을 바라보는 시선의 뿌리이기 때문이다. 『완벽의 추구』에 소개된 달라이 라마의 말이 피부 연고제처럼 내 마음의 불안이라는 상처에 발라졌다.

> 나 자신이 먼저입니다. 나를 받아들인 다음에 다른 사람들을 받아들일 수 있는 것입니다. 어떤 면에서 차원 높은 동정심은 이기심이 발전한 것입니다. 따라서 자기혐오가 강한 사람들은 다른 사람들을 진정으로 동경하기 어렵습니다. 동정심이 뿌리내릴 수 있는 터전이 없기 때문입니다.
>
> — 달라이 라마

3

나는 무한한 가능성이 있다

대학 원서를 어디로 쓰면 좋을까? 고민하던 시기 아무도 도움이 되지 않았다. 이래도 흥 저래도 흥 사람 좋으셨던 3학년 때 담임선생님은 자신의 인생은 스스로 결정하는 것이라는 원칙을 갖고 세상 물정 모르는 나에게 결정을 전적으로 맡기셨고, 가정에서 우리만 챙기면서 살아온 전업주부인 엄마도 나 좋은 데 가라고 하신다.

삶의 다른 부분에 있어서는 이래라 저래라 자신의 원칙을 강요했던 엄마가 정작 내 인생에 가장 중요한 대학을 결정하는 일에는 본인도 잘 모른다면서 갑자기 니 인생인데 너 좋은 곳으로 가야지 하면서 나에게 모든 결정을 맡겼다.

이 세상을 살아본 적도 없는 나에게, 진로희망에 적혀 있는 영문과, 약학대란 활자가 의미하는 것이, 수수께끼처럼 느껴지는 나에게 학과를 선택하라는 말은 너 내일부터 우주여행을 떠나야 하는데 천왕성으로 갈래?

해왕성으로 갈래?라고 묻는 것처럼 느껴졌다. 천왕성은 어떤 환경이고 어떤 방법으로 가야 하는지 전혀 모르는 나로서는 사실 너무나 황당했다.

아무것도 안 하고 공부만 하면 이 세상의 모든 문제가 해결될 것이라 들어왔는데, 막상 선택의 순간이 왔을 때는 내가 그동안 해 온 공부는 아무런 소용이 없었다. 그 공부라는 것도 결국 책상 앞에 앉아서 교과서만 파고 5개 중 정답이 뭔지 고심하면서 답을 찾는 것이 다였다. 그것만 잘하면 신세계가 열리는 줄 알았다. 나보다 인생을 많이 산 어른들이 그렇게 말했으니까.

그 세계가 전부인 줄 알았던 나에게 학과 선택이라는 과제는 너무 무거웠다. 그야말로 정답이 무엇인지 모르는 5지선다형 문제를 풀기 위해 '어느 답이 맞을까요. 알아맞혀 봅시다, 딩동댕!' 이렇게 해서 마지막 '댕'이 문제 3번에서 멈춰서 정답을 3번이라고 적는 것처럼 내 학과가 선택되어야 할 상황이었다.

정작 세상 물정을 전혀 모르고 내가 살아갈 곳이 어떤 곳인지 짐작도 안 되는 나에게 모든 선택과 결정을 맡긴 것은, 어른들이 너무 무책임했던 것 아닐까 하는 생각이 든다. 그래서 나는 학교에서 아이들에게 상담할 때 진로를 강조한다. 그리고 다행스럽게도 요즘은 진로에 대해 고민할 수 있는 시간들이 학교에서도 많이 주어지는 편이다.

한편 우리 엄마에게는 이런 경험이 없었기에 어쩔 수 없었겠다는 생각도 든다. 어찌 되었든 결국 나는 점수에 맞춰서 영어영문학과를 적어놓고는 2지망은 뭘 적으면 좋을지를 고민했다. 그때 구세주처럼 당시 경북대 의대를 다니고 있던 외사촌 오빠가 나의 대입을 응원해 주러 우리 집에 왔다.

학과 선택을 고민하는 나에게, 92년부터 중국과 수교를 하고 중국과의

완벽하지 않아서 더 아름다운 것들

관계가 앞으로 발전할 것 같으니까 2지망에 중어중문과를 적으면 좋을 것 같다고 했다. 나는 아무 생각 없이, 어떤 대안을 찾게 해 줬다는 것만으로도, 아니 그 칸에 중어중문과라는 글자를 넣게 해서, 제2지망을 적어야 하는 과제를 해결해 줬다는 것만으로 외사촌 오빠에게 깊이 감사했다. 2지망 문제는 이렇게 해결되었다.

그리고 보면 나의 선택과 결정은 항상 타인에 의해 이루어졌다. 내 성적이라는 외부적 요인과 외사촌 오빠의 조언에 의해 나의 대학은 결정되었고 막상 1지망에 떨어지고 2지망 중어중문과에 과 수석으로 붙었지만 전혀 기쁘지가 않았다. 그 선택에는 나란 존재가 없었기 때문이다.

이뿐만 아니다. 옷을 하나 살 때도 식당에서 음식을 하나 고를 때도 "너는 어떻게 생각해?" 옆에 있는 엄마나 친구의 의견을 물어보고 남이 좋다고 하는 것을 선택했다. 왜냐면 나는 너무 부족해 보였기 때문이다. 나의 선택을 믿을 수가 없었고 왠지 내가 한 선택은 믿음이 안 갔다. 한없이 부족하고 불안한 내가 한 선택은 백발백중 후회할 것 같았다.

우리나라 사람들은 식당에 가서 먹을 것을 고를 때 아무거나 먹자는 말을 많이 해서 식당 메뉴판에 '아무거나'라는 메뉴가 생겼다는 우스갯소리가 있다. 바로 내 이야기다. 나 자신에 대한 믿음이 없는 나는 결국 타인의 선택으로 결정을 했고 내 삶은 내가 없는 결정으로 이루어지기 시작했다. 그러면서 늘 불편했다. 내가 마음을 실어 한 선택이 아니기에 마음에 안 들어서 이것저것 트집을 잡거나 불평불만을 쏟아냈다. 투덜이 스머프처럼 대안도 제시하지 않으면서 불만만 많은 사람이 바로 나였다.

나에 대한 불신을 가지고 사는 삶은 살얼음판 위를 걷는 듯했다. 하루하루의 생존을 위해 제멋대로 튀어나오는 불안을 잠재우는 일이 절실했다.

좀 안정된 마음으로 무엇인가를 제대로 집중해서 하기 위해서는 어디로 튈지 모르는 미꾸라지 춤추는 듯한 나의 불안한 마음에 중심을 세울 필요가 있었다.

그래서 나는, 정목 스님께서 말씀하신, 나에게 있다는 그 신성한 빛, 거룩한 불성을 찾고 싶어서 108배를 했고 100일 동안 간절하게 기도를 드렸다. 나를 찾고 싶었다. 그리고 나의 가능성을 믿고 싶었다. 아니 가능성이라는 말이 너무 거창하다는 생각이 든다. 그저 편안한 일상을 살기 위해 불안이라는 친구를 떼어놓고 언제 어디서나 자신에게 충실할 수 있는 상태가 되기만을 바랐다는 것이 더 진실한 표현일 것이다.

그러던 중 나란 존재를 믿게 만들어준 멋진 철학을 만났다. 바로 코칭이다. 3P독서리더 과정을 통해 특강 강사로 만난 서성미 코치님에 이끌려 처음 인터널 코치 교육을 받았다. 이때, 처음 만난 코칭 철학은 바로 모든 사람에게는 무한한 가능성이 있다. 그 사람에게 필요한 해답은 모두 그 사람 내부에 있다는 것이다.

이런 코칭 철학은, 불완전해 보이고 어설퍼서 믿음이 안 가는 나 자신에 대해 믿음을 갖게 해 주었다. 뭐? 모든 사람에게는 무한한 가능성이 있다고? 그럼 나도? 늘 남에게 물어서 의지하면서만 살아온 내 안에도 답이라는 것이 존재한다고? 진짜일까? 확인해 보고 싶었다. 내가 지금 현재 발휘하는 것 이상의 능력이나 가능성을 가진 존재로 나의 가치를 인정해 주는 이 철학은 어쩌면 48년을 살아오면서 너무나 듣고 싶었던 말이었는지 모르겠다.

진정한 의미에서 신뢰라는 것은 내가 만들어내는 결과와 상관없이 나를 항상 무한한 가능성이 있는 존재로 믿어주는 것을 뜻한다. 지금까지 내가 만든 결과가 마음에 들면 나를 믿고, 마음에 들지 않으면 그러면 그렇지 네가 그럴 줄 알았다는 말로, 나부터 나 자신을 깎아내렸는데 이런 태도는 표면적, 조건적인 신뢰에 불과하다. 진정한 믿음이 아닌 것이다.

나는 내가 만들어내는 결과와 상관없이 아무리 내가 실수를 연발하더라도 나를 신뢰할 수 있어야 진정한 나의 가능성을 믿는 것이라 생각한다. 그리고 이 철학은 단지 문장으로만 이루어진 것이 아니라, 코칭이라는 실습을 통해 실천했을 때 비로소 성공한 코칭이 될 수 있다는 점이 더욱 나를 믿어야만 하는 상황으로 가게 해 주었다.

이제는 고객의 존재의 문제, 즉 코칭 철학의 핵심인 사람은 누구나 무한한 가능성이 있는 존재이며 어떤 문제든 자신 안에 그 해결책이 있다는 철학을, 이론적으로 아는 정도를 넘어서서 보다 내 것으로 만들 필요가 있었다. 그때부터 무한한 가능성이 있다는 존재의 문제에 대해 보다 더 확신을 가지고 코칭 철학에 입각한 코칭을 하기 위해 코칭 책을 읽는 것에 더 많은 시간을 썼다.

이런 과정에서, 코칭식 대화를 통해 마음속 깊은 곳에 켜켜이 쌓인 부정적인 생각의 먼지를 털어내고 자기 안에 숨겨져 있었던 답을 찾아 기뻐하는 많은 고객들을 만나고 있다. 코칭을 통해 나의 무한한 잠재력을 키우면서 동시에 고객의 무한한 잠재력을 찾아주는 일이 행복하다.

실패에 멈추지 않고 실패를 통해 나의 부족한 부분을 발견하고 그 부분을 개선하기 위해 노력할 수 있었던 것은 나 자신의 무한한 가능성을 매 순간 발견할 수 있기 때문이다. 이런 잠재력을 깨닫게 해 주고 실천하게 해 준 코칭이 감사하다.

덕분에 나의 내면의 불안이라는 친구가 말이라는 도구를 통해 설득당하고 있다. 내면의 불안이 코칭을 통해 믿음으로 바뀌고 있음이 느껴진다. 나뿐만 아니라 코칭을 통해 타인의 잠재력을 찾아내고 그 찾아낸 잠재력을 통해 자신을 바꿔가는 고객들의 모습을 보면서 누구에게나 무한한 가능성과 잠재력이 있다는 사실이 뼛속까지 느껴진다.

모든 사람들은 무한한 가능성이 있다. 나 역시 무한한 가능성의 존재다.

4

아는 것이 힘이다

인간의 지식과 인간의 힘은 서로 다른 것이 아니다. 왜냐하면 원인을 모른 채로 어떤 결과도 해석할 수 없기 때문이다. 자연을 지배하고자 한다면 그것을 먼저 이해해야 한다. 자연계가 작동하는 데에는 항상 뭔가 원인이 있다. 그것이 법칙이다.

— 프랜시스 베이컨, 『신기관』 중에서

'아는 것이 힘이다'라는 베이컨의 명언은, 위의 문장을 축약한 것이다. 어떤 결과에 대한 원인을 알게 된다면 자연을 이해하고 지배할 수 있다는 뜻으로 그 원인을 알 수 있는 방법은, 자연을 관찰하고 거기에서 밝혀진 법칙을 찾아내는 것이다. 바로 이것이 자연을 지배할 수 있는 힘이 된다는 말이다.

'자연' 대신에 '나'를 넣어보니 처음 이 책을 쓸 당시에 불안했던 내가 차분해진 이유를 찾을 수 있을 것 같다. '나를 지배하고자 한다면 나를 먼

저 이해해야 한다. 내가 작동하는 데에는 항상 뭔가 원인이 있다. 그것이 법칙이다.'

처음 이 책을 쓸 때만 해도 나는 늘 불안했다. 사실 내 상태가 불안이라는 것도 제대로 인식하지 못했던 것 같다. 타인과 함께할 때면 누군가에게 혼이 날 것만 같은 불안정한 상태로 타인의 눈치를 살피느라 마음을 늘 졸였다. 혼자가 아닌 상태에서는 늘 긴장했다. 그러다 보니 머릿속으로 제대로 생각이란 것을 할 수가 없었고 어색한 분위기를 무마하기 위해 아무 말 잔치하기가 일쑤였다.

그렇게 내뱉은 실수의 말들을 집에 돌아와서 곱씹으면서 왜 그랬을까? 내 머리를 쥐어뜯으며 후회하기를 반복했다. 이런 감정 상태는 나랑 절친이라고 알고 있는 친구와 함께할 때도 예외가 아니다. 그러다 보니 타인과 있을 때는 입을 아예 다물 때가 많았고 떠오르는 말들을 집어삼킬 때가 많았다.

정말 오랜 시간을 함께한 한두 명 정도의 친구 빼고는 웃고 있는 내 표정과는 달리 마음이 늘 불편했다. 내가 좋아하는 지인의 경우에도 좋아하는 감정과는 별도로 항상 불완전한 나란 존재를 드러내기 싫은 마음에 편하지가 않았다.

현지 코치님, 오늘 ppt 발표 대박이었습니다. 언제 이렇게 준비하셨는지…….

이 카톡 문자는 오늘 새벽 함께 독서모임으로 코칭 관련 책을 읽고 서로가 읽은 부분을 나누는 시간을 마치고 내가 발췌한 부분의 발표를 듣고 희숙 코치님께서 보내주신 문자다.

정말 신기하게도 ppt 발표를 준비하는 동안에 긴장감이 없었다. 예전의 나라면 뭔가 마음이 졸여지면서 긴장하고 머리가 쭈뼛 서는 느낌을 극복해 가면서 발표를 준비했을 텐데 이번에는 그런 긴장감이 1도 없었다.

그리고 준비 직전에 긴장해서 떨려야 정상적인 나인데 잘해야 한다는 특별히 신경 쓰는 마음도 없이, 단지 이 책을 혼자서 읽으면 지루하거나 힘드실 테니 내가 한번 핵심을 짚어드리고 읽으시면 다음에 이 책을 읽으실 때 코치님들에게 도움이 되겠지? 하는 마음으로 편하게 준비하고 발표를 했다.

불안하고 걱정되기는커녕 기대되고 설렌다. 이런 기분 낯설다. 그리고 발표를 하면서도 하고 나서도 평상시에 느끼던 불안감, 내가 잘못한 것은 아닐까? 나의 이 말을 저분은 어떻게 느낄까? 하는 걱정이나 조바심을 내면서 타인의 반응을 살피지 않았다.

잠시 내용이 헷갈리거나 적절한 단어가 생각나지 않으면 당황해서 큰 죄라도 지은 듯이 얼굴이 빨개지고 어쩔 줄 몰라 부끄러워했던 과거의 내가 아니었다. 모를 수도 있지 하는 생각으로 다시 차분하게 지금 현재 내가 생각나는 선에서 최선을 다해서 말하고 있었다.

혹은 잘하고 나서 드디어 내가 원하는 만큼 잘해서 만족스럽다는 느낌, 그리고 그 느낌으로 내가 스스로가 멋져 보이고 우월해 보이는 느낌도 없었다. 그냥 내가 해야 할 차례가 되어서 공부하듯이 편하게 준비한 내용을 나눴을 뿐이다. 발표 내용 자체에만 집중해서 우리 반 아이들에게 설명하듯이 정말 편하게 발표를 했다.

긴장하면서 불안한 상태에 익숙한 나는 이 편안한 마음 상태가 어색하고 낯설어 약간 허전한 느낌마저 들 정도였다. 낯설었지만 기분이 좋았다. 평상시 지인과 수다를 떨 때조차 긴장하고 두려워하던 예전의 내가 아니었다. 지금의 이런 모습, 바로 내가 원하던 모습이다.

그저 묵묵히 내가 해야 할 일을 최선을 다해서 할 수 있는 상태, 부정적인 에너지에 휘둘려 공포에 떨면서 이것을 이겨내면서 발표하는 것이 아니라, 마음을 가다듬고 진정시키는 것에 힘을 쓰지 않고 할 일에 몰입하고 결과를 낼 수 있는 상태가 되는 것, 이것이야말로 진정 원하는 모습이다. 그것을 편하게 받아들이는 사람이 되고 싶었다.

그동안 나는 나에 대한 따가운 지적질과 일이 잘못되면 어떡하지를 미리 걱정하고 이 에너지를 뚫어내는 데 너무 많은 시간과 에너지를 쏟아왔다. 굳이 쏟지 않아도 되는 이 에너지를 생산적인 일에 바로 쓰고 싶었고 바로 성과가 되는 상태가 되고 싶었다. 남의 시선을 의식하는 것이 일상이었던 나는, 남들이 나를 어떻게 볼까에 온 에너지를 다 써 왔구나 싶다. 이런 모습이 사라진 내가 진짜 신기하기만 하다.

얼마 전 이슬아 작가의 『가녀장의 시대』라는 재미난 소설을 읽었다. 가부장의 시대도 아니고 가모장의 시대도 아닌 아들도 아닌 딸이 가정의 가장이 되는 일상의 모습을 그린 소설로 제목 자체만으로도 그 냉소적인 뉘앙스와 유머가 느껴져 기대가 되는 소설이다. 기대에 걸맞게 냉소와 따뜻함 그리고 웃음이 뒤엉켜 너무 재미나게 읽었다.

그 소설에 보면 가장인 이슬아 작가가, 작가라는 자격으로 낮잠출판사라는 회사를 차리고 직원을 엄마, 아버지로 두고 회사를 경영한다. 작가가 직업이 되고 나서 가장 긴장되고 긴급해야 할 원고 마감이, 일상이 된 부분이 특히 시선을 끌었다.

원고를 마감해서 넘겨야 할 시간이 그날 저녁임을 알고 있음에도 불구하고, 아침에 해야 할 운동을 하고 만나야 할 사람을 점심때 만나고, 봐야 할 책도 읽고 부려야 할 여유를 다 부린다. 그러고 나서 마감 시간이 가까워 와서야 책상 앞에 앉아 그전에 왜 진작 컴퓨터 앞에 앉아 원고를 쓸 생각을 못 했을까를 머리를 쥐어뜯으며 후회하는 부분이 너무 재미있었다. 읽으면서 웃겨서 혼자 키득거리면서도 그런 자신감과 여유가 부러웠다.

나는 뭔가 중요한 마감이 있거나 처리해야 할 업무가 있으면 벌써 2주 전부터 아니, 그 업무가 있다는 것을 아는 그 순간부터 걱정하고 불안해하기 시작한다. 그리고 그 일을 조금씩 미리 하거나 준비를 하기 시작하고 잘못되면 어떡하나 어떻게 해야 완벽하게 잘할 수 있을까를 생각하며 마무리할 때까지 집중하지 못하고 늘 걱정으로 불안해했다. 그러다 그 일이 마무리되어서 내 손을 떠나야 비로소 안심하고 또 다른 일이 생기면 또 불안해하기를 반복했다.

이슬아 작가가 원고 마감이나 강연할 때의 모습처럼 일상같이 가볍고 편안하게 하면서도 제대로 잘하는 사람이 되고 싶다. 그런데 오늘 평온하게 일상의 모습으로 발표한 나를 보니 이제 조금은 주어진 새로운 일을 편하게 받아들일 수 있는 모습에 가까워지지 않았나 하는 생각이 든다. 지금 이 순간의 나는 이 책의 첫 장을 쓰던 내가 분명 아니다.

나를 움직이던 불안을 떨쳐버릴 수 있었던 것은 앞에서 말한 베이컨의 표현을 빌리자면 내 모습을 객관화시켜 '관찰'을 하고 관찰한 나를 글로 정리하고 왜 그런 모습으로 존재할 수밖에 없었는지를 여러 각도에서 재조명해 보는 과정을 거치면서 가능했다.

또 나에 대해 더 알고 싶어 에니어그램 강의를 들으면서 인간을 움직이는 습관적인 사고방식과 감정방식이 있다는 것을 알게 되었고 그동안 깨달은 내용들을 글을 다시 정리하면서 내가 어떤 사람인지 알게 되었다.

책을 쓰는 과정을 통해, 나를 늘 긴장하고 걱정 많은 사람으로 몰고 간 불안이라는 근원적인 힘을 찾아냈다. 그리고 불안으로 인해 드는 생각들이 근거 없는 망상이었다는 것을 깨닫게 된 것이 나를 변화시킬 수 있는 큰 힘이 되었다고 생각한다.

모를 때는 불안에게 당하고만 있었는데 알고 나니 이제 불안을 지배할 수 있게 되었고 이제는 불안의 지배에서 벗어나 정상적인 생각과 감정이 나를 움직이게 되었다. 습관처럼 언제 또 불안이 나를 덮쳐오더라도 이제는 예전처럼 당하고만 있지 않을 것이다. 불안을 토닥이고 설득할 수 있을 것 같다.

정말 아는 것이 힘이다.

완벽하지 않아서 더 아름다운 것들

5

경험이 주는 힘

안녕하세요, 저는 한국코치협회 김현지 코치라고 합니다. 반갑습니다.

오늘 코칭이 진행되는 동안에 제가 호칭을 어떻게 불러드리면 편하실까요?

요즘 KPC 자격시험을 준비하고 있어 거의 1일 1코칭을 진행 중이다. 2023년 1월에 접수해야 하는데 시험을 칠 자격을 갖추기 위해서는 코칭에 들인 시간이 200시간 정도가 되어야 해서 그 시간을 채우기 위해 저녁 시간을 거의 코칭 실습에 쓰고 있다. 그러고 보니 작년 11월에 처음 코칭이란 것을 접한 후, 나는 코칭을 통해 사람들과 마음속의 아픔을 어루만지고 그 아픔 이면에 진짜 원하는 것이 무엇인지 대화를 통해서 찾아주는 일을 계속해서 하고 있다.

KAC 자격을 딸 때까지 50시간의 실습 시간을 채워야 했다. 자격을 취득한 이후에는 내가 하는 코칭 역량을 높이고 더욱 깊이가 있고 타인의 잠재력을 더욱 끌어올려 줄 수 있는 마음 코칭 심화 과정을 들었다. 이 과정을 통해 사람 마음의 작동원리를 배우고 사람의 마음 내부의 에너지를 끌어올리는 코치의 마음가짐과 역량을 키웠다.

그리고 또 실습을 통해서 마음 코칭에서 배운 것을 그대로 적용해서 타인의 잠재력을 스스로 깨닫게 해 주는 감동의 순간들을 거의 매일 만들어 가고 있다.

그러고 보니 내가 47년 동안 주변 친구들과 대화하고 지인들과 나눈 대화의 양보다 올해 1년 사이에 코칭 실습이라는 이름으로 나눈 대화의 양이 더 풍부하고 깊이가 있었다는 생각이 든다. 또한 단순한 수다의 수준을 넘어서서 그 너머에 있는 고객의 진짜 원하는 마음을 찾아가는 과정에서 고객이 진심으로 원하는 삶에 대해 탐색하도록 도와주고 그 과정에서 고객이 가지고 있는 잠재력을 함께 찾아가는 과정을 함께 하다 보니 평상시 하는 대화보다는 분명 양질의 대화를 나누고 있다고 자부한다.

최근 들어 사람들과 함께 나누는 대화가 두렵지 않고 편안한 마음을 가지게 된 이유가 무엇일까 생각하다 보니 1만 시간의 법칙이라는 단어가 떠올랐고 그동안 코칭이라는 이름으로 사람들과의 대화에 투자한 시간이 만만치 않았구나 하는 생각이 든다. 경험치가 가진 힘이 어떤 것인지 와 닿았다.

그전에는 사람들과의 일상적인 대화가 두려울 정도로 나는 사람들과의 친밀한 접촉이 많지 않았던 것이다. 사람들에게 완벽한 모습을 보여줘야 한다는 강박과 실수하는 모습을 보이면 안 된다는 생각에 사람들과의 만남을 피했고 그러다 보니 제대로 깊이 있는 대화의 시간이 절대적으로 부족했다.

완벽하지 않아서 더 아름다운 것들

그러다 보니 어쩌다 생긴 만남의 시간에 진심으로 누군가와 함께 있기보다는 그 자리를 피하고자 하는 마음으로 어쩔 수 없이 시간을 견디며 앉아 있다가 내 역할이 끝났다는 생각이 들면 그 자리를 떴다. 그러니 서로 마음을 나누는 대화를 하기보다는, 함께하는 순간이 어색하지 않을 정도의 형식적인 대화 정도만 하는 것에 만족했다. 그래서 오히려 나는 친한 사람과의 대화보다 처음 보는 사람과의 가벼운 대화가 더 편했다.

사실 나는 다른 사람들과 함께 있을 때는 생각이라는 것이 제대로 작동하지 않을 정도도 긴장했다. 생각의 정리는 새벽 시간에 혼자 있어야 비로소 가능했다. 타인과 함께할 때 내 감정상태가 긴장된 상태였기 때문에 두뇌 회전도 함께 멈춰버린 상태가 되었고 그래서 마음에서 말하고 싶은 단어가 아닌 엉뚱한 단어가 입 밖으로 튀어나오기도 하고 내 마음과는 다른 말이 바퀴를 달고 혼자 떠들어낸 적도 많았던 것 같다.

바퀴를 달고 혼자 떠들어대는 말들은 순간의 어색함이 싫어서 하는 아무 말 대잔치 중의 하나였다. 그러면 의미 없이 지껄여대는 내 말을 가만히 듣고 있던 상대에게 내 마음을 들킨 것 같아 부끄럽기도 하고 속상하기도 한 상태가 반복되었다.

또한 쌍방향의 서로의 마음을 주고받는 대화를 통한 소통보다는 주로 타인의 마음을 대화가 아닌 느낌에 의존해서 파악하고 판단했다. 듣는 것에만 익숙했지 마음속에 생기게 된 생각을 표현하지는 않았던 것이다. 그러다 보니 내가 상대방에 대해 가지고 있는 감정이나 느낌을 말로 풀어서 설명하는 것에 상당히 미숙했었다.

말로 내 감정과 타인의 감정을 풀어서 설명하는 능력이 상당히 부족했던 것이다. 사실 객관적인 사실인 지식을 전달하는 일은 내 직업이 교사다 보니 늘 하는 일이라 익숙했지만 정작 일상 대화가 어려웠던 이유가 무엇이었는지 보다 선명하게 파악이 된 것 같다.

코칭을 통해 사람들의 마음을 열기 위해 상대방을 향한 인정, 지지, 칭찬이 얼마나 중요한지를 제대로 숙지할 수 있었다. 그래서 타인의 진짜 마음을 열기 위해 타인의 노력이나 열정들을 제대로 인정해 줘야 한다. 그래야 인정을 제대로 받은 대부분의 고객들이 마음의 문을 활짝 열고 그동안 남들에게는 하지 못했던 자신 속에 꽁꽁 숨겨두었던 이야기보따리를 풀어놓기 시작했다.

사실 코칭을 배우기 전부터 느낌으로 하는 의사소통에는 익숙해 있었던 나였기 때문에 코칭은, 어쩌면 나의 강점을 발휘할 수 있는 기회이다. 공감이라는 나의 강점을 발휘해서 타인이 마음을 열고 하는 이야기를 경청해 주는 과정에서 내가 느껴지는 타인의 감정을 말로 풀어서 요약해 주고 내 감정을 간단하게 표현하는 연습을 제대로 한 것이다.

이런 연습들이 내 말로 내 입에 붙다 보니 일상 상황에도 그대로 적용되고 있다. 그리고 이 과정에서 나와 대화를 나누는 사람들이 내가 말을 잘하나 못하나를 감시하는 사람들이 아니구나. 그들은 자신의 일에 몰두할 뿐이고 자신에게 쓰고 남은 정도의 에너지를 나에게 가볍게 쓸 뿐이라는 사실을 깨닫게 되어 예전처럼 타인과의 대화에 무리하게 신경 쓰지 않게 된 것도 최근에 대화가 편해진 이유이다.

사실 아직도 고객이 가고자 하는 목표, 옳다고 생각하는 목표에 도달하지 못하도록 방해하는 욕망 혹은 아집이라고 불리는 에고를 제대로 직면하고 극복할 수 있도록 뾰족한 질문을 던져서 고객이 추구하는 목표로 힘차게 전진하게 해 주는 부분은 부족하다.

완벽하지 않아서 더 아름다운 것들

어제 시집가기 싫다는 딸의 이야기로 고민하는 고객을 코칭했다. 자신의 배우자를 만나 가정을 꾸리고 사는 것이 행복하다는 생각을 가지고 있는 고객은, 결혼하기 싫다는 딸을 설득하고 싶어 했다. 만약 같은 고민을 하는 친구가 찾아오면 뭐라고 조언해 주고 싶은지 질문을 했더니, 친구에게는 딸이 원하는 삶을 살게 해 주라고 말할 것 같다고 한다.

그럼에도 불구하고 자신의 딸은, 외롭지 않고 행복하게 살려면 결혼해야 한다는 에고를 놓지 못하셨는데 아마도 내가 그 수준에 머물러 있기 때문이라는 생각이 든다. 코치인 내가 옳다고 생각하는 목표를 향해 감정적인 에고를 버리고 힘차게 나아가지 못하기 때문에 나도 고객과 같은 에고에 갇혀 그냥 고객이 편하게 자신의 이야기를 하도록 공간과 시간을 제공해 드리기만 한 것이었다. 아마 이 부분도 연습과 많은 실습을 통해 극복할 수 있을 것이라고 생각한다.

아무튼 1년 전 이 책을 쓰기 시작한 시점에 비해서 지금은 말하기의 두려움을 많이 극복하게 되었다는 점이 뿌듯하다. 두려움을 극복하기 위해 많은 책을 읽고 글을 쓰면서 대화에 두려움이 많은 나를 제대로 바라보려고 많은 노력을 해 왔다.

이런 바탕 위에, 코칭 시험이라는 환경설정에 의해 채워야 할 코칭 실습 시간을 채우기 위해 200시간 가까이 고객들과 대화를 나눔으로써 말하기 상황에 직면해서 경험을 쌓은 부분도 중요한 포인트라는 생각이 든다. 아직도 부족한 부분인 고객의 에고를 잘 극복할 수 있도록 도와주는 부분은 더 많은 코칭 실습을 통해 이뤄가야 할 숙제이다. 도전할 과제가 있다는 것도 즐거운 일이다.

웨인 그레츠키의 '내게는 선천적인 재능이 없습니다. 내가 하키에서 이루어낸 모든 성과는 노력의 결과죠. 내게 가장 큰 칭찬은 매일 열심히 훈련한다는 말이었습니다'의 말처럼 말하기에 선천적인 재능이란 없습니다. 지금 현재의 제 모습은, 코칭 실습을 통해 매일 열심히 말하기 훈련을 한 결과입니다.

오늘도 코칭을 통해 고객의 잠재력을 찾아주는 말하기, 고객이 목표로 하는 삶을 이루도록 도와주는 말하기를 제대로 하기 위해 열심히 훈련하는 제가 되겠습니다.

완벽하지 않아서 더 아름다운 것들

6

수용성

"다정아! 너 뭐 하는 짓이니? 수업 시간에 뭐 하는 짓이야!"

"왜 큰소리예요?"

"수업에 안 들어가는 거 이게 학생이 할 짓이야? 학교의 규칙은 학교라는 모든 학생의 성장을 위해 전체 시스템을 굴러가게 하기 위해 만들어 놓은 가장 최적화된 프로그램이야. 수업 시간에는 수업을 들어야지. 수업 시간에 들어오지 않고 빈 교실에서 친구들과 놀고 니 마음대로 학교 벽을 넘어 돌아다닌다든지 하면 선생님들은 다 수업에 들어가서 그 반의 친구들 모두를 위해 수업을 해야 하는데 수업에 안 들어온 너를 찾으러 돌아다닐수는 없잖니. 제발 교실에 들어가서 수업을 들거라."

"제 맘이에요, 수업 듣기 싫단 말이에요!

"그럼 학교를 다니지 말아야지. 여긴 네 맘대로 해도 되는 곳이 아니라고!"

사실 교사들 입장에서, 수업 시간에 교실에 있지 않고 빈 교실에서 논다는 것은, 상상도 안 가는 일이다. 그런데 안타깝게도 이 친구는 일상이다. 이 친구는 학교에 놀러 온다. 수업 따위는 관심이 없다. 그러다 보니 담임인 나부터 시작해서 2학년 부장 선생님은 이 친구가 등장한 순간부터 긴장할 수밖에 없다. 게다가 상담이라도 할라치면 아예 듣기를 싫어한다. 시간 낭비하게 하지 말란다.

"아, 내가 알아서 해요. 선생님 말 듣기 싫어요. 이제 가세요. 같이 있기 싫어요."

도통 대화가 안 된다. 선생님의 말은 들으려고도 하지 않고 자기 하고 싶은 대로만 하려고 한다. 그리고 왜 선생님이 고함을 지르는지는 생각도 안 하고 고함 지르는 선생님이 잘못했기 때문에 시작된 것이라며 교사에게 문제의 책임을 돌린다. 자기 잘못은 없단다.

"네 행동에 대해 너는 어떻게 생각하니?"

"내 맘이에요. 어쩌라고요."

이 친구를 보면서 누군가의 의견을 받아들일 줄 아는 태도의 중요성을 깨닫고 있다. 아무리 좋은 프로그램과 전문성을 갖춘 상담 선생님이 학교에 계셔도 아무 소용이 없다. 이 아이를 대할 때 나 또한 번번이 무기력함을 느낀다. 가끔은 '네, 네'라고 대답할 때도 있지만 이 아이가 받아들인다 싶어서 그 이상의 이야기를 해 주려고 하면 순식간에 아이는 자기 시간을 빼앗지 말라며 유유히 사라진다.

선생님의 말을 거부하고 자신에게 어떤 지적을 하면 싸움닭처럼 교사든 친구든 달려드는 이 아이, 때로는 무섭기까지 하다. 나름 코칭을 배우며 아이들과 스스로의 잘못을 깨우치는 대화법을 어느 정도 익혔다고 생각했지만 이 아이 앞에서는 무기력하기만 하다.

어제 친구들과 수업 시간이 끝날 무렵 손에 들고 있던 로션을 집어 던진 혁준이를 불렀다.

"혁준아! 너의 지금 행동에 대해 어떻게 생각해?"

"아…… 종소리가 나서 수업이 끝났잖아요."

"수업이 끝나면 교실 안에서 로션 집어 던져도 될까?"

"아, 잘못했어요."

혁준이는 굉장히 짓궂고 장난을 많이 치는 친구다. 그럼에도 불구하고 이 친구는 일단 교사의 말을 받아들이고 수용한다. 나는 코칭을 배운 이후로는 절대 어떤 말을 할 때 단정적으로 말하지 않으려고 노력한다. 질문을 통해 학생이 자신의 행동을 생각해 보도록 했다.

혁준이는 1학년 때 흡연으로 선도를 받은 학생으로 2학년 올라올 때부터 내가 긴장하면서 챙긴 학생이다. 처음에는 계단 청소 봉사를 자청했지만 믿음이 가지 않았다. 아니나 다를까 학기초에 청소를 하지 않고 종종 도망 다니는 바람에 나의 멘탈을 자주 나가게 했다. 청소를 하지 않고 자주 줄행랑을 쳤고 급기야 이 학생이 맡고 있는 우리 반 담당 계단이 더러워 교감선생님께 지적을 받기에 이르렀다.

방법을 바꿔야겠다고 생각했고 빗자루로 쓰는 것이 크게 표시가 잘 안나니 대걸레질을 하도록 시켰다. 대걸레질은 물로 닦아야 하기 때문에 청소를 했는지의 여부가 시각적으로 바로 확인이 가능하다. 처음에는 청소를 많이 빼먹었다. 해야 할 일을 하지 않고 도망간 아이가 괘씸해서 핸드폰으로 전화를 걸면 폰이 꺼져 있기 마련이었다. 힘이 빠지고 속은 기분이

들어 불쾌했다.

어느 날 아이들에게 학급비를 이용해서 성적이 오르거나 성장이 눈에 보이는 학생에게 문화상품권을 주기로 했다. 전교 등수가 30등 오른 학생에게 노력한 것을 칭찬해 준다는 의미로 상품으로 줬는데 이때 다정이와 혁준이 둘 다 이 순위에 올라서 두 친구에게 문화상품권을 줬다. 같은 상품을 받아들고는 다정이는 자기가 30등이나 등수가 올라서 문화상품권을 받았다며 다른 친구들에게 자랑은 했지만 교사에게 감사함을 표현하거나 하지는 않았다. 아무런 반응이 없었다.

혁준이는 자기가 한 것도 없는 것 같은데 받았다며 나에게 감사를 표현하며 엄청 기뻐했다. 사실 다정이는 현재는 성적이 하위권이지만 초등학교 때는 반장까지 할 정도로 공부를 잘했던 친구이고 혁준이는 늘 하위권이었기에 성적으로 상품을 받아본 적이 없는 학생이었다. 그렇기에 혁준이는 더 감사한 마음이 들었는지 그때부터 행동이 조금씩 변하기 시작했다.

줄행랑을 치며 도망가기 바빴던 아이가, 계단 청소를 꼭 챙겨서 하기 시작했고 자신이 분리수거 담당이 아님에도 치워야 할 쓰레기가 많아서 담당 친구가 힘들어하면 자진해서 도와주기도 했다. 교실이 너무 더럽다고 누가 이렇게 어지럽혔니?라고 내가 고함을 지르면 비를 들고 서서는 알아서 쓸기도 하는 학생이 되었다. 이렇게 변화하기는 했지만 여전히 장난기 많은 개구쟁이이고 여전히 친구들과 싸워서 나한테 혼나기도 한다.

그럼에도 불구하고 혁준이가 참 기특하다. 예전에는 혁준이에게 어떤 일을 맡기면 안 할까 봐 꼭 체크해야 했는데 근래에 와서는 이 친구는 알아서 할 거라는 믿음이 간다. 아니나 다를까 요새 지각 버릇을 못 고치고 있어서 지각한 친구들은 벌로 청소를 시키고 있는데 오늘 청소를 누구를 시킬지 고민하는 나에게 혁준이가 번쩍 손을 들면서

"선생님, 오늘 청소는 복도 물걸레질까지 제가 할게요. 그럼 벌점 3점 지워주세요."

"그래, 그래 좋아!"

이미 혁준이의 벌점이 6점이다. 이 벌점은 지각한 날짜이다. 아직 3점이 남아 있지만 이 친구가 전혀 밉지가 않고 든든하게 느껴졌다. 아마 곧 3점을 지우고 벌점이 제로인 상태로 만들 것이라고 생각한다. 이번에도 2회 고사 시험 때 문화상품권을 받겠다며 수업 시간에 꽤나 집중해서 열심히 공부했다.

안타깝게도 노력에 비해서 점수가 잘 안 나와서 문화상품권은 못 받을 것 같다. 하지만 이 친구는 자기도 할 수 있다는 자신감을 갖게 되었다. 그러니 농땡이 같은 행동만 하던 혁준이가 바뀔 수 있었다고 본다.

이 두 아이의 가장 큰 차이점이 무엇일까 고민을 했다. 그러던 중 예전에 김영사에서 출판된 『대한민국 국가미래교육전략』이라는 책에서 본 수용성에 대한 것이 생각났다. 수용은 어떠한 것을 받아들임을 뜻한다. 그리고 수용성은 어떠한 것을 받아들이는 성질로 정의하고 있다. 교육의 성과는 이러한 수용성과 직접적으로 연관이 있다는 원동연 교수님의 글이 생각났다.

학생의 마음속에 선생님의 말을 받아들일 자세가 되어 있느냐 없느냐에 따라 교육의 결과가 달라진다는 말이 딱 맞다. 같은 상황에서도 어째서 사람마다 수용성에 차이를 보이는지를 이 책은 자세히 설명해 주고 있었다. 궁금하신 분은 이 책을 직접 읽어보시길 추천한다.

그러고 보니 이 책을 처음 쓸 때 불안했던 내가 안정된 사람으로 바뀔 수 있었던 것도 수용성이 큰 역할을 했다는 생각이 든다. 나는 누가 무슨 말을 하든지 잘 받아들이는 성향이 있다. 왜냐면 다 들어보면 나름의 이론이 있고 합리적이라는 생각이 들어서이다. 그래서 너무 기준이 없어 보이거나 공정하지 못한 경향이 있을 정도로 나는 잘 받아들인다. 귀가 얇다는 소리도 자주 듣는다.

비록 나 역시 고정된 시각을 가지고 고집하는 경향이 있지만 타인의 의견을 들어봄으로써 이런 단점을 보완하고 있다. 이런 부분이 나의 고정된 시각을 극복하는 데 많은 도움을 주었다.

이뿐만 아니라 특히 글을 쓰면서 깨달은 것, 독서를 통해서 알게 된 새로운 부분들을 내 것으로 수용해서 실천하려는 노력을 했기에 현재의 내가 달라졌다는 생각이 든다. 내년의 학급경영의 키워드로 넣고 수용성을 키우기 위한 노력을 학기초에 해야겠다는 다짐을 해 본다.

7

나의 강점 - 연결성

연결성 테마가 강한 사람들은 세상의 모든 것이 연결되어 있다고 믿습니다. 이들은 우연이란 거의 존재하지 않으며 세상의 거의 모든 일의 이면에는 이유가 있다고 믿습니다.

많은 경우 당신은 모든 사람들이 뚜렷한 목적을 가지고 당신의 삶 속으로 들어온다고 단언합니다.

서성미 코치님의 소개로 갤럽강점 검사를 했더니 나의 첫 번째 강점으로 연결성이 꼽혔다. 윗부분은 나의 첫 번째 강점 테마 연결성에 대해 설명한 부분이다. 깜짝 놀랐다. 내가 정말 이렇기 때문이다. 강점 검사를 하기 전에는 내가 불교의 인과응보를 믿기 때문이라고 생각했다. 그 연결이라는 원리의 축을 인과로 보았다. 그래서 나는 내가 힘든 상황에 처한 것의 이유를 나에게서 늘 찾았다.

가끔 나를 너무 힘들게 하는 사람을 만날 때도 이 사람이 아니더라도 나에게 비슷한 괴로움을 줄 사람을 만나서 이 시점에서는 이 고통을 겪을 것이라고 생각하면서 나에게 고통을 주는 사람을 일반화시켜 그 미움을 희석시켰다. 그리고 이런 유의 사람을 만날 수밖에 없게 만드는 나의 어떤 성향이나 사고방식을 바꿔야 한다고 생각했다.

또한 어떤 분과 코칭으로 연결된 것도 그분을 통해 내가 변화하거나 바꿔야 할 부분이 있어서 만나게 된 것이라고 생각했다. 이런 생각으로 의미를 부여하니 긍정적인 사람을 만날 때는 원하는 성과를 얻기도 했다.

앞 장에서 말한 다정이가 솔직히 미웠다. 어제도 학교 축제에 와서 자기 앞에서 체험을 종료시킨 것을 가지고 학교에서 난동을 부렸다. 다정이의 말을 들어보니 나름의 이유가 있었다. 자기가 하지도 않았는데 말투가 거칠고 목소리가 크다는 이유로 체험 장소의 장식물을 손상시켰다는 오해를 받아서 30분이나 기다린 체험을 하지도 못하고 이 친구 앞에서 종료되어 버렸기 때문이다.

자기가 하지도 않은 짓을 했다는 오해로 30분이나 기다린 체험이 종료되어 다른 친구들도 할 수 없는 상황이 되니 억울한 나머지 귀신의 집 설치 물건들을 찢고 행패를 부렸다.

그 아이의 기분 나쁜 심정은 이해는 되었지만 자기 기분이 나쁘다고 행패를 부리는 것까지 받아줄 수는 없는 노릇이다. 올 때마다 사건 사고를 끊이지 않고 몰고 다니는 다정이가 너무 피곤했다. 학기말이라 일 처리를 거의 초단위로 해야 할 시점에 이 아이가 학교에 오면 애가 저지른 일들을 수습하느라 나의 뇌는 마비가 되어 버리고 업무에 구멍이 생겨서 어쩔 줄을 모르겠다.

차라리 이 학생이 학교에 안 오면 좋겠다는 생각이 들 정도로 힘들었다.

완벽하지 않아서 더 아름다운 것들

그러다가 문득 머릿속에 이 아이와 내가 인연이 된 것도 이유가 있겠지? 하는 생각이 들었다. 하고 많은 아이 중에서 이 학생과 인연이 된 것도 내가 모르는 이유가 있을 것이라는 생각이 들자 투덜대던 마음이 가라앉으면서 이 아이와의 인연을 받아들이게 되었다.

피할 수 없으면 즐기라는 말이 있듯이 나는 이 아이의 존재를 받아들여야 했다. 사실 이 아이로 인해 사람은 내가 원하는 대로 움직여주지 않는다는 것을 확실하게 깨달았고 내 마음과 같이, 내가 원하는 대로 사람이 변하기를 바라는 것이 욕심이라는 것을 분명하게 느꼈다. 그저 나는 바른 것이 어떤 것인지 알려줄 뿐이지 내가 원하는 수준까지 타인이 변하는 결과를 얻을 수 없음을 너무나도 확실하게 깨달았다. 내가 할 수 있는 것은 거기까지였다.

다정이 전에 지금까지 내가 만난 그 어떤 최악의 학생도 자신이 바르게 크기를 바라는 선생님을 무시하거나 면전에 놓고 지나가는 동네 아줌마보다 더 못한 취급을 하면서 함부로 하는 학생은 없었다. 비어 있는 친구 집에 몰래 문을 따고 들어가 샤워하고 돈을 훔쳐 달아난 친구도 선생님 앞에서는 고분고분 잘못했다고 시인하고 반성했다. 나중에 또 그 잘못을 반복할지라도 선생님과 함께한 그 순간만큼은 선생님이 자신을 위하는 마음을 느끼고 진실하게 행동할 줄을 알았다.

그런데 다정이는 그마저도 무시했고 논리가 막히면 그래서 어쩌라고요라며 막 대했다. 이런 아이는 처음이었다. 오죽하면 나라에서 월급 주면서 너 챙기라는데 왜 나의 업무를 방해하니? 내가 니 엄마도 아닌데 왜 나를 그렇게 막 대하니? 너의 태도에 인격적으로 모욕감이 느껴져서, 오늘만큼은 너한테 사과받아야겠다라는 말을 입에 달고 다녀야 할 정도였다.

이러다 보니, 사실 어떤 학생을 만나도 다정이만 한 아이가 또 있을까? 하는 생각에 어떤 학생을 만나도 두렵지 않다. 그래서 사실 이제 학교를 옮길 시절이 되어 새롭게 가야 할 학교를 선택하는 데 있어 이상한 학생을 만날 것에 대한 두려움은 어느 정도 해소된 것 같다. 다정이만 하겠나 하는 생각에 어떤 학생도 두렵지 않다는 생각이 들어 용기 있게 학교를 지원했다.

한번은 서성미 코치가 코칭 시험을 준비하시는 분을 나에게 소개해 준 적이 있었다. ICF국제코치연맹의 코치 자격을 따시고자 준비하시는 분으로 별 기대 없이 제출한 서류가 시험에 통과하는 바람에 급하게 정해진 날짜까지 코칭 장면 녹음 파일을 제출해야 해서 고객이 필요하셨다. 그때 서성미 코치가 고객 가능하신 분을 물어보셨고 내가 지원을 했다.

코칭 약속 시간 전에 문득 이분과 인연이 된 것은 분명히 내 인생 이 시점에 이분과의 인연을 통해 뭔가 배울 점이 있기 때문이 아닐까? 하는 생각이 들었다. 그럼 이렇게 주어진 기회에 어떤 주제로 코칭을 하면 좋을까 고민했다. 이왕이면 평범한 일상적인 고민 말고 내 인생에 큰 영향을 줄 만한 것으로 주제를 잡고 싶었다.

그 당시 책 쓰기가 잠시 소강상태였다. 내가 책 쓰기를 했다는 사실조차도 까맣게 잊고 있을 정도였다. 이 책을 3챕터까지 쓰면서 내 어린 시절의 엄마와 나와의 관계에 대한 부정적인 해석을 긍정적으로 재해석함으로써 큰 고민 하나가 해결되어 더 이상 글쓰기의 필요성을 못 느꼈던 것 같다.

그리고 그 과정까지 너무나도 많은 에너지를 쏟아서 그 문제가 해결되고 나니 내 속에서 커다란 바윗덩어리가 빠져나간 것처럼 홀가분해졌고 더 이상 글을 쓸 주제도 생각나지 않고 의욕도 없어서 잠시 놓은 소강상태가 계속되고 있었다.

그 사실이 생각나면서 이번 코칭 기회를 통해 다시 책 쓰기의 불꽃을 피워보자고 마음먹었다. 그리고 이 주제로 코칭을 했고 결과는 대성공이었다. 막연하게 다시 책을 이어서 쓰고 싶다는 나의 희미한 생각이 코치님의 예리한 질문으로 인해 점점 생명력을 얻기 시작했다.

코치님은, 처음만 요란하다가 끝이 없어 뚜렷한 성과를 내지 못한, 내 인생에 책 쓰기만큼은 마무리를 하고 싶어 하는 내 마음을 직면하게 도와주셨다. 또한 나처럼 불안을 자신의 축으로 삼고 살고 있는 분들을 도와주고 싶은 마음에서 책을 쓰기 시작했음을, 나의 내면에서 끌어내셨다.

나는 선한 영향력을 세상에 끼치기 위해서는 책 쓰는 작업을 마무리해야 했다. 탁월한 질문으로 나의 잠재력을 끌어내신 코치님께 너무 감사했다. 양질의 좋은 질문으로 인해 내 마음속 깊은 곳의 글쓰기 열정이 다시 꿈틀꿈틀 요동치기 시작했고 그때 다시 시작한 책 쓰기가 여기까지 끌고 온 원동력이 된 것이다.

이뿐만 아니라 바로 나와의 코칭 장면을 녹음해서 제출한 코치님도 시험에 합격하셨다. 서로에게 도움이 된 멋진 결과였다. 이것은 나에게 주어진 긍정적인 인연을 어떻게 내 인생의 그림 속에서 받아들였는지를 통해 한 단계 성장할 수 있었던 스토리다.

나에게 다가온 긍정적인 인연이든 부정적인 인연이든 뭔가 이유가 있을 것이라는 생각은 모든 것을 수용하게 하는 힘을 준다. 어떻게든 나와 연결된 인연을 통해 나는 변화할 수 있고 성장할 것이라는 관점을 갖게 하는 것이다. 그리고 보니 이런 연결성이 매일 성장할 수 있도록 나를 만드는 바탕이 되어 준 강점 중의 강점이었다.

8

자기반성이 나를 파괴한다?

자기반성 지수가 높은 사람일수록 스트레스와 우울, 불안이 심했고, 직업
과 인간관계에 대한 만족도는 낮았으며 자기 몰입이 심했고 인생이 통제
가 안 된다고 느꼈다. 게다가 '자기반성을 많이 할수록' 이런 부정적 결
과들이 심해졌다! 도대체 어떻게 된 일일까?

타샤 유리크의 『자기통찰, 어떻게 원하는 내가 될 것인가』라는 책의 한
부분이다. 나는 책을 잘못 읽었나? 하고 다시 한번 더 집중해서 읽어보았
다. 사실 타샤 유리크는 연구진과 함께 자기반성-self reflection과 행복, 스
트레스, 그리고 직업만족도 간의 관계를 분석하는 연구를 진행했다.

이 책을 쓴 작가 역시 자신을 검토하고 반성하는 데 많은 시간과 에너지
를 쏟아부은 사람들의 자기이해가 당연히 더 정확할 것이라고 가정하고
더 많은 성장이 있을 것이라 예상했다. 이 둘 사이의 놀라운 결과를 얻으
리라 확신하고 시작한 연구였다. 그런데 놀랍게도 연구의 데이터는 연구

완벽하지 않아서 더 아름다운 것들

진들과 일반적인 사람들이 갖고 있는 예상을 뒤집고 정반대로 말하고 있었다. 연구진들 역시 그 결과를 처음 봤을 때 분석을 잘못한 것이 아닐까 생각할 정도로 놀랐다고 한다.

자신을 발전시키고 계발하는 일에 있어 핵심이라고 생각한 자기반성과 성찰이 오히려 자기지각을 흐려놓거나 왜곡시켜 뜻하지 않은 '파괴적' 결과를 유발할 수 있다는 사실은, 잠시 동안 나를 멍하게 만들었다. 그러다 문득 내가 늘 불안했던 이유가 자기반성이 심했기 때문이라는 생각이 스쳤다.

나는 늘 나를 지켜보는 메타인지가 CCTV처럼 나를 따라다니고 있었고 나의 행동 하나하나를 지적하고 평가했다. 밥을 먹을 때는 너는 왜 밥을 허겁지겁 게걸스럽게 먹니? 좀 차분하고 우아하게 먹을 수 없니? 내가 누군가와 말을 할 때는 왜 고급스럽고 세련된 언어를 사용하지 못하고 의미 표현이 뾰족하지 않은 두루뭉술한 단어를 사용하니? 좀 더 잘할 수 없니? 대화와 관련한 책을 더 읽어서 좀 더 적확한 단어를 사용하면 좋겠다.

그리고 사람들을 만나서 대화를 나눌 때 긴장상태에서 내 속의 표현을 다 꺼내기도 전에 잘 말해야 한다는 강박으로 어정쩡하고 이상하게 말하고 나서 자연스러운 대화 장면을 연출하지 못한 내가 꼴 보기 싫어져서는 난 왜 이럴까?

집에 와서 나의 속상한 마음을 달래기 위해 반성하고 이유를 파고드는 일기를 썼다. 그러면 항상 어린 시절 엄마의 완벽주의 강박에 시달리던 나와 만나게 되었고 엄마를 원망하는 마음이 들었다. 그리고 내가 사람들과 함께할 때 불안할 수밖에 없구나, 나를 토닥이는 과정을 반복했다. 이런 일련의 과정들이, 어쩌면 부정적인 나를 합리화하는 과정을 반복한 것일 수 있다.

나는 지인들 앞에서 남을 지적하듯 나의 잘못의 원인을 분석하는 일도 서슴지 않고 했다. 왜냐면 반성과 자기 분석을 옳은 것이라고 생각했기 때문이다. 그리고 반성과 자기 분석이라는 과정이 나를 더욱 발전시킬 수 있는 것이라고 생각했고 그 반성의 과정이 나를 더욱더 나은 모습으로 만들어줄 것이라고 막연히 믿고 있었다.

그런데 이 책에서 말한 바와 같이 실제로는 나를 더 부정적으로 인식하고 나의 마음에 안 드는 행동들을 더욱 합리화하는 결과를 반복해서 마주하게 되었다. 그리고 나는 왜 이런 나를 벗어나질 못하는지 거의 48년을 같은 고민을 반복하며 살고 있었다. 그러고 보니 자기반성을 하는 나의 습관이 나를 더욱 불안하게 만들었을 수도 있었겠다.

이 책에서는 37세의 캐런의 예를 들어 설명한다. 19살이라는 어린 나이에 음악가와 사랑에 빠져 2주 만에 결혼했다. 그러나 그녀의 남편은 갑작스럽게 그녀를 떠났다. 그 후 재혼을 한 캐런은 첫 번째 생활보다 오래가기는 했지만 결국 두 번째도 이혼하게 되었다.

캐런은 어디서부터 잘못된 것인지 자신을 찬찬히 되돌아보게 되었고 그럴 때마다 생후 1개월 된 자신을 입양 보낸 친부모가 생각났고 왜 친부모가 자신을 버렸는지를 거듭거듭 자문했다. 무수히 많은 시간의 성찰 끝에 그녀는 인생의 모든 문제가 친부모에게 버림받았기 때문이라고 믿게 되었다.

이 작은 믿음으로 인해 그녀가 인간관계에서 겪는 모든 문제가 이런 버림받은 사실의 산물이므로 불가피하다는 결론을 내리게 되었다. 캐런도 자신의 인간관계의 문제를 합리화하게 되고 오히려 이런 결론이 버림받는 상황을 반복적으로 끌어당기게 된 것이다.

우리는 자기반성을 통해 과거를 극복해서 건강한 방식으로 앞으로 나아갈 수 있게 도와줄 거라 여긴다. 나 역시 마찬가지다. 하지만 자기반성을 통해 나의 부정적인 상황임을 합리화함으로써 마주하고 싶지 않은 상황을 오히려 자꾸만 끌어들인 결과를 가져온 것이다. 그래서 나는 자기반성을 늘 해 왔지만 나의 상태가 변하지 않고 반복적인 불안함 속에서 48년을 고통스러워하며 살아왔나 보다.

그런데 지금의 나는 반성과 불안을 반복하던 처음 책 쓰기를 시작한 내가 아니다. 어제도 내가 참석한 독서모임에서 버벅거리면서 전혀 내 마음에 안 들게 말을 했지만 예전처럼 부끄러워 얼굴이 빨개지거나 쥐구멍이라도 들어가고 싶을 정도로 나 자신이 싫다는 생각이 들지 않았다.

분명 나는 예전의 나와 달라져 있다. 그럼 뭐지? 나는, 책 쓰기를 통해 나를 거울에 비춰 반성한 시간들, 자기 성찰의 시간이 나를 변화하게 했다고 생각했는데 이 책에 의하면 그것이 아니었다. 도대체 어떤 포인트에서 나는 더 이상 나의 실수나 불완전한 모습도 포용하고 변하게 되었을까? 그런 나 자신을 있는 그대로 인정하게 된 자존감이 어디서 생긴 것일까?

머릿속에 어린 시절 엄마의 강박의 틀에 맞춰 살기를 강요당하던 나란 존재에 대한 개념이 엄마를 있는 그대로 받아줌으로써 엄마의 상처를 치유해 준 사랑의 존재라고 나를 새롭게 정의한 것에서 시작된 것이 아닐까 하는 생각이 들었다.

누군가의 감정 쓰레받기로, 나란 존재에 대해 부정적으로 생각하던 것을 사랑의 존재로 나 자신을 긍정적으로 재개념화하면서 나에 대한 시각이 바뀌게 된 것이 나의 변화를 일으킨 가장 핵심 포인트였던 것이다. 뇌는 사실 여부가 중요하지 않다고 한다. 어떤 생각을 가지고 있는지가 중요하다. 내가 가지고 있는 나란 존재에 대한 개념이 끌어당김의 법칙에 의해 그런 상황을 끌고 오게 된 것이다.

문득 올해 나를 가장 힘들게 한 다정이가 담임 교사인 나에게 함부로 대함을 이겨낸 것도 결국 나 스스로를 사랑의 존재로 인식했기 때문이라는 생각이 들었다. 다정이의 나를 향한 부당한 대우가 예전처럼 심한 모멸감과 모욕감을 느끼게까지는 하지 않았고 그래서 나 자신이 나를 상하게 할 정도로 아프지는 않았다.

그래서 다정이가 힘들었지만 그 아이에 대한 마음을 끊어버릴 수가 없었다. 그리고 마음속 깊이 나의 포용으로 그 아이가 변하기를 바라는 마음이 있었다. 아마도 그래서 괴로운 상황들을 그래도 긍정적으로 잘 이겨낼 수 있었던 것 같다. 내가 너를 받아줌으로써 넌 언젠가는 바뀔 거야. 왜? 난 사랑의 존재니까. 이런 마음이, 내 마음 가장 밑바닥에 흐르고 있었다.

단순한 반성이 중요한 것이 아니라 그 반성을 통해 새로운 관점으로 문제를 바라볼 수 있게 통찰을 해내는 과정이 중요한 것이었다. 단순한 반성과 부정적인 무의식을 건드리는 것은, 오히려 문제를 어쩔 수 없는 상황으로 받아들이고 부정적인 나를 인정하는 것에서 멈출 수 있다.

그 수준에서는 그저 한숨 쉬며 받아들이거나 토닥이는 것이 최선인 것이다. 거기서 멈추면 안 된다. 한 단계 나아가 새로운 시각으로 문제를 바라볼 수 있어야 했다. 하나의 존재 속에서 긍정적인 부분을 찾고 긍정적인 부분에 무게중심을 실어 다른 시각으로 상황을 바라보는 것, 바로 이것이 내가 일 년 동안 책을 쓰면서 배운 깨달음이다.

이번 책 쓰기를 통해 나는 나를 새롭게 정의하는 큰 성과를 얻었다. 그리고 긍정적으로 시각을 바꾼다는 것이 얼마나 중요한 일인지를 뼛속 깊이 깨닫게 되었다. 이 시간들이 너무나 감사하다. 나를 바라보는 이 새로운 시각이 그동안의 불안한 과거의 나를 치유해 줬을 뿐 아니라 앞으로 미래의 새로운 성장의 큰 발판이 되어 줄 것이다. 나란 존재에 대한 긍정적인 생각이 앞으로의 나를 어떻게 변하게 할지 갑자기 기대된다.

상처의 에너지

학교 선생님들과 나다움 독서모임을 진행 중이다. 내가 3P자기경영연구소에서 독서리더 과정을 듣고 시작한 '나다움' 독서나비 모임, 그러고 보니 항상 누군가의 꽁무니만 따라다니면서 시키는 대로만 해 오던 내가 선생님들과의 독서모임에서 리더 역할까지 하다니 그동안 많은 성장을 했구나 하는 생각이 든다.

47년 동안 같은 패턴의 반복 속에서 속으로만 아파하면서 살아왔는데 48년째에 드디어 그 상처를 밖으로 드러내며 치유하는 과정을 거쳐 같은 상처를 겪은 사람들을 도와주고 싶다는 생각을 하게 되었다. 골방에서 속으로만 삭이던 아픔과 상처를, 광장에서 드러내며 치유해 가기 시작한 것이다. 아마 이 책이 바로 그 상처의 치유 처방이라는 생각이 든다.

나다움 독서나비의 회원이신 한 선생님이 이어령의 『마지막 수업』으로 독서모임을 하면 좋겠다고 제안했다. 이 책을 읽으면서 나의 책을 마무리

할 인생 문장을 찾게 되었다.

이 문장이 앞으로 내가 살아가야 할 방향을 제시해 주는 인생 문장이 되었다. 책에서 보면 헤라클레스가 온몸에 히드라의 독이 올라 괴로워했다고 한다. 반신반인인 헤라클레스는 육체의 고통을 이겨내고 말겠다고 이 독한테 절대 질 수 없다고 결단한다. 그러고는 장작더미에 올라가서 자기를 불태우라고 명령한다. 자신을 불태워야 내 몸속의 독도 죽일 수 있다고 생각한 것이다. 아무도 나서지 않자 헤라클레스는 '나를 불지르는 자에게 아폴론의 신궁(활)을 선물로 주겠노라'고 선언하기까지 한다.

그때 불을 지르고 활을 받은 자가 바로 필록테테스이다. 헤라클레스의 활을 받은 필록테테스는 트로이 전쟁으로 떠나는 배를 타고 가다가 잠시 머문 섬에서 재수 없게도 독사에게 물리게 되고 전신에 독이 올라 고통의 소리를 지른다. 상처엔 악취가 진동해서 더 이상 다른 사람들과 배를 탈 수 없는 상태가 된다.

이 장면에서 나는 활은 결코 그냥 얻어지는 것이 아닐 것이라는 생각이 들었다. 화복이라는 말이 있다. 이 말은, 지혜로운 조상들이 자신에게 닥친 화를 긍정적으로 마음속에서 받아들이게 하기 위한 단순한 달콤한 위로의 의미로만 쓴 것은 아니라고 생각한다. 세상이 돌아가는 원리라고 본다.

48년을 살면서 복이 저절로 오는 경우를 한 번도 본 적이 없다. 반드시 세상은 복을 주기 전에 그 복을 받을 만한 자격이 되는 자인지를 꼭 시험한다. 내 경험상, 임용고시 합격 전에도 내 마음을 휘갈기는 마음의 격정을 겪어내야 했고 쌍둥이를 얻을 때도 심각한 호르몬 후유증으로 소화 기능이 거의 마비가 돼서 20킬로에 가까운 체중이 감량되어 거의 한의원에서 살다시피 했다.

가만히 관찰을 해 보면 나뿐 아니라 내 주변 사람들도 그들이 목적으로 하는 결과를 목전에 두고 꼭 문제가 터져서 괴로워하는 경우가 많다. 그 문제를 잘 해결하거나 자신의 목적에 대한 갈망이 너무나 강한 나머지 문제에 방해받지 않고 자신의 의지로 끝까지 마음을 잘 지켜냈을 때 원하는 결과를 자신의 손아귀에 쥐게 된다.

그리스군은 독사의 독이 올라와 악취를 뿜어내는 필록테테스의 비명과 소음을 견디지 못하고 결국 필록테테스를 렘노스 섬에 버리고 간다. 운명은, 그가 가진 자격을 시험하기 위해 어마어마한 고통이라는 통과의례를 선물로 준 것이다. 섬에 홀로 버려진 필록테테스는 혼자서 자신의 고통을 오롯이 겪어내야 하는 상황에 처한다. 육체적 고통이 발작적으로 반복해서 비명을 지를 수밖에 없는 고통의 시간을 10년 동안이나 보낸다. 그 시간이 얼마나 혹독했을까.

그런데 트로이 전쟁 또한 쉽게 끝나지 않았다. 트로이 전쟁에서 이기려면 헤라클레스의 활이 있어야 한다는 신탁을 듣고 그리스 사람들은 다시 헤라클레스의 활을 들고 있는, 상처로 고통스러워하는, 그들이 버린 필록테테스가 가지고 있는 활을 가지러 갈 계획을 세운다.

그래서 오디세우스와 아킬레스의 아들인 소년 네오프톨레모스가 함께 활을 훔치러 렘노스 섬으로 간다. 그 섬에서 땅끝까지 닿는 긴 머리를 한 사람이 달빛 아래에서 짐승처럼 울부짖는 모습을 마주하게 된다. 10년 동안 외로운 섬에서 고통과 싸우며 죽음과 대면한 한 사람 그 사람의 영혼이 뿜어내는 아름다움을 보고 아킬레스의 아들은 활을 훔치러 왔지만 활만 가져갈 수는 없음을 느끼고 필록테테스에게 사실대로 말한다.

활은 당신의 상처이고 상처는 당신의 활입니다. 그래서 활을 훔치려는 마음으로 왔지만 당신과 함께 가겠습니다. 그리고 필록테테스와 함께 트로이 전쟁터로 나간다. 아마 상처를 극복한 필록테테스가 없는 활은 그 활만으로는 전쟁에서 이기지 못했을 것이다. 네오프톨레모스는 현명했다. 그 활은 필록테테스가 상처로 받은 고통을 이겨냈기 때문에 의미가 있는 것이었다.

불안이 나고 내가 곧 불안인 상태에서 불안은 나를 아프게 한 상처이지만 이 불안이라는 상처를 극복함으로써 내가 타인을 도울 수 있는 활이 되어 줄 수 있는 것이 아닐까. 완벽하지 못하다는 생각에서 올라오는 불안감을 잘 다스림으로써 완벽하지 못해도 나의 존재에 대해 인정할 수 있는 긍정적인 마인드와 잘하고 못하고를 떠나 자신의 존재 자체를 사랑할 수 있게 된 마음이, 타인의 상처를 극복하게 해 줄 수 있는 강력한 힘이 되어 줄 수 있을 것이다.

어쩌면 내가 굳이 상처를 극복하지 않더라도 나의 상처와 불안을 그대로 드러내는 것만으로도 누군가에게는 위안이 될 수도 있다. 누구에게도 말하지 못하는 혼자만의 상처라고 생각했는데 나만 느끼는 불안이 아니라 또 다른 누군가가, 나와 비슷한 고통을 겪고 있는 자가 어딘가에 존재하고 있다는 사실만으로도 위안이 될 수 있기 때문이다. 이것이 바로 공감의 힘 아닐까……. 나만 이상한 사람이 아니라는 사실이 주는 위로의 힘도 크다.

또한 나와 같은 상처를 가진 사람뿐 아니라 다른 종류의 상처라도 아픔이 있는 이를 배려하고 포용할 수 있는 힘을 가지게 해 준다. 실패 없이 언제나 성공한 사람이 어떻게 실패로 고통스러워하는 자를 이해할 수 있겠는가? 어쩌면 나의 배려심은 사소한 일에 겁을 집어먹고 소심하게 행동하고 걱정하는 나 자신의 모습이 타인에게 투영되어 나타난 것일 수 있겠다는 생각이 들었다.

그리고 그 상처를 혼자서 끙끙 앓고만 있으면 더 깊은 병이 될 수도 있겠지만 이 고통을 책이라는 도구를 통해 오픈된 광장에 드러냈기 때문에 더욱 의미가 있는 것이 아닐까? 이 부분에 대해 이어령 교수님은 이렇게 말씀하신다.

필록테테스가 그때 뱀에 물려 무인도에만 있었다고 가정해 보게. 전쟁에서 이기는 승리의 참 의미를 알았겠나? 그 스스로의 전쟁에서 이길 수 있었겠어? 상징적인 자기 인생의 전쟁에서 말일세. 영원히 못 이기는 거야. 그런데 결국 광장으로, 트로이 전쟁터로 나갔잖아. 상처와 활이 하나가 됐을 때는, 아무도 끝내지 못했던 그 전쟁을 끝낼 수 있는 거야. 인생을 해결할 수 있는 거라네.

결국 상처를 극복한 정신력을 세상 밖으로 드러내고 열린 광장에서 자신의 상처를 나누었을 때야 비로소 인생의 다음 페이지에서 무기가 되어줄 수 있다는 내용이다. 상처와 고통을 피하지 않고 정면으로 마주하고 그 고통을 끌어안고 광장으로 나갔기 때문에 전쟁을 끝낼 수 있었다는 말은 지금 나의 상처를 드러내고 극복하는 책 쓰기를 하고 있는 나에게 엄청난 위로와 힘이 되어 주는 말이다.

앞으로 나에게 오는 상처와 고통을 정면으로 마주하려고 노력해야겠다는 생각이 들었다. 습관적으로 피하려는 마음이 들겠지만 이 마음을 다스려서 직면하고 똑바로 볼 수 있도록 해야겠다.

완벽하지 않아서 더 아름다운 것들

상처를 가진 자가 활도 가진다.

상처를 가진 사람들이 그 상처를 잘 극복하고 이겨내면 세상의 전쟁을 끝낼 수 있는 활이 될 수 있는 것이다. 갑자기 다정이가 생각났다. 마음속 상처로 모난 돌이 되어 여기저기 돌팔매질을 해대며 타인들에게 상처를 주던 다정이 같은 존재도 잘 포용하고 자신 스스로 상처를 잘 극복해 내면 멋진 활이 될 수 있을 것이라는 생각이 든다.

상처 입은 사람들을 너무 미워하며 내치지 말고 활이 될 수 있다는 것을 믿어주고 싶다. 누군가 믿어주는 사람이 있으면 그 믿음이 새로운 힘이 되어 줄 수 있지 않을까.

나 역시 나의 상처와 활이 하나가 되었기에 지금까지의 내 마음속 전쟁을 끝낼 수 있었다고 생각한다.

나의 문제를 해결한 이 활이 타인의 마음속 불안함을 극복하게 해 줄 수 있는 쓸모 있는 활로 재탄생하길 간절히 바라본다.

10

불안에서 믿음으로

2023년 새해가 밝았다. 새해가 있다는 것은 참 축복인 것 같다. 작년에 부족하고 뭔가 미흡한 것이 있었더라도 새롭게 마음을 다지고 시작할 수 있는 기회가 있다는 것만으로도 참 감사하다. 새해를 맞으니 마치 대학교를 졸업하고 새로운 사회로 더 큰 꿈을 향해 도전하는 사회초년생과 같은 설렘과 기대감이 생긴다.

어떻게 하면 올해를 더 잘 보낼 수 있을까? 이왕이면 이쁜 우리 딸들과 남편과 함께 올해를 뜻깊게 보낼 방법은 없을까? 매년 아이들에게 엄마와 같이 새해 계획을 세워보자고 제안을 하지만 같이 책상에 앉게 하는 것 자체가 너무 어렵다. 아이들은 아직 어려서 그날 하루하루가 늘 새해처럼 기대되고 설레는 것처럼 보인다.

매일이 즐겁고 매일이 흥미진진한 우리 쌍둥이는, 어른인 나와는 같은 공간에 있지만 다른 시간을 산다. 엄마가 하자는 새해의 결심이나 목적 세우기 따위가 이해되지 않는다. 도대체 엄마는 뭘 반성하고 뭘 계획하라는 거지? 이런 아이들과 새해의 목적을 세우다니 그 자체가 어불성설이었다.

그러나 올해는 우리 쌍둥이들도 10대에 진입하는 4학년이다. 9년이라는 세월을 살았으니 이제 새해라는 개념이 조금은 생기지 않았을까? 2020년부터 시작한 목표 세우기나 삶의 비전 만들기를 아이들과 함께 하고 싶다는 생각이 들었다. 기왕이면 남편도 슬쩍 끼워주고 싶었다. 물론 이 부분은 나 혼자만의 간절한 바람일 뿐, 남편은 전혀 관심도 없다. 아니, 내가 이런 것을 바란다는 사실도 전혀 모른다.

그러던 중 블로그에서 『자기주도 교육으로 체인지하라』는 책을 쓰신 심현진 작가님의 명품가정 만들기 특강 안내문을 봤다. 2020년도에 이 책이 처음 출간되었을 때 교육에 관심이 많던 나는 이 책을 읽었다. 내 기억에 초판이 나오고 얼마 되지 않아 재판을 찍었던 것 같다.

초보 작가가 쓴 글인데 어떤 글이기에, 얼마 전에 초판 나왔다고 들은 것 같은데 천 권을 팔고 벌써 재판을 찍었지? 궁금해서 사서 읽어보았다. 나 역시 자기 계발의 길로 들어서게 된 계기가 자녀교육이었기에 작가님의 자식에 대한 사랑의 깊이가 너무나 공감되었다. 이 책을 알았다는 것이 감사할 정도로 감동받았다.

그래서 이 책에서 소개하는 책을 따라 읽고 아이에게 나도 이런 부모가 되고 싶다는 생각을 했다. 그리고 책 속에 소개된 심현진 작가님의 자녀교육 팁 몇 가지를 시도해 보았다. 그러나 아이가 너무 어린 바람에 벽에 부딪혔다. 내 마음은 굴뚝같았지만 아이들은 전혀 내 마음을 이해하지 못했고 그대로 반사되는 느낌이었다. 잘 되지 않아서 나중에 크면 시도해 봐야지 하면서 미뤘다.

그 당시에 초등학교 6학년, 중학교 3학년이었던 작가님의 자제분들은 어떻게 컸을까 궁금하기도 하고 이젠 우리 아이들에게 비전이라는 말이나 목표라는 단어와 친해져도 되지 않을까 하는 생각에 냉큼 특강을 신청했다.

특강의 목적은 2023년의 나의 원워드(one word) 찾기였다. 우리 아이들에게 네 인생의 목표를 찾아봐, 혹은 비전을 찾아보자고 했더니 비전이 뭔지를 묻는다. 사실 나도 비전이 무엇인지 설명하려니 막혔다. 속으로 웃음이 났다. 이렇게 나조차도 말로 설명하기 어려운 것을 어린 딸과 같이 하자고 했다니.

그래 내가 너무 어려운 요구를 하고 있었구나. 그런데 올해 너의 한 단어를 찾아보자고 했더니 알아듣는다. 너희들이 실천해야 할 가장 중요한 한 단어 찾는 시간인데 엄마랑 같이 해 볼까? 이번에는 해 보겠단다. 다행이다.

그렇게 해서 심현진 작가님의 특강을 듣게 되었다. 역시 기대를 저버리지 않고 우리 딸들, 작가님의 특강 시작되니 재미없다며 후다닥 사라졌다가 중간에 작가님이 영상을 틀어주시는 부분에서는 참새처럼 쪼르르 와서는 재밌다면서 조잘거린다. 그 영상에 대해 작가님이 설명하시니 또 영상 나오면 자기네들을 부르라면서 사라진다. 우여곡절 끝에 겨우 마지막 원워드를 찾는 부분에서는 자기네들도 올해의 한 단어를 골라내겠다면서 제대로 자리 잡고 책상에 앉았다.

아이들이 왔다 갔다 하는 통에, 제대로 집중할 수 없어서 아이들과 같이 듣기로 한 나의 결정이 과연 옳은 것이었을까 하는 의심이 들 정도였다.

메일로 제공받아 인쇄한 양식지를 펴들고 올해의 원워드를 찾기 시작

완벽하지 않아서 더 아름다운 것들

했다.

 첫 번째 질문은 나는 무엇이 필요한가? 내용이었다. 조급하고 불안하기 때문에 여유가 필요하다고 적었다. 두 번째 질문은 내 길을 막는 것은 무엇일까? 조급함, 불안 이렇게 적고는 세 번째 질문인 무엇을 버려야 할까? 에 와서는 조급함, 불안, 두려움, 회피하는 마음을 적었다. 그리고 다시 첫 번째 질문으로 갔다. 나는 무엇이 필요하지? 나는 무엇에 집중해야 할까? 내 마음의 소리에 귀를 기울였더니 '믿음' 두 글자가 떠올랐다.

 이제 믿어보자. 내가 잘될 것이라고 믿고 우리 아이도 잘될 것이라고 믿고 내가 만나는 사람과 관계가 좋을 것이라고 믿고 내가 코칭해 드리는 분들이 자신의 잠재력과 진짜 원하는 것을 찾게 될 것이라고 믿고 나의 책이 독자에게 선한 영향력을 끼쳐 독자를 성장시키고 더욱 행복하게 만들어주는 활이 될 것이라고 믿자. 그러고 났더니 마음이 든든해졌다.

 나에게는 믿음이 필요하다. 그리고 지금까지 내가 밖으로 나갈 때 문밖에서 기다리고 있었던 불안 대신에, 이제 믿음을 단짝 친구로 세워야겠다. 아니 믿음이라는 친구를 늘 팔짱 끼고 살아야겠다. 믿음을 원워드로 한 나의 2023년이 어떤 스토리로 채워질 것인가 기대된다. 그리고 우리 딸들은 뭘 정했나 궁금해져서 딸의 양식지를 읽어보았다.

 나윤이는 집중과 살찔 필요가 있다고 적었다. 평상시 늘 한 가지에 집중을 못 하고 딴짓을 잘한다. 그리고 남들이 알면 아동학대 받고 있는 것 아니냐고 신고당할지 모를 정도로 아이가 작고 말랐다. 쌍둥이라 태어날 때부터 작기도 했고 많이 먹지를 않는다. 그래서 며칠 전에 이번 겨울방학의 목표는 나윤이 몸무게 2kg 찌우는 것으로 잡자고 했더니 이렇게 쓴 것 같다.

그리고 자신을 막는 것은 수학 하기 싫은 마음, 그리고 뭔가에 자꾸 끌리는 마음이란다. 가만히 있질 못하고 항상 공부하거나 수업을 듣다가도 책의 여백이나 이면지에 끊임없이 만화를 그려댄다. 그래서 만화를 그리고 싶은 마음을 끌리는 마음으로 표현한 것 같다. 그리고 자기에게 필요한 하나의 단어를 '집중'이라고 썼다. 제대로 잘 파악한 것 같다. 나도 우리 나윤이가 잘 집중하길 바란다.

서윤이는 자신의 하나의 단어가 '지구 끝까지'란다. 무슨 뜻이냐고 물었더니 끝까지 하는 거란다. 아마 최선을 다하는 마음을 뜻하는 것 같다. 뭐든지 꼼꼼하게 처음부터 끝까지 다 채워서 하고 싶어 하는 서윤이는 대충 하는 것을 싫어한다. 그래서 '지구 끝까지'로 정한 것 같다.

방에서 유튜브를 보던 남편이 거실로 물을 마시러 나오길래

"오늘 2023년 자신의 원워드를 정하는 특강 신청했어. 예쁘게 디자인해서 파일로 준다고 하시니 자기도 올해 실천하고 싶은 단어 하나만 정해서 불러봐."

"그래? 생각해 보고" 하면서 방 안에 들어갔다. 그래도 안 한다는 말을 하지 않고 생각해 본다니 예상치 못했던 긍정적인 반응이다. 별일이네. 한참 후에 나오더니

"소확행! 소소하지만 확실한 행복, 이걸로 할게."

"웬일이야? 알았어."

나만 정할 줄 알았던 올해의 단어를 가족들이 하나씩 다 선택했다. 작가님은 도미노 효과에 대해 말씀하시면서 당신의 가정에서 일어난 도미노가 하나씩 쓰러진 사건들을 얘기해 주셨다. 오늘 정한 이 한 단어가 자신의 인생의 첫 도미노 조각이 되어 앞으로 일어날 많은 일들을 물리치게 될 것

완벽하지 않아서 더 아름다운 것들

이라고 했다.

믿음이라는 도미노 한 조각이 쓰러뜨릴 무수한 멋진 일들을 상상했다. 문득 내 인생의 가장 중요한 도미노 조각은 바로 이 책이 아닐까 하는 생각이 들었다. 이 책이 믿음이라는 새로운 조각을 내 인생에 끌어당긴 것이라고 생각된다.

불안을 쓰러뜨린 나의 소중한 이 한 권의 책이 내 인생의 첫 도미노 조각이 되어 앞으로 이루어낼 많은 성장들과 기적들이 눈앞에 보이는 듯하다. 나의 성장과 기적들을 이제는 믿어보려 한다. 또한 나의 이야기가 이 글을 읽는 독자의 인생의 중요한 도미노 조각을 만드는 계기가 되어 줄 수 있다고 믿어본다.

이영애와 유지태 주연의 영화 '봄날은 간다'의 명대사가 문득 떠오릅니다.

"어떻게 사랑이 변하니?"

여자 주인공의 헤어지자는 말에 충격을 받은 남자 주인공의 원망 어린 대사에 많은 사람들이 고개를 끄덕이며 공감했습니다. 우리는 영원한 사랑, 변하지 않는 사랑이 진짜라고 생각합니다. 그래서 많은 사람들이 영원한 사랑에 대한 로망을 가지고 내 인생에서 영원한 사랑을 할 수 있는 반려자를 찾고자 합니다. 그리고 사랑이 변했을 때 실망하고 배신감을 느끼지요.

이 대사는 많은 사람들이 가지고 있는 '영원한 사랑'에 대한 기본적인 생각을 잘 보여준다고 생각합니다. 사랑이 변하지 않으려면 그 사랑을 하고 있는 사람이 변하면 안 되는 것이지요. 그래서 사람이 잘 변하지 않기도 하지만 변해서도 안 된다, 일관성 있는 사람이 되어야 한다는 생각이 기본적으로 깔려 있는 것 같습니다.

인간관계가 힘들거나 인생의 벽에 부딪혀 가끔 법륜 스님의 강의를 들어봅니다. 가만히 들어보면 '사람은 잘 변하지 않으니 너에게 괴로움을 주는 남편이나 자식, 직장 상사와 같은, 타인을 바꾸려는 생각을 버리고 너나 잘하세요'라는 뉘앙스의 이야기를 자주 하십니다. 그러면 마음을 내려놓고 고개를 끄덕이며 '맞아. 사람은 잘 안 변하지. 내 욕심을 비우자' 하면서 타인을 바꾸기보다 내 마음을 비우는 연습을 하곤 합니다.

저 또한 제 마음속에 사람은 잘 변하지 않는다는 생각이 있었습니다. 그래서 결혼을 앞둔 친구나 후배들이 배우자감을 두고 고민할 때 우스갯소리로

"성격은 잘 안 바뀌어. 성격이 제일 중요하니 성격을 봐. 외모가 정 고민이 되면 병원 가서 성형으로 고쳐서 살아. 성격이 제일 중요해." 이런 이야기를 합니다.

차라리 돈을 들여 성형을 해서 얼굴은 변할 수 있어도 사람의 성격은 그보다 훨씬 더 변하기는 어렵다는 말이지요. 그런데 이번에 이 책을 쓰는 과정에서 저 자신이 변하는 경험을 하면서 평생 변하지 않을 것 같은 사람도 변할 수 있겠구나라는 생각을 가지게 되었습니다.

그 사람의 생각이 그 사람의 행동과 말을 결정합니다. 타인은 그 사람의 말과 행동을 보고 어떤 사람인지를 판단하지만 결국 그 말과 행동은 그 사람의 생각에서 나오는 것입니다. 어려서부터 가정에서 받아온 교육과 함께 살아온 가족들과의 관계, 그리고 내가 살아온 시간만큼 축적되어 있는 많은 가치관과 관점들, 그리고 감정들이 '나'라는 사람을 이루는 근간이 되어 있는 것이지요.

내가 살아오면서 겪은 경험들과 그 경험과 함께 동반되는 많은 감정과 생각들이 뒤엉켜 '나'라는 사람을 이루고 있습니다. 결국 나란 나의 생각인데 그 생각을 바꾸는 일이 얼마나 어렵기에 '남을 바꾸지 말고 남을 바꾸려는 니 마음을 버려라'는 말이 회자되는지 생각해 볼 일입니다. 그러면 제가 원하는 모습으로 나를 만들 수 있다는 관점은 나의 생각을 바꿀 수 있다는 뜻입니다. 그럼 나의 생각이라는 것은 어디서 나오는 것일까요?

가장 기본적으로는, 세상에 태어나면서부터 겪게 된 모든 감정들과 생각, 그리고 사회의 가치관들이 입력되어 있는 무의식에서 나온다는 생각이 듭니다. 특히 세상을 처음 만났을 때 아주 순수할 때 받아들였던 부모와의 관계에서 형성된 '나'라는 개념이 내가 나를 보는 가장 기본적인 시선이 아닐까요?

내가 나 자신을 어떻게 인식하고 있는지 생각해 보셨을까요? 우리는 이러쿵저러쿵 남에 대해서는 판단을 많이 합니다. '저 사람은 너무 원칙주의야, 이 사람은 너무 기준이 없어.' 그러나 정작 나 자신이, 나를 어떻게 보고 있는지는 생각해 볼 필요가 있습니다. 나에 대한 개념정리가 변화의 출발이라는 사실을 이 책을 쓰는 과정에서 깨달았습니다.

분명 이 책을 쓰기 전의 저와 이 책을 쓰고 난 저는 달라져 있습니다. 나에 대해 글로 적으면서 저의 무의식 속에 저를 바라보는 관점이 변했다고 봅니다. 이 변화의 포인트가 무엇인지 세 가지 정도로 정리해 보겠습니다.

첫 번째는, 앞에서 말씀드린 대로, 무의식에 갖고 있는 저 자신에 대한 개념을 바꿨습니다. 저는 책을 쓰는 과정에서 늘 긴장하며 살아온 이유를 알고 싶었습니다. '불안'으로 마음이 늘 힘들었고 '완벽'을 추구해야 한다는 생각에 늘 저 자신을 다그치며 평가하면서 살았습니다.

완벽해야 한다는 강박감을 느끼면서 누구에게나 피해를 주면 안 되고 늘 잘해야 한다는 생각으로, 오랜 시간 함께해 온 친하다고 생각하는 친구조차 어렵게 생각했습니다. 그래서 친구하고의 면대면 상황에서조차 긴장했습니다. 혼자만의 시간에야 비로소 긴장으로부터 놓일 수 있었습니다.

관계가 힘들고 타인과의 대화조차 너무나 어렵게 느꼈습니다. 그러다 보니 사회에서 관계의 문제에 부딪히면 늘 고통스러워서 혼자 있고 싶었습니다. 왜냐면 혼자 있는 시간만이 타인에게 피해를 주지 않고 저 스스로 완벽하지 않아도 되는 시간이었으니까요.

지금 이 글을 적으면서 타인과 함께하는 시간 동안, 나를 완벽하게 보여야 한다는 생각에 불안하고 경직되어 있었던 제가 저 스스로도 너무 안쓰럽다는 생각이 듭니다. 그랬던 제가 아직도 여전히 타인과의 관계가 조심스럽지만 그래도 솔직한 제 이야기를 나눌 수 있는 정도로 바뀌게 된 것은 독서와 글쓰기 덕분이었다는 생각이 듭니다.

우선 왜 늘 남에게 피해를 줄까 봐 미리 걱정하는지 늘 완벽해야 한다고 생각하는지 그 까닭을 제 어린 시절 엄마와의 관계에서 찾았습니다. 그 원인을 찾게 된 계기는 독서였습니다. 그 원인을 찾는 과정에서 그동안의 제가 엄마와의 관계를 어떻게 해석하고 있는지를 파악할 수 있었고 그것을 바탕으로 다시 어른이 된 시각으로 재해석했습니다. 이 과정을 도와준 것은 글쓰기입니다.

저는 마음속에 엄마의 사랑에 대한 감사도 있었지만 원망이 있었다는 것을 알게 되었습니다. 가장 친한 관계는 애증의 관계이잖아요, 가장 사랑하지만 또 가장 아프게도 하는 관계요. 그 원망의 이유를 찾아가는 과정에서 어린 시절, 경험이 짧은 아이의 좁은 시각으로 엄마를 바라보고 엄마와 저의 관계를 해석했다는 것을 깨달았어요. 그리고 지금까지 그 해석을 기본 전제로 저의 모든 인간관계가 이루어져 왔습니다.

타인과의 관계가 결국 어린 시절 엄마와의 관계의 연장선이었던 것입니다. 그러다 보니 엄마에게 사랑받고 싶어서 엄마를 살피고 엄마에게 미움받기 싫어서 혼날까 봐 걱정하는 아이의 입장에서 타인과의 관계, 친구와의 관계도 맺어왔다는 사실을 깨닫게 되었습니다.

이제는 제가 부모가 되었으니 부모의 입장에서 다시 저의 어린 시절을 돌아봤습니다. 엄마의 어린 시절 겪었던 아픔을 생각했더니 엄마가 더욱 깊이 이해되었고 저에게 준 사랑이, 엄마의 한계를 넘어선 얼마나 큰 것이었는지를 느끼게 되었습니다. 그리고 저를 다시 해석할 수 있었습니다.

어린 시절 부모를 잃은 상처로, 뒤얽혀 있는 날카로운 가시덩굴처럼 메마르고 황량한 엄마의 마음속에 피어난 예쁘고 사랑스러운 새싹 같은 존재가 바로 저였다는 것을 깨달았습니다. 이 사랑스러운 존재를 어떻게든 잘 키워보고 싶어서 엄마는 모든 것을 다 퍼부어 준 것이었습니다.

그 과정에서 엄마가 가지고 있던 마음속 가시로 저를 너무 꽉 끌어안았기 때문에 저는 그 아픔을 느끼고 그 아픔만을 탓하고 살았다는 것을 알게 되었습니다. 꽉 끌어안고 있는 그 마음을 알지 못했던 것이죠. 저를 끌어안는 과정에서 엄마의 가시는 조금씩 무뎌지고 빠졌으며 그 자리에 싹이 달리고 잎이 나고 꽃도 피우고 있었구나.

그리고 또 그 꽃이 떨어져서 그 자리에 열매가 나고 있는데 엄마에게도 변화의 과정이 있었는데 엄마의 새로워진 잎도 꽃도 열매도 보지 못하고, 특히 그 열매를 키우기까지의 근원적인 에너지인 그 깊고 그윽한 사랑을 보지 못하고 눈을 가린 채, 어린 시절의 그 나를 아프게 한, 가시만을 탓하고 있는 저를 만났습니다. 그리고 저에 대해서도 다시 해석하게 되었습니다.

저는 완벽주의라는 강박에 사로잡힌 불안한 아이, 인간관계를 두려워하는 아이가 아니라 엄마로 하여금 깊은 사랑을 하게끔 마음을 불러일으킨 존재, 엄마로 하여금 나에게 원없이 주고 주고 또 주게 하여 엄마의 본질이, 뾰족뾰족한 가시덩굴이 아닌 따뜻한 솜이 꽉 들어찬 포근한 이불처럼 남을 사랑하는 존재였다는 것을 깨닫게 해 줬다는 것을 알게 되었습니다. 저는 엄마의 상처를 회복시켜 주고 아픔을 치유해 준 사랑의 존재였던 것입니다.

이제는 저에 대해 새롭게 정의할 수 있게 되었습니다. 저는 제게 생명을 준 가장 소중한 엄마에게 치유와 사랑을 선물한 존재였던 것입니다. 이 책을 쓰면서 얻게 된 소중한 선물입니다. 저를 치유와 사랑의 존재로 인식하게 된 그 시점부터 제 말과 행동에 자신감이 붙기 시작했습니다. 그리고 저를 진심으로 사랑하게 되었습니다. 저 자신을 사랑하게 된 것, 이것이 그다음 이어지는 모든 변화의 출발이었습니다.

이렇게 저를 다시 정의하고 나니 예전처럼 타인과의 관계가 그렇게 두렵지는 않습니다. 저는 사랑의 존재이고 타인을 사랑으로 채워질 수 있다는, 엄마와의 관계를 재해석한 새로운 정의가, 타인과의 관계에서 또 그 기본 전제가 되어 줄 것이기 때문입니다.

이 과정을 통해서 잠재의식이 나를 어떤 존재로 정의하고 있느냐가 얼마나 중요한지를 새삼 깨닫게 되었습니다. 그리고 잠재의식에 새겨진 나에 대한 정의를 바꾸도록 도와주는 도구는 독서와 글쓰기라는 사실도 깨달았습니다. 이 개념이 바뀌니 우리 아이를 바라보는 시선, 남편을 바라보는 시선, 친구와 동료를 바라보는 시선이 완벽주의로부터 자유로워졌습니다.

돈오돈수라고 하나요? 갑자기 채널을 돌린 텔레비전 속 화면처럼 하나의 '아!' 하는 깨달음이 저로 하여금 다른 장르의 드라마를 쓰게 합니다. 두려움 많고 불안한 주인공인 드라마 시리즈는 종영되고 이젠 사랑이 가득한 주인공의 이야기로 새로운 드라마가 시작되는 기분입니다.

종영된 드라마에서는 독서와 글쓰기를 통해 주인공을 재해석하는 이야기를 주제로 했다면 새 드라마에서는 독서와 글쓰기를 통해 타인과 나를 둘러싼 세계를 새롭게 조명하는 드라마로 더 많은 주인공들이 저와 함께 사랑과 용기의 주역으로 등장하는 다채로운 스토리가 가득한 장편 드라마로 만들어가고 싶습니다. 이 책이 그 출발점이 되어 준다면 더없이 영광스러울 것입니다.

두 번째는 '나다움이란 없다'라는 깨달음입니다. 나다움을 찾기 위해 아무리 나를 깊이 들여다봐도 찾을 수가 없었습니다. 진정한 나다움이라는 것이 존재하기나 하는 것인지 혼란스러웠습니다. 제가 옳다고 생각하는 것들은 거의 다 저의 외부에서 온 것들이었습니다.

가장 기본적으로는 엄마, 아버지에게서 들은 말, 학교에서 들은 말, 사회에서 들은 말, 신문이나 뉴스를 통해 들은 말, 이런 것들이 적당하게 버무려져 있는 것이 저라는 생각이 드니 정말 허무하기 짝이 없었습니다.

'내 생각, 나의 철학' 이렇게 거창한 것들은 나에게 허락되지 않은 것일까? 그러다 권민의『자기다움』책을 통해 '나다움'이란 내가 만들어가는 것이라는 개념을 배우게 됩니다. '자신을 원하라, 그러면 너 자신이 될 것이다'라는 니체의 말처럼 세상에 이미 결정된 일은 없듯이 이미 운명처럼 정해진 내 모습도 어디에도 없다는 사실을 깨우치게 됩니다. 내가 원하는 대로 내 모습을 만들어갈 수 있을 뿐인 거죠.

내가 원하는 바람직한 모습을 꿈꾸며 원하는 대로 나를 만들어가는 내 모습을 바라보는 즐거움을 느끼고 있습니다. 그렇다면 여기에서 가장 중요한 것은, 어떤 나를 원하는가? 내가 원하는 내 모습을 정하는 일입니다. 내가 원하는 모습대로 나를 만들어가 보려고 합니다. 이렇게 '나다움'이란 내 속에서 찾는 것이 아니라 내가 원하는 모습으로 나 자신을 채워가는 것, 이것이 바로 진정한 '나다움'입니다.

세 번째는 상처를 가진 자가 활도 가질 수 있다는 점입니다. 저는 불안이라는 상처를 안고 하루하루를 살얼음판을 걷듯 힘겹게 살아왔습니다. 어떻게 하면 순간순간 느껴지는 불안을 떼어놓고 자유롭게 살 수 있을지 알고 싶었습니다. 이번 책을 쓴 목적 또한 불안을 다스리고 자유로운 일상을 살고 싶다는 마음에서 시작되었습니다. 글을 쓰는 과정을 통해 저를 움직이는 엔진이 불안이었다는 사실을 새롭게 깨닫게 됩니다.

불안 때문에 제 마음이 힘들기도 했지만 불안을 극복하기 위해 이 책도 쓰려는 마음을 먹은 것이니까요. 니체가『즐거운 학문』에서 "커다란 고통이야말로 정신의 최종적인 해방자이다"라고 했듯이 저를 고통스럽게 만든 불안을 이겨내기 위해 저는 남보다 미리 준비하고 노력을 기울여 왔다는 사실을 알게 되었습니다. 그로 인해 저는 더 발전할 수 있었던 것입니다.

제 삶의 가장 큰 숙제인 불안을 극복하고자 하는 몸부림이 이 책을 만들어내고 제 정신을 보다 깊이 있게 키워가는 계기가 되었습니다. 남이 대신해 줄 수 없는 저만의 고통을 정면으로 마주하고 저의 한 부분으로 인정하고 받아들임으로써 오히려 저는 불안 너머의 삶을 만나게 되었습니다.

상처와 활이 하나가 됐을 때, 아무도 끝낼 수 없었던 전쟁을 끝을 낸 필록테테스처럼 저 역시 제 인생의 문제를 해결하고 제가 원하는 모습의 나다움을 갖춘 존재로 이 세상을 살아갈 수 있으리라 기대합니다. 내 삶의 활을 만들 수 있는 독자분들의 고통은 무엇인지 생각해 보는 계기가 되길 그리고 그 고통을 마주하고 그 너머의 삶을 추구하시는 데 제 이야기가 도움이 되길 간절하게 바라봅니다.

나를 찾아가는 과정 속에서 때로는 도끼가 머리에 찍히는 충격을 느끼며 혼란스러웠습니다. 그동안 저를 이루고 있었던 하나하나의 벽돌에 불을 지르는 듯, 나 자신이라고 믿고 있었던 것들이 무너지는 고통도 느꼈습니다. 저라는 존재가 사라지고 의미 없어지는 느낌, 그 허무함을 잿더미로 표현하면 적절할까요? 그리고 동시에 그 사라진 시커먼 잿더미 속에서 새로움이 싹트는 신기한 느낌을 받았습니다.

새로운 신선한 공기가 한 줄기 들어오더니 그 공기를 타고 물기를 빨아들인 씨앗이 노랗게 예쁜 싹을 틔웁니다. 그 희노란 싹이 트는 순간 기쁨과 환희가 밀려들었습니다. 이 과정을 통해 얻은 노란 싹은, 지금까지는 안 보였던 세상을 보게 하는 새로운 관점이었답니다. 세상을 바라보는 새로운 시각을 선물 받았습니다. 이 새로운 관점으로 다시 바라보니, 저의 존재의 본질이 바뀌었다는 느낌을 받습니다.

그동안 제 안에서 자라나 잡초를 이루던, 부정적인 세포들이 밝고 건강한 세포로 바뀝니다. 니체가 말했던 모든 가치의 전도를 통해 굴레에서 벗어난 고귀한 인간에게만 주어진다는 맑은 공기와 정신의 자유를 저는 드디어 느끼게 됩니다. 기존의 제가 가지고 있던 가치들을 비판하고 재평가함으로써 저는 새로운 가치로 새롭게 태어나게 되었습니다.

제가 새로운 가치로 태어났다고 거창하게 표현했지만 사실 제가 변화한 부분은 딱 한 가지입니다. 제가 책을 쓴다고 했을 때, 코칭을 통해 인연이 된, 윤정열 코치께서 저에게 강보에 싸인 귀한 책『인생을 바꾸는 세 가지 프로페셔널 시점』을 선물해 주셨습니다.

코치님은, 미국에서 직장 생활을 한 지 2년 차에 회사로부터 업무 수행 평가에서 2점을 받아 충격을 받습니다. 지금 해고시키지는 않더라도 조만간 실적이 개선되지 않으면 해고하겠다는 의미를 담은 실적평가점수 2점이 늘 우등생으로 살아온 코치에게는 너무나 큰 충격이었답니다.

그로부터 1년 만에 회사의 추후에 발생할 수 있는 자산 매각에 따른 손실을 수백억 원 줄여 '실적 초과 달성'이라는 회사를 살린 성과자로, 180도 다른 위치에 서게 됩니다. 1년 전과 1년 후 180도 다른 위치에 서게 된 코치는 자신의 변화는 오로지 시점의 변화였다는 사실을 깨닫습니다. 회사에서 시키는 대로만 하는 수동적인 입장에서 일하다가, 관점전환으로 인해 책임자로 행동하게 된 것, 이것 하나뿐이었다고 합니다.

시각을 바꾸는 바로 이 작업이 자신의 본질을 바꾸는 위대한 작업이었던 거죠. 저 역시 불안에 떨면서 주변의 눈치를 보던 사람에서, 내 존재를 거침없이 드러내고 나를 표현하는 데 걸림이 없는 당당한 사람으로 바뀌게 된 것은 역시 같은 맥락으로 이해할 수 있습니다. 그 존재의 변화는 곰이 사람으로 바뀌는 정도의 변화, 미운 오리가 백조로 변한 듯한 질적 변화임을 저 스스로 지금 느끼고 있습니다.

그렇다고 해서 저 역시 제 직업이 바뀌었다든지 삶의 환경이 바뀌었다든지 뚜렷하게 겉으로 드러나는 변화는 딱히 없습니다. 단지 윤정열 코치가 말했듯이 저의 관점이 바뀌었을 뿐입니다.

그 관점을 바꾸기 위해 저는 새벽이라는 환경을 내 속의 백조를 찾아가는 시간으로 정하고 독서를 통해 나 자신의 부정적인 생각들에 질문을 던지고 그 질문에 대한 답을 글로 쓰면서 저 자신과의 많은 대화를 나누었습니다. 저와의 대화에서 그치지 않고 코칭이라는 타인과의 말하기를 통해 상위 코치와 그리고 고객들과 대화를 꾸준히 나누면서 제 안의 답을 재조정하고 명료화하는 작업들을 거칩니다.

거의 책을 쓰기 시작한 2022년 2월부터 1년 8개월에 가까운 시간 동안 제 안의 부정적인 생각들을 직면하고, 그 속에서 새로운 의미를 찾아냄으로써 있는 그대로의 저를 받아들이게 되었습니다. 또한 저의 관계의 근본이 된 엄마와의 관계에 있어서의 저란 존재를 재평가하는 과정을 거쳐 불안감과 두려움이라는 고통 속에서, 제가 찾아주기만을 기다려온 인생의 깊은 의미들을 산삼 캐듯 찾아낼 수 있었습니다.

결국 불안과 두려움이 제 인생의 진정한 긍정적 의미를 찾을 수 있도록 안내해 주었다는 생각이 듭니다. 우리가 경험한 모든 것이 우리를 고귀한 인간으로 만듭니다. 제 속에 숨어 있었던 백조를 찾을 수 있었던 저의 경험이, 독자분들의 깊은 고통에서 자기 자신을 고귀한 사람으로 만들어주는 경험을 이끌어낼 수 있는 소중한 시간이 되기를 간절히 바라고 또 바랍니다.

완벽하지 않아서
더 아름다운 것들

초판인쇄 2024년 2월 2일
초판발행 2024년 2월 2일

지은이 김현지
펴낸이 채종준
펴낸곳 한국학술정보(주)
주 소 경기도 파주시 회동길 230(문발동)
전 화 031-908-3181(대표)
팩 스 031-908-3189
홈페이지 http://ebook.kstudy.com
E-mail 출판사업부 publish@kstudy.com
등 록 제일산-115호(2000. 6. 19)

ISBN   979-11-6983-926-6 03810